Feldhaus
**Echt fett!**
**Zwei Katastrophen in einem Band**

Der vorliegende Doppelband enthält die Bücher
›Echt abgefahren!‹ und ›Echt krank!‹

*Hans-Jürgen Feldhaus*, geboren 1966 in Ahaus (Westf.), studierte nach einer Lithografen-Ausbildung Grafikdesign in Münster. Dann hat er angefangen, Bücher zu illustrieren: Kinderbücher, Jugendbücher, Schulbücher ... jahrelang! Bis dann eines Tages ein Junge namens Jan Hensen quer durch seine Birne spazierte. Und der hat dann zu dem Feldhaus gesagt: »So! Du schreibst jetzt einen Roman! Einen über mich. Ich erzähle, du schreibst! Und ein paar Bilder müssen auch rein. Die machst du dann noch schnell. – Hau rein!«

Feldhaus haute rein, schrieb und machte. Und am Ende sind's dann sogar vier Romane geworden, nicht nur einer. Weil dieser Jan Hensen echt viel zu erzählen hatte.

# FELDHAUS

dtv

Ausführliche Informationen über
unsere Autoren und Bücher
www.dtvjunior.de

Von Feldhaus sind außerdem bei dtv junior lieferbar:
**Echt abgefahren!**
**Echt krank!**
**Echt fertig!**
**Echt durchgeknallt!**

Ungekürzte Ausgabe 2015
2. Auflage 2015
© 2012, 2013 dtv Verlagsgesellschaft mbH & Co. KG, München
Umschlag- und Innengestaltung: Hans-Jürgen Feldhaus
Gesetzt aus der Thesis, Schriftenfamilie: TheSans
Satz: Hans-Jürgen Feldhaus
Gesamtherstellung: Druckerei C.H.Beck, Nördlingen
Gedruckt auf säurefreiem, chlorfrei gebleichtem Papier
Printed in Germany · ISBN 978-3-423-71656-7

*Für Lotte, Jan und Simon*

# Reisetagebuch von Jan Hensen

Start: Hamburg (Deutschland)
Reiseziel: Comer See (Italien)
Reisedauer: 14 Tage
Reisegesellschaft: Mama, Papa, Hannah (14), Jan (12)
Reisemobil: hässlicher alter VW-Kombi (14)

*Also ich quasi!*

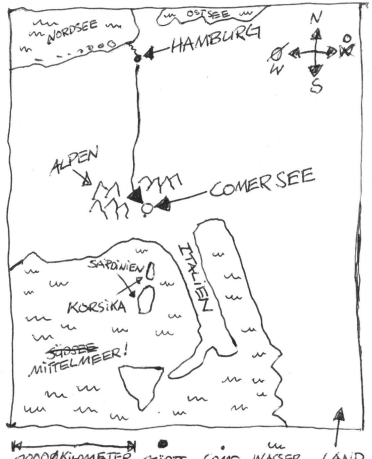

## Tag 1

Italien ist saudoof!

Und damit ist praktisch eigentlich schon alles gesagt, was man über dieses Land überhaupt sagen kann!

... okay – die Pension, der See, das Essen und so weiter ... alles top! Und selbst Hannah (das ist meine große, böse Schwester!) habe ich einigermaßen unter Kontrolle!

Aber ich hatte eine unheimliche Begegnung! Gleich heute Morgen! Unten am Comer See! Plötzlich war es da! Das Grauen! ... Hendrik Lehmann!

Du kennst doch diese Typen aus den Mathebüchern, oder? Ich meine, die aus den Textaufgaben! Du weißt schon: Torsten! Carsten! Sören!

Einer von denen oder gleich alle zusammen backen immer Apfelkuchen oder irgendeinen anderen Scheiß. Jedenfalls kaufen sie dafür einen Haufen Äpfel und unterhalten sich dann: »Oh, Torsten! In 14 meiner 59 Äpfel ist jeweils ein Wurm drin!«

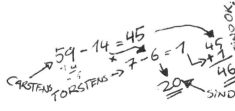

»Ja, Carsten!«, sagt der Torsten. »Und von meinen 7 Äpfeln sind 6 faul!«

»Wie viel Prozent aller Äpfel können wir für unseren Apfelkuchen nehmen?«, fragt sich dann der Sören.

Und dann musst du für diese Hirnis ausrechnen, wie viele Äpfel komplett vergammelt sind und wie viel Prozent sie davon noch für ihren bescheuerten Kuchen verwenden können!

Und als ob das nicht schon irre genug wäre, schnappen Torsten, Carsten, Sören sich ein Messer und zerlegen ihren frisch gebackenen Apfelkuchen in 13 485 Teile! Für den B-Teil der Aufgabe! Du weißt schon! Der Moment, wenn irgendeine **KLASSENKAMERADIN** ins Spiel kommt und oft *Sabine* heißt!

Und die sagt dann: »Oh, Torsten, Carsten, Sören! Ein Apfelkuchen! Zerlegt in 13 485 Teile! Kann ich davon bitte 1/8 bekommen?«

Und du ahnst es schon! Weil jetzt darfst du nämlich für diese Deppen noch mal rumrechnen, wie viele Teile sie von ihrem Matschekuchen an Sabine abdrücken werden!

Weißt du? Und genau so einer ist Hendrik Lehmann!

Also so ein Musterschüler! So ein Lern-Freak!

So einer, dem ich zutraue, dass er seine wertvolle Freizeit auch damit verplempern würde, einen Apfelkuchen zu backen!

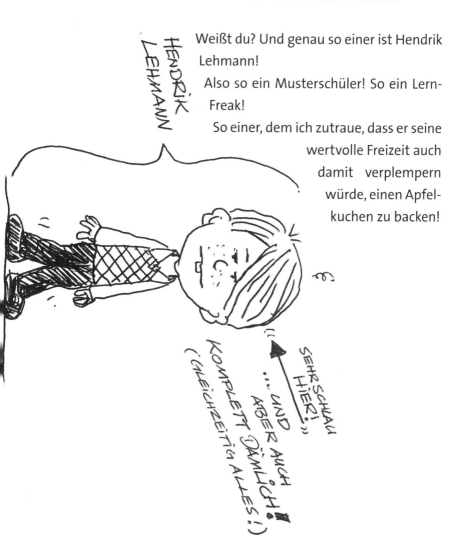

Nur mit dem Unterschied, dass keine Sabine des kompletten Universums von Hendrik Lehmann auch nur 1/8 davon geschenkt haben wollte!

Das kann ich deshalb mit hundertprozentiger Sicherheit sagen, weil Hendrik Lehmann nämlich in dieselbe Klasse geht wie ich. Und das, obwohl der erst zehn ist und die meisten von uns ja schon zwölf. Was wiederum nicht daran liegt, dass die meisten von uns vielleicht schon mal hängen geblieben sind, sondern weil Hendrik Lehmann ein Schuljahr übersprungen hat. Einfach so! Eben wegen extremster Einsen-Schreiberei!

Und ausgerechnet diesen Hendrik Lehmann habe ich heute Morgen unten am Comer See getroffen. Oder besser gesagt, ich habe ihn aus Versehen rückwärts über den Haufen gerannt, als ich Frisbee gespielt habe. Mit Jasper nämlich. Der ist schätzungsweise genauso alt wie ich, ist in derselben Pension wie wir, schätzungsweise mit seinen Eltern, und kommt schätzungsweise aus Holland. Aber das ist alles nicht sicher, weil ich versteh kein Wort Holländisch. Wenn es überhaupt Holländisch ist, was er da redet. Aber er ist in Ordnung. Jedenfalls kann man mit ihm super Frisbee spielen ...

... wenn einem nicht gerade Hendrik Lehmann über den Weg latscht.

Das musst du dir mal vorstellen! Die komplette Erde hat eine Fläche von ungefähr 510 000 000 Quadratkilometern! **FÜNF-HUNDERT-ZEHN-MILLIONEN!** Das weiß ich deshalb so genau, weil ich es im Geografietest neulich nicht ganz so genau wusste, und weil ich auch ein paar andere Dinge nicht ganz so genau wusste, habe ich den Test versägt und musste ihn wiederholen! Daher!

Aber noch mal: Stell dir vor! Wie groß ist die Wahrscheinlichkeit, dass man auf diesem ziemlich großen Planeten an einem winzigen Punkt, an dem man vorher noch niemals war, ausgerechnet auf den Typen trifft, der einem in der Klasse 6b einer Hamburger Schule am allermeisten auf den Sack geht?

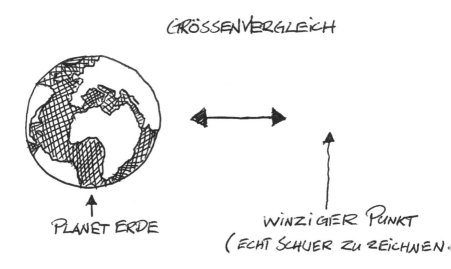

Ich würde sagen, die Wahrscheinlichkeit geht fast gegen **NULL**! Aber eben nur fast! Weil ich hab Hendrik Lehmann ja heute Morgen eben an diesem einen winzigen Punkt über den Haufen gerannt!

Und weil das alles so dermaßen unwahrscheinlich ist, habe ich natürlich im Traum nicht daran gedacht, dass es seine Hand sein könnte, an der ich ihn gerade wieder aus dem Ufermatsch hochziehen wollte.

Ich sage also: »Oh, Entschul...«

... und dann seh ich, was an der Hand hängt, und sage weiter: »...digung-scheiße-noch-mal! Lehmann! Was machst du denn hier?«

Und dann lag er zum zweiten Mal in der Pampe, weil ich die Hand mit dem kompletten Hendrik Lehmann dran vor Schreck wieder losgelassen habe.

Er hat sich dann alleine hochgerappelt und quäkte los: »Jan? **JAN!** So eine Freude!«

Und ich dann wieder: »Ja ... Wahnsinn ... echt toll! Also: sorry wegen eben! Mach's gut! ...schüss!«

Dann bin ich weiter. Schnell weiter. Nur weg von Hendrik Lehmann. Habe das Frisbee aufgehoben und zu Jasper rübergebrüllt, was er mir schätzungsweise auf Holländisch beigebracht hat: »Let op! Snapp!«

So! Jetzt sagst du dir wahrscheinlich: »Jan hat das alles ganz richtig gemacht! Idiot erkannt – Idiot gebannt! Also links liegen gelassen und da weitergemacht, wo's vorher schön war! – Was ist sein Problem?«

Ich sag dir, was mein Problem ist! Hendrik Lehmann ist mein Problem! Der Typ schreibt reihenweise Einsen und ist ein echt helles Köpfchen, aber er schnallt einfach nicht, wenn man ihn links liegen lässt!

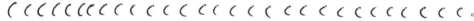

Denn – pass auf: Als ich das Frisbee in einer wunderschönen, geraden Flugbahn zu Jasper rüberwerfe, steht Hendrik Lehmann plötzlich in meiner wunderschönen, geraden Flugbahn und kriegt die Scheibe voll an sein helles Köpfchen und fällt wieder um.

Jasper und ich sind sofort zu ihm hin, um zu sehen, ob mit ihm alles okay ist oder ob er aus der Nase blutet oder aus der Stirn oder ein Auge verloren hat oder so was.

War aber alles nicht! Nicht ein verdammter Kratzer! Hendrik steht auf und sagt mit seiner Quäkstimme: »Es tut mir sehr leid, dass ich im Weg stand! Darf ich mitspielen?«

Ich sofort: »**NEIN!** Weil ...«

Und Jasper aber: »**JAU!**«

Keine Ahnung, ob Jasper überhaupt kapiert hat, was Hendrik wollte. Jedenfalls konnte ich da nichts mehr machen und er durfte mitspielen. Saudoof ist das alles!

HENDRIK LEHMANN
(SEHR SCHÖN GETROFFEN!)

Ich will nicht, dass Hendrik Lehmann mitspielt. Ich will nicht mal, dass er hier ist. Er soll abhauen! Ich hab Urlaub.

... okay! Nur, dass das mal klar ist: Ich gehöre NICHT zu den Dumpftretern, die sich ganz automatisch auf alles stürzen, was vielleicht einen halben Zentimeter kürzer und dafür aber ganz normal sechs ganze Schulnoten besser ist als sie selbst. Wirklich nicht!

Wenn es danach ginge, hätte ich ja heute Morgen schon das ganze Dumpftreter-Arschloch-Programm abfahren müssen. Weil Hendrik Lehmann reicht mir größentechnisch gesehen gerade mal bis zu den Knien oder so und hat dafür aber bestimmt sechstausendmal mehr in der Birne als ich selbst!

Das ist es also nicht!

DUMPFTRETERBEISPIEL
(HIER: JENS S. AUS DER 7C)

... es ist kompliziert!

Angenommen, du spielst ein Spiel. Also jetzt nicht Frisbee oder so was! Ich meine ein Computerspiel. Also so eins, bei dem du – sagen wir mal – in zehn Leveln die Welt retten musst! Auf Zeit!

Klar so weit!

Du rennst also durch die ganzen Level, machst hier und da ein paar Cyberzwerge platt, weil die doof im Weg rumstehen, kommst dann bis zum zehnten Level, um da pünktlich die Welt zu retten. Und da stellst du aber fest, dass dir das entscheidende Ding fehlt, um die Katastrophe zu verhindern. Zum Beispiel ein Wasserschlauch. Über den bist du aber schon in Level 1 rumgestolpert. Und genau diesen Wasserschlauch hättest du Blindfisch mitnehmen müssen. ...3, 2, 1, ... die Welt macht **Puff** und du hast das Spiel vergeigt.

So! Und was machst du jetzt? – Klar! Du drückst auf den Button unten rechts im Schirm und spielst noch mal! Nur dass du diesmal etwas pfiffiger bist und den verdammten Schlauch einpackst, mit dem du die Welt retten kannst!

Weißt du, und ganz genau so einen Button hätte ich gern! Aber in echt! Und daran muss ich halt die ganze Zeit wieder denken, seitdem Hendrik Lehmann hier aufgekreuzt ist. An den Button und das Spiel, das wir gespielt haben. Hendrik und ich! Und ein paar andere Jungs! Vor den Ferien! Auf der Klassenfahrt!

Wir haben das Spiel gespielt, vergeigt und es endete in einer Katastrophe. **Puff**!

Nur mit dem klitzekleinen Unterschied, dass das Spiel kein Computerspiel war und kein Button der Welt die Katastrophe rückgängig machen kann. Die war nämlich echt. Also die Katastrophe. Leider!

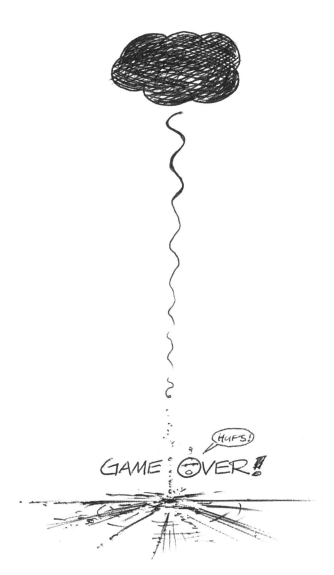

**TAG 2**

Italien ist ein sehr schönes Land!

Hendrik Lehmann ist nämlich spurlos verschwunden. Jedenfalls, als wir heute wieder zum See runter sind, war weit und breit nichts von ihm zu sehen.

Jasper war aber wieder da. Und ein Junge, der Dimmitrie oder so ähnlich heißt. Wo der nun herkommt und welche Sprache er spricht, kann ich dir nun nicht mal schätzungsweise sagen.

Weil wenn der den Mund aufmacht, weiß ich nicht mal, ob er gerade was sagen will oder ob er vielleicht doch nur gerade an ein paar verdammt heißen Pommes rumwürgt, die ihm vielleicht im Hals stecken geblieben sind.

Papa denkt, es ist Russisch. Mama denkt, dass der Junge und seine Eltern aus Polen kommen. Hannah denkt gar nichts, weil sie gar nicht denken kann.

Egal! Dimm-Itri kommt irgendwoher, spricht irgendwas und ist aber auch absolut in Ordnung. Da hab ich irgendwie wohl echt Glück gehabt. Ich meine – Jasper, Dímìtrìì und ich können uns jetzt nicht gegenseitig die besten Witze erzählen, weil ja jeder für sich genommen eine komplett andere Sprache spricht, aber verstehen tun wir uns trotzdem super. Also mehr mit Händen und Füßen.

Hast du eigentlich Freunde? Oder bist du eher so der Hendrik-Lehmann-Typ, der auf dem Schulhof immer alleine rumsteht und an seiner Kakaotüte rumnuckelt?

Das will ich mir eigentlich nicht vorstellen. Ich stell mir vor, dass du ein guter Typ bist. Einer, der mein Freund sein könnte. Auch wenn ich natürlich nicht den blassesten Schimmer habe, wer du eigentlich bist.

TAGEBUCH-STRESSTEST (ABER NUR AUS VERSEHEN! IS'COLA!)

Weißt du, Papa sagt, ich soll so tun, als ob ich mit meinem Buch rede, wenn ich was reinschreibe.

Das ist aber Schwachsinn! Ein Buch vollquatschen! Kein Mensch tut so etwas! »Hey Buch! Alles klar so weit? Mann, ist das toll, dass ich mit dir reden kann!« Kompletter Schwachsinn! Und wenn du es genau wissen willst: Eigentlich ist es auch kompletter Schwachsinn, hier überhaupt etwas reinzuschreiben. Versteh mich nicht falsch! Das hat nichts mit dir zu tun! Ehrlich!

Aber eigentlich dürfte es dieses Buch gar nicht geben.

Eigentlich sollte ich nämlich jetzt, da ich ein bisschen Zeit habe, also mir total langweilig ist und ich irgendwie versuche, die Zeit bis zum Abendessen totzuschlagen, also eigentlich sollte ich jetzt mein iPad anwerfen. Du weißt schon; so ein superflaches Hammerteil mit wundervollen Apps – den abgefahrensten Spielen aller totzuschlagender Zeiten!

Ich hab aber überhaupt kein iPad!

Ich hatte es mir aber gewünscht! Zu meinem Geburtstag vor einer Woche! Hab es aber nicht bekommen zu meinem Geburtstag vor einer Woche!

Und sehr wahrscheinlich werde ich es auch zu dem Geburtstag, den ich in zwei Millionen Wochen haben werde, nicht bekommen! Also praktisch nie! Weil Mama und Papa denken, dass es meiner **LERN-KOM-PE-TENZ** schadet.

Nur mal so für den Fall, dass du keine Ahnung hast, was Lernkompetenz bedeutet: Lernkompetenz hat damit zu tun, wie Leute – also Typen wie du und ich – in der Schule klarkommen. Wie sie Infos verarbeiten. Oder wie lange sie brauchen, um zu schnallen, wie viele Teile Torsten-Carsten-Sören von ihrem Apfelkuchen an Sabine abdrücken müssen.

… dabei herauszufinden, wie viele Tassen dem Typen im Schrank fehlen, der sich solche Aufgaben ausdenkt, gehört, glaube ich, aber nicht dazu.

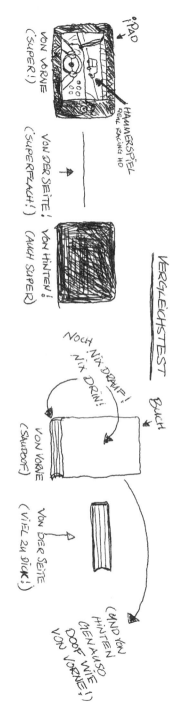

Jedenfalls: Das ist Lernkompetenz und meine Eltern reden halt gern drüber.

Tja, und seit sie auf dem letzten Elternsprechtag durch meinen Klassenlehrer, den feinen Herrn Krüger, erfahren haben, dass meine auch noch **MANGELND** ist, fällt das Wort täglich.

Dass ich dabei bin und im Großen und Ganzen verstehe, dass im Großen und Ganzen von mir die Rede ist, scheint ihnen irgendwie komplett egal zu sein.

Schwamm drüber! Meine Eltern meinen es ja bestimmt nur gut mit mir. Auch wenn sie mir zu meinem Geburtstag letzte Woche nun mal kein überlebensnotwendiges iPad geschenkt haben.

Aber dafür neben anderen superoriginellen Geschenken* dieses Notizbuch mit echten Blättern und sogar ganz ohne *Rächtschraibprogram*! Oder siehst du da irgendwo eine Markierung unter *Rächtschraibprogram*? Nein, siehst du nicht!

Das einzige Programm, das hier läuft, heißt: *Kuli gegen Papier!* Ein abgefahren superödes Zeit-Totschlage-Spiel für Schwachmaten wie Jan Hensen, die sonst nix zu tun haben! ... *freigegeben von 11 bis 111!*

Wo war ich eigentlich stehen geblieben?

Ach ja! Richtig! – Freunde!

Und? Hast du welche? Ich ja! Meine heißen Gerrit, Cemal und Sebastian! Wobei Gerrit ganz klar auf Platz 1 meiner persönlichen Kumpel-Liga steht. Aber Cemal und Sebastian sind natürlich auch top. Wir machen fast alles zusammen!

SEBASTIAN  GERRIT  CEMAL

Nur nicht zusammen in die Ferien fahren. Das mach ich dann ja neuerdings mit dem Idioten Hendrik Lehmann. Gott, wenn die das wüssten! Die würden sich wegschmeißen vor Lachen! Weißt du, der Witz ist, dass ich nämlich schon vor den Ferien ziemlich viel mit Hendrik Lehmann zusammen machen durfte ... **Musste**! Aber ich nicht alleine! Meine Kumpels auch!

... UND VON HANNAH 1 ALTES MICKEY-MAUS-HEFT!

Auf dieser Klassenfahrt nämlich. Die ging in den Harz. In der Nähe von so einem Berg mit dem ziemlich abgefahrenen Namen Brocken! Und nicht weit weg davon gibt es wirklich einen Ort, der Elend heißt! Witzig, oder?! Da waren wir aber gar nicht! Wir waren in Schierke und dieses Dorf liegt direkt am Brocken und da fing praktisch unser eigenes Elend an!

Wir waren da in einer Jugendherberge, die von außen aussieht wie ein Hochsicherheitsgefängnis für Massenmörder. Von innen war es aber ganz okay. Also die Vierbettzimmer mit den Hochbetten waren wirklich super.

Gerrit, Cemal, Sebastian und ich wollten natürlich zusammen auf ein Zimmer und da haben wir direkt eins von denen ganz normal gestürmt.

Tür verriegelt, Betten belegt, alles perfekt.

Eigentlich. Denn dann mussten wir die Tür doch wieder aufmachen, weil Herr Krüger nämlich davorstand und geklopft hat.

Herr Krüger ist unser Klassenlehrer. Aber wenn wir gewusst hätten, was uns erwartete, hätten wir niemals aufgemacht und ganz sicher die Tür noch mit Betten, Stühlen und dem Spind verbarrikadiert!

Herr Krüger kam nämlich nicht allein ins Zimmer. Er brachte Hendrik Lehmann mit und sagte: »Jungs, nun macht mal ein bisschen Platz für euren Klassenkameraden! Der Hendrik schläft bei euch!«

»Nein, tut er nicht!«, sagen wir.

»Tut er wohl!«, sagt Herr Krüger und weiter: »Uns fehlt leider genau ein Zimmer und deswegen müssen ein paar Schüler und Schülerinnen auf die anderen Zimmer verteilt werden! Hendrik schläft bei euch. Oder soll er etwa auf dem Flur schlafen? *Hahaha* ...«

»**Ja!** Er soll auf dem Flur schlafen!«, sagen wir.

Und Krüger sagt: »Leute, jetzt habt euch mal nicht so! In dem Zimmer ist auch Platz für fünf Schüler!«

Da hatte der Herr Krüger natürlich recht. Und wir hätten damit auch überhaupt kein Problem gehabt. Das Problem war der Idiot Hendrik Lehmann!

Und weil die Diskussion aber so was von beendet war, wurde in einer Ecke unseres Zimmers ein Feldbett für Hendrik aufgestellt.

Herr Krüger ließ uns dann allein mit ihm, und weil der wohl merkte, dass die Stimmung bei uns echt im Keller war, quäkte er los: »Hallo Leute! Ich freue mich sehr, dass wir zusammen dieses Zimmer teilen können! Wir werden bestimmt eine Menge Spaß miteinander haben!«

Keine Reaktion!

»... also lustige Streiche spielen!«

Keine Reaktion!

»... bei den Mädchen zum Beispiel Zahnpasta unter die Türklinke schmieren! Kicher, kicher ...«

Keine Reaktion!

»... das wird eine Mordsgaudi!«

Dann endlich: »Ja, Aldär! Mordsgaudi! Zahnpasta unter die Türklinke schmieren! Nä ehrlich: Riesengag!«

Das war Cemal, der das tonlos sagte, aber das war ganz gut, dass er das sagte, weil Hendrik Lehmann nun endlich seine Klappe hielt und nun an der Bettdecke von seinem Feldbett herumzuppelte, bis auch die letzte Falte weg war.

Dass wir einige Tage später tatsächlich noch eine Mordsgaudi haben würden, wo es praktisch um Leben und Tod ging, konnte keiner von uns fünf auch nur ahnen! Nur Zahnpasta war da absolut nicht im Spiel.

... aber Streichhölzer und blöderweise so eine Holzhütte ...

... mit Wald drum herum! ... blöderweise!

NACHT  STERN  STERNE  STREICHHOLZ

## Tag 3

Ich mache Fehler!

Beinah hat Hannah dieses Buch in die Finger bekommen. Das heißt, sie hatte es schon in ihren Fingern. Und ich will aber nicht, dass dieses Buch überhaupt in irgendwelche Finger kommt, die nicht mir gehören.

Weißt du, das geht niemanden was an, was ich hier reinschreibe, und wenn dann ausgerechnet Hannah dieses Buch in ihre Finger bekommt und dann beispielsweise auch noch lesen würde, dass ich denke, dass sie nicht denken kann, und dass ich sie überhaupt für eine komplett verstrahlte Kuh halte – also wenn sie das dann lesen würde, wäre ich ein toter Mann!

Sie hatte es aber schon in ihren Fingern. Heute Morgen, als ich noch mal zurück ins Zimmer bin, weil mir unten im Frühstücksraum aufgefallen ist, dass Mama und Papa da sind, aber im Großen und Ganzen zwei Dinge fehlen.

Erstens: Mein Buch!

Und zweitens: Hannah!

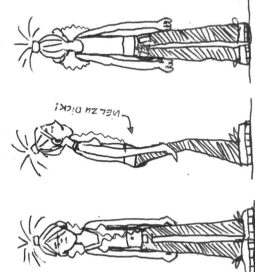

Und da kam mir der Gedanke, dass es nicht gut ist, wenn mein Buch blöd auf meinem Bett rumliegt und Hannah doof rumsteht und wenn beides zur gleichen Zeit in einem Zimmer passiert!

… und was sehe ich, als ich ins Zimmer komme? Hannah mit dem Buch in ihren Fingern! Sie schlägt es auf und in einem Bruchteil einer Sekunde hechte ich von der Tür aus auf sie zu, schnapp es mir und rolle mich wie ein Profitorwart auf dem Boden ab.

… also gut, ich weiß jetzt nicht, wie groß der Bruchteil einer Sekunde von der Tür bis zu Hannah war, aber ich schwöre dir, es war verdammt schnell.

... nur die Profitorwart-Parade war jetzt nicht ganz so toll, weil da noch dieser dämliche Koffer von Hannah war, über den ich aus Versehen gestolpert bin, und dann um ein Haar mit meinem Kopf gegen die Wand geknallt wäre, wenn da nicht noch dieser Reisemüllbeutel gelegen hätte mit dem ganzen Proviant-Reste-Matsch drin.

Der Reisemüllbeutel hat den Stoß gegen die Wand abgefedert und ist aber dabei geplatzt, und deswegen sah ich dann auch aus wie diese unheimlich lustigen Zirkusclowns, die sich immer mit irgendwas Matschigem bewerfen müssen.

Jedenfalls – Hannah hätte sich vor Lachen in ihre viel zu enge Hose pinkeln können, als sie mich sah. Und das war eigentlich mein Glück, weil sie nämlich komplett vergessen hat, ihr Zickenprogramm zu starten. Also so was in der Art wie: Was soll der Scheiß? – Du hast meinen Koffer berührt! – Ich hacke dir jetzt den Fuß ab! ... Und eben: Was steht in dem Buch drin? Gib es sofort wieder her!

Mein Glück! Denn rein körperlich gesehen hat Hannah die Macht über mich. Also wenn Mama und Papa gerade mal nicht hingucken. Die sind so etwas wie Schiedsrichter beim Fußball. Nur dass sie eben manchmal nicht alles sehen und in solchen Momenten versucht Hannah jedes Mal, mir den Fuß abzuhacken. Also bildlich gesprochen, wenn du verstehst, was ich meine.

Jedenfalls hat sie das alles vergessen, weil sie sich dann nämlich tatsächlich in die Hose gemacht hat und mich angezischt hat, ich solle mich ganz schnell aus dem Zimmer trollen und zurück zum Frühstücksraum stolpern! Und wenn ich nur ein Wort darüber verliere, würde sie mir mit einem stumpfen, rostigen Messer die Zunge abschneiden.

Das war mir alles recht. Und ich bin dann ganz schnell raus. Mit dem Buch. Zum Frühstücksraum, wo Mama und Papa mich fragten, warum ich aussehe wie der Reisemüllbeutel und wo Hannah bleibt.

Und da muss ich nun selber sagen: Da bin ich ja echt fair! Ich habe nicht verraten, dass Hannah sich in die Hose gemacht hat!

... okay, okay! Sie hätte mir ja dann auch die Zunge abgeschnitten, aber das zählt nicht!

Das mit dem Müll auf dem Kopf habe ich irgendwie erklärt und das Buch dann in meinem Rucksack verschwinden lassen.

Hannah kam dann ungefähr drei Stunden später frisch geduscht und neu bemalt runter. Mit einer anderen, viel zu engen, aber trockenen Hose!

← HIER ÜBERALL TAGEBUCH-STRESSTEST NR.2! →

PENSION LÖ...SOANDSO
WANDER-WEG

← HIER SCHON ERSTER GROSSER UMWEG!

... heute waren wir wandern!
Ist wirklich ganz nett hier. Ich meine – der See, die Wälder und die Berge hier sind okay. Aber dafür hätte man nun wirklich nicht nach Italien fahren müssen. In Hamburg gibt's zwar keine Berge, aber dafür hat es einen Stadtpark mit einem kompletten Wald und einen See gibt es da auch. Okay, der See ist mehr so ein Teich und der Wald ist jetzt auch nicht unbedingt ganz so groß, aber es ist schön da. Ich treffe mich da öfter mal mit meinen Kumpels, also Gerrit und den anderen.

Jedenfalls würde ich was drum geben, gerade da zu sein! Weil hier werde ich verfolgt! Von diesem Idioten Hendrik Lehmann. Der war nämlich heute auch wandern! Mit seinen Eltern! Die kannte ich vorher noch gar nicht. Woher auch? Ich habe sie ja vorher noch nie gesehen. Auch nicht bei Hendrik Lehmann zu Hause. Weil ich selbstverständlich auch noch nie bei ihm zu Hause war! Auch nicht auf Geburtstagen oder so was. Keiner war das! Selbst dann nicht, als er die komplette Klasse mal zu seinem Geburtstag eingeladen hat. Vor ein paar Monaten war das. In der kleinen Pause. Da hat er in den Klassenlärm reingequäkt, dass er um Aufmerksamkeit bittet, und als dann tatsächlich alle einigermaßen ruhig waren, sagte er:

»Morgen in einer Woche habe ich Geburtstag. Und zu diesem Anlass möchte ich eine Fete steigen lassen. Hierzu möchte ich recht herzlich einladen!«

... dann: Totenstille! Für einen kurzen Moment war Hendrik Lehmann tatsächlich der Mittelpunkt des Geschehens, weil ihn alle schweigend und ernst ansahen. Aber der Moment war dann auch schnell wieder vorbei und alle haben da weitergemacht, wo Hendrik Lehmann sie vorher unterbrochen hat.

Weißt du, er peilt es einfach nicht! Er ist wirklich verdammt schlau und ziemlich gut in der Schule und sehr wahrscheinlich kann er auch super Apfelkuchen backen!

Aber da darf er sich nicht wundern, wenn er den auch auf seinem Geburtstag wieder alleine mampfen musste.

... *zu diesem Anlass möchte ich eine Fete steigen lassen. Hierzu möchte ich recht herzlich einladen!*

Da kann sich doch jeder an einer Hand abzählen, was einen da erwartet: Lustige Papphütchen, Topfschlagen, grüner Eistee und **APFELKUCHEN**, zerlegt in 13 485 Teile!

WEIL MAN VON DA NACH DA GUCKEN KONNTE!!!

HIER: DER ABSOLUT SINNLOSE ABSTECHER!

ALLEN VORAN: MAMA... ...AM RANDE DES WAHNSINNS!

... außerdem hat der Blödmann das Wort *euch* vergessen. Ich möchte **EUCH** einladen!

... wie bin ich da jetzt eigentlich draufgekommen???
... Einladung – Geburtstag – Eltern kenn ich nicht – woher auch – ich werde verfolgt – von Idiot Lehmann – beim Wandern! – **WANDERN!** Das war's! Genau!
Das musst du dir mal vorstellen: Da latscht man ungefähr 3000 Kilometer sinnlos durch die Gegend! Kommt dann end-

lich an so einer Bretterbude an, wo man sich vor Erschöpfung sogar auf die knallharte Tischbank freut, die davorsteht! Stürzt halb verdurstet das Zeug runter, was die Leute hier Cola nennen! Und dann prustest du das ganze Zeug vor Schreck wieder aus, weil sich von links wieder die Quäkstimme von Hendrik Lehmann in dein Ohr bohrt!

»Oh, hallo Jan! Ist das nicht ein schöner Zufall?«

Nein, ist es nicht! Erstens nicht schön und zweitens kein Zufall! Das kann doch kein Zufall mehr sein, oder?!

Jedenfalls habe ich mich wieder tierisch erschrocken und Hendrik Lehmann hat die volle Ladung Cola abgekriegt, die ich da ausgeprustet habe.

① HERR LEHMANN ⎫
② FRAU LEHMANN ⎬ ELTERN VON
③ VOLLIDIOT LEHMANN ⎭

»**JAN!** Was soll das?«, schimpft Mama.

»Das war keine Absicht!«, sage ich.

»Dann entschuldige dich bei dem Jungen!«, befiehlt Papa.

»...schuldigung–Hendrik–war–keine–Absicht.«

»Hendrik?«, fragt Papa nach. »Ihr kennt euch?«

»Ja, Herr Hensen!«, antwortet Hendrik für mich. »Aus der Schule! Der Jan und ich gehen in dieselbe Klasse.«

Sagt es und stellt meinen Eltern dann seine Eltern vor, die ebenfalls am selben Tisch sitzen.

Und dann wurde viel geplaudert und gelacht – über den Zufall, dass man sich ausgerechnet hier zum ersten Mal trifft und sich wundert, dass man sich nicht vorher schon mal getroffen hat und dass es aber doch eine schöne Idee sei, wenn man sich hier vielleicht mal auf einen Wein verabreden könne.

Und genau an dieser Stelle hätte ich fast schon wieder die neue Ladung Cola ausgeprustet.

Eine Verabredung! Mit den Lehmanns!

»Oh, Jan! Das wäre doch prima, dann sehen wir uns ja bald schon wieder!«, quäkt Hendrik vor Freude.

»Ja ...!«

»Ja – WAS, Jan?«, sagt Mama.

»Ja–prima–ich–freu–mich!«

»Na also!«, und zu den Lehmanns dann: »Wie wäre es mit morgen Abend?«

»Morgen geht nicht«, falle ich den Lehmanns schnell in die Antwort. »Da hab ich keine Zeit, weil ich mich mit Jasper und Dings verabredet habe!«

»Aber doch nicht abends!«, sagt Papa.

»... ... ...«, sage ich, weil mir darauf nix mehr einfällt, weil es eh gelogen war.

Und dann haben wir uns mit den Lehmanns verabredet, uns verabschiedet und vorher noch Hannah aus ihrem Koma wachgerüttelt, weil die musste ja auch wieder die ganzen 3000 Kilometer mit runter zur Pension kommen. Schade eigentlich. Ich hätte sie schlafen lassen!

Na ja, jedenfalls sind wir jetzt wieder da, mir tun alle Knochen weh und morgen Abend treffen wir uns alle mit Herrn Lehmann, Frau Lehmann und ... Hendrik Lehmann.

... ich freu mich so!

## Tag 4

Heute lagen wir besinnungslos auf der Terrasse rum, weil wir alle einen tierischen Muskelkater vom Wandern hatten. Außer Mama! Die ist fit wie ein Turnschuh und ist heute Morgen gleich als Erstes in den See gehüpft und hat da ihre 50 Bahnen gezogen.

Nicht, dass du denkst, dass meine Mutter nichts Besseres zu tun hätte. Sie treibt eben gerne Sport.

Treibst du gerne Sport? Handball? Skaten? Fußball? Ja?

Ich, ja! Fußball! Also eigentlich spiele ich gerne Fußball! Aber jetzt nicht mehr! Seitdem ich im Verein spiele, habe ich irgendwie keinen Bock mehr drauf!

Dabei sind die meisten Jungs echt in Ordnung und Gerrit, Cemal und Sebastian spielen ja auch mit. Aber ausgerechnet Gerrit geht mir da am meisten auf die Nerven.

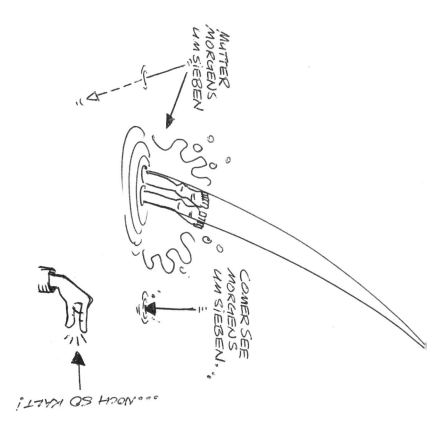

Tut immer so, als wäre er der weltbeste Fußballspieler aller Zeiten, und brüllt immer rum, dass man den Ball da rüberspielen soll, dort rüberspielen soll ... aber meistens: Zu **IHM** rüberspielen soll! Auch wenn's gerade mal so gar nicht passt.

Aber wer noch lauter brüllt als Gerrit und mir am **ALLERMEISTEN** auf die Nerven geht, das ist sein Daddy!

**»Gut, Gerry! Schön, Gerry! Pass auf, Gerry!«**
**»Ja, Daddy! Klar, Daddy! Mach ich, Daddy!«**

*Gerry*! *Daddy*! Wenn ich das schon höre … das ist schlimm, ist das! Wirklich schlimm!

Also: Der Vater von Gerrit steht beim Training immer doof am Spielfeldrand rum und brüllt. Zusammen mit den Vätern von den anderen Jungs, die auch rumbrüllen. Aber eben nicht ganz so laut wie Herr Koopmann, also der Daddy von Gerry.

Mein Vater brüllt gar nicht rum. Weil er nämlich nie mitkommt zum Training. Was absolut okay ist.

Weil, was soll er da auch rumstehen und rumbrüllen?! Hat ja eh keine Ahnung von Fußball. Die anderen Väter aber! Und das mehr als Frank, unser Trainer. Meinen sie jedenfalls. Besonders Herr Koopmann. Wenn das Training vorbei ist und wir mit den durchgeschwitzten Klamotten schnell zurück in die warme Umkleide wollen, schnappt Herr Koopmann sich immer seinen Gerry und gibt ihm immer supertolle Tipps, was er beim nächsten Mal **NOCH** besser machen kann.

Da muss man immer verdammt clever sein und so tun, als ob man Herrn Koopmann gerade mal nicht gesehen hat, weil man sonst nämlich auch stehen bleiben muss und dann in den nassen Klamotten erfriert!

Denn Herr Koopmann quatscht meistens nicht nur seinen Sohn mit seinen Superkommentaren zu, sondern auch alle anderen, die nicht schnell genug in die Umkleide gekommen sind. Auch Frank, also den Trainer.

Und das nervt! Auch den Trainer, also Frank. Das merkt man. Neulich hat er jedenfalls voll die Augen verdreht und irgend so was wie *Vack!* gemurmelt, als er Daddy Koopmann entdeckte, der uns mal wieder den Weg zur Kabine abschnitt.

Aber das hat der natürlich nicht mitbekommen und vor versammelter Mannschaft zu ihm gesagt: »Pass auf, *Franky*! Du musst die *Kids* mehr nach vorne bringen! Also *Timmy*, *Lenny*, *Maxi* und *Gerry* natürlich. Das sind die Kracher in der Truppe! Das weißt du selbst! Und mach mit den Luschen hinten zu! Hier, den dicken *Basti*! Stell den hinten rein! Neben *Janny*! Der bringt auch nicht so viel Leistung!«

Und was antwortet Frank darauf? Er antwortet: »Danke für den Tipp, Horst! Aber wir sind ja hier nicht in der Bundesliga, *hahaha*! Und Sebastian macht seine Sache wirklich gut. …und **Jan** natürlich auch.«

Okay, das war Franks Glück, dass er das mit mir noch nachgeschoben hat. Sonst hätte ich nämlich sofort mein Trikot ausgezogen und es ihm ins Gesicht geklatscht und wäre gegangen.

Aber eigentlich darf man das dem *Horsti* gar nicht durchgehen lassen, wenn er so einen Müll redet, oder? Ich meine, was soll das heißen – Der bringt auch nicht so viel Leistung?

Bin ich ein Auto oder was? Nein, bin ich nicht! Ich spiel einfach nur gern Fußball. Und Sebastian auch! Auch wenn der gerade mal ein bisschen dicker ist als ... was weiß ich denn, wer! Ist doch auch komplett egal, oder? Fußballspielen kann echt Spaß machen. Aber nicht, wenn Väter wie der von Gerrit dabei sind und dann auch noch anfangen, Punkte zu verteilen. Das nervt!

*Horst, du redest Müll und das nervt! Komm bitte nicht mehr zum Training!*

**Das** hätte Frank antworten müssen! Hat er aber nicht! Und das ist traurig, dass er's nicht getan hat! Ich finde Frank nämlich eigentlich echt nett,

... aber auch ein bisschen feige!


... und ganz ehrlich? Ich mich auch ein bisschen! Jetzt nicht wegen *Horsti*, dem *Daddy* von *Gerry*! Nein, ich rede von was ganz anderem! Ich rede von diesem bescheuerten Abend!

Wir waren ja mit den Lehmanns verabredet. Schon vergessen? War aber so! Wir waren bei denen. Weil die haben sich nämlich gleich ein komplettes Ferienhaus angemietet. Mit einer Riesenterrasse. Direkt am See. Wahnsinn! Die müssen Geld haben wie Heu!

Also, was soll ich sagen ... es war ... irgendwie ganz nett ...

... eigentlich total nett! Also das Haus, die Riesenterrasse und das alles. Und die Eltern von Hendrik auch! Außer Hendrik selbst natürlich. Der ist nicht nett! Der ist und bleibt ein Idiot!

Jedenfalls, der Abend war nett und es gab Pizza und dann haben wir alle zusammen noch ziemlich lange auf dieser Riesenterrasse rumgesessen und dabei zugesehen, wie Hannah mit ihrem albernen Pink-Bikini ins Wasser geklettert ist. Das hatte Mama ihr erlaubt.

»Aber schwimm nicht so weit raus, Schatz!«, hat Papa ihr hinterhergebrüllt.

»Schwimm, so weit du kannst!«, habe ich hinterhergebrüllt.

»Arschloch!«, hat Hannah zurückgebrüllt.

Mama und Papa haben das natürlich mal wieder überhört und weiter mit den Lehmanns gequatscht. Über Hendrik und mich, über die Schule, die Lehrer und wie **TOLL** die Lehrer doch da alle sind und ganz besonders der Herr Krüger – dass wir den als Klassenlehrer gekriegt hätten, das wäre ja ein echter Glücksfall –, und dann musste ich meinen Senf auch noch dazugeben, weil Frau Lehmann mich fragte, wie ich denn den Herrn Krüger so finde, und ich sag: »Geht so!«

Und bevor da Frau Lehmann noch mal nachhaken kann, grätscht meine Mutter dazwischen und fragt Hendrik, wie er denn mit dem Herrn Krüger so klarkommt, und der quäkt: »Hervorragend! Herr Krüger ist wirklich ein ganz toller Lehrer!«

»Nicht wahr, Hendrik? Ein ausgezeichneter Mann, der Herr Krüger!«, setzt Herr Lehmann noch einen drauf, und dann kriegt er auf einmal ganz feuchte Augen und verkündet stolz:

»Herr Krüger hat unsern Hendrik für ein Hochbegabten-Internat empfohlen. – Unser kleines Genie!«

Da hätte ich ja echt die komplette Pizza wieder auf den Teller kotzen können. ... *Unser kleines Genie!* ...pff! Aber dann dämmerte mir irgendwas da oben in meinem Mangel-Oberstübchen und ich frage: **»Echt, Hendrik? Du wechselst die Schule?«**

»Ja, Jan. Ich geh aufs Internat. Das in Thüringen«, antwortet er und witzelt noch hinterher: »Nach den Sommerferien seid ihr mich los!«

»**Ja gaihiiiiel!** – Äh ... ich meine: Geil für dich! – Ist doch super: Hochbegabten-Internat! Genau dein Ding, Lehm... Hendrik!«

»**Toll**, Hendrik! – Auf dich, Hendrik!«, freuen sich auch meine Eltern für den Wunderknaben, und dann stoßen alle auf ihn an, und ich auch, aber ich insgeheim nur auf mich selbst, weil ich mich für mich selber am allermeisten freue, dass der Vollidiot nach den Sommerferien weg ist.

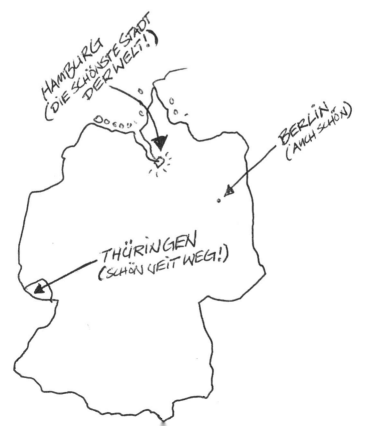

Und dann musste ich die komplette Ladung Cola wieder ausprusten – diesmal über den halben Tisch und nicht in Hendriks Gesicht –, weil Frau Lehmann nämlich das Thema wechselte und mich plötzlich fragt: »Und Jan, du Verbrecher? Wie fandest du denn die Klassenfahrt? Der Hendrik hat schon erzählt, dass ihr da ja einen ganz schönen Blödsinn veranstaltet habt.«

## PRUUUUUUUUUUUUUUUUUUUUUUUST!

»Ach Jan! Muss das denn immer sein?!«, jammert Papa, tupft mit einem Tempo in der Colapfütze auf dem Tisch rum und sagt zu den Lehmanns: »Das ist mir sehr unangenehm!«

»Ach, lass doch, Thomas. Ist doch eh nur Papier«, tröstet Frau Lehmann Papa, und dann bohrt sie bei mir noch mal nach: »Nun, Jan? Was hast du zu deiner Verteidigung zu sagen?«

Da lachen dann alle ganz herzlich und ich sage: »… … … … … … …«, weil ich absolut nicht weiß, was ich sagen soll.

Tausend Fragen schossen mir durch den Kopf: Was meint sie mit *ganz schönen Blödsinn*? Hatte Hendrik gepetzt? Wussten die Lehmanns Bescheid? … *Blödsinn* – Was meint sie damit? Was will sie hören, die Frau Lehmann? Soll ich jetzt sagen, dass Gerrit, Cemal, Sebastian und ich echte Scheiße gebaut haben und ihr geniales Söhnchen da mit reingerissen haben? Will sie das hören? Will sie hören, dass wir den tollen

Herrn Krüger erpresst haben, damit der seine Klappe hält? Was soll ich sagen?

... Game over! Wo ist der verdammte Button?

»... ... ... ... ...?«

»Zahnpasta!«, sagt Frau Lehmann und grinst mich dabei so lehrermäßig an, als müsste ich ein Gedicht aufsagen, das mit *Zahnpasta* anfängt, von dem ich aber nicht weiß, wie's weitergeht, weil ich verpennt habe, es auswendig zu lernen.

»... ... ... ... Zahnpasta ... ... ... Die Zahnpasta: ... ... ... ... ...? ... ...?!?!?«, wiederhole ich blöde, und dann springt plötzlich Hendrik ein: »Türklinke, Jan! Zahnpasta und Türklinke!«

»... ... ... ... ...?«

Wollen die mich hier alle verarschen, die Lehmanns? *Türklinke, Zahnpasta* ... was soll der Scheiß?

»... ... ... ... ...?«

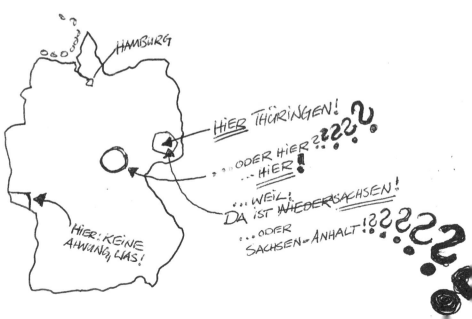

»Jan? Alles in Ordnung mit dir? Du bist ganz blass!«, unterbricht Mama endlich dieses bescheuerte Folter-Verhör und meint zu Frau Lehmann: »Ich glaube, Brigitte, die Geschichte mit dem Waldbrand steckt dem Jan immer noch sehr in den Knochen!«

»Welcher Waldbrand?«, fragen Herr und Frau Lehmann gleichzeitig.

Und da machte es endlich **Klick** bei mir! – Die Lehmanns waren komplett fehl-informiert! *Zahnpasta – Türklinke – Mädchenzimmer! ... ganz schöner Blödsinn!* **Ja klar!** – Hendrik hatte seinen Eltern alles Mögliche erzählt, aber nicht die Wahrheit! Hendrik-Vollpetze-Lehmann hatte ganz erstaunlicherweise dichtgehalten! So dicht, dass seine Eltern nicht einmal wussten, dass der komplette Harz gebrannt hat. Pffuuhh!

Und dann sagt er auch noch mal total gelassen: »Ach so, das! Das war doch nicht der Rede wert! Nur ein Feuer!«

Und Papa darauf: »Na ja, Hendrik. Immerhin ein ziemlich großes. Und das direkt vor der Jugendherberge. – Oder, Jan?«

»... ... ...«

»Ach was!«, spricht Hendrik für mich. »Da hat der Jan ganz gewiss etwas übertrieben. Es war nur ein kleiner, nächtlicher Brand, den die örtliche Feuerwehr recht schnell unter Kontrolle hatte. Wir selbst schliefen ja zur besagten Zeit und haben davon nicht einmal etwas mitbekommen!«

Und damit war die Sache komplett vom Tisch. Es wurden noch ein paar Witzchen gemacht, dass der Jan ja auch immer so übertreiben muss und der Jan bestimmt gern einmal Feuerwehrmann werden will, weil der Jan ja auch noch sehr gern mit seinen Feuerwehrautos spielt ...

»... anstatt für die Schule zu lernen!«, musste meine liebe Mutter da noch einmal kurz nachtreten!

Aber die Sache war vom Tisch. Dank Hendrik. Das war ziemlich cool von ihm. Muss ich sagen. Hätte ich jedenfalls nicht fertiggebracht. Also den Eltern erst gar nichts von dem Brand zu erzählen, und dann aber gezwungenermaßen doch, und dann auch noch so eine Geschichte, die komplett gelogen ist. Ist sie nämlich! Hendrik weiß das! Ich weiß das!

Und ganz ehrlich? Ich persönlich wäre schon nach dem dritten Wort heulend zusammengebrochen und hätte losgebrüllt: **JA! JA! JA! ES WAR EIN GROSSBRAND! UND ICH HABE IHN GELEGT! ICH BIN SCHULD! STECKT MICH INS HEIM! BITTE!**

Weißt du, und deswegen finde ich mich ein kleines bisschen feige. Weil ich nämlich nicht mal irgendwas gesagt habe! Hendrik aber! Und das war cool!

... und ärgerlich aber auch ein bisschen! Weil ich hab mich gefühlt wie ein Tanzbär! Wie einer, der ausgerechnet von dem größten Vollidioten aller messbaren Zeiten vorgeführt wird. ... wie ein Tanzbär, der gar nix kann! Nicht mal tanzen ... und sprechen sowieso nicht! ... brumm, brumm!

Der **IDIOT**!

... und mit Feuerwehrautos spiel ich auch nicht mehr! Schon seit 100 Jahren nicht mehr! Dass das mal klar ist!

Aber wie gesagt: Insgesamt gesehen – ein wirklich netter Abend!

Und irgendwann wurde Hannah dann auch wieder aus dem See gefischt – also lebendig! – und wir sind zurück zu unserer mickrigen Pension.

## Tag 5

Heute waren wir in der Stadt. Also unten in der Innenstadt von Como. Unsere Pension liegt ja etwas außerhalb oder oberhalb von Como. Echte Gurkerei jedenfalls! Und dann auch noch mit diesem VW-Kombi. Ein hässlicher, knallroter Golf Variant von 1998. Aus dem vorigen Jahrhundert, stell dir das vor! Aber Papa schwört drauf. Er sagt: »Es ist ein Auto und es läuft!«

Na super, oder?! Ich meine, wie sähe es auf den Straßen aus, wenn alle Leute so drauf wären wie Papa. Wie Mama drauf ist, davon red ich erst gar nicht. Ihr ist es, glaube ich, sogar komplett egal, ob ein Auto läuft oder nicht. Sie läuft lieber selber. Jeden Tag! 100 Kilometer! Mindestens! Aber das ist jetzt gar nicht das Thema.

Das Thema ist ganz klar die Innenstadt von Como ...

... und der VW Golf Variant 1.9 Diesel mit galaktischen 64 PS von 1998! Nur mal so für den Fall, dass dir auch vollkommen egal ist, ob ein Auto läuft oder nicht, also für den Fall, dass du so gar keine Ahnung von Autos hast: **VIERUNDSECHZIG PS IST NICHTS!**

Mal zum Vergleich: Der Vater von Gerrit, also der Herr Koopmann, der fährt auch einen VW. Aber einen neuen! Einen VW Touareg 3.6 V6! Und jetzt rate, wie viel PS der hat. Ich sag dir, wie viel PS der hat: **280!**

**ZWEI-HUNDERT-ACHTZIG PS!** Das kann einem doch nicht egal sein. Meinem Vater aber. Das ist traurig, ist das!

Stell dir mal vor, wenn die komplette Menschheit so drauf wäre wie mein Vater: Die spaziert fröhlich in ein Autohaus und brüllt:

# »GUTEN TAG, LIEBER AUTOVERKÄUFER! EIN AUTO BITTE, DAS LÄUFT!«

»Aber bitte gern, liebe Menschheit! Hier sind die Schlüssel!«
Und dann – ... orgel-orgel-orgel: 70 Milliarden Menschen eiern jeweils mit einem hässlichen, knallroten VW Golf Variant 1.9 Diesel von 1998 vom Parkplatz.

# »Auf Wiedersehen, liebe Menschheit!
# … und viel Spass damit!!!«

Wie sieht denn das aus? Ich meine, stell dir das doch mal vor! Du kannst doch gar nicht mehr sehen, ob da jemand mächtig viel Kohle hat und deswegen ganz logisch hinter dem Lenkrad eines hammermäßigen Touareg sitzt, wie der Herr Koopmann! Du weißt nicht mal, ob das vielleicht doch nur so eine ganz normale arme Wurst ist, die in der Schule nicht aufgepasst hat und es deswegen natürlich auch zu nichts gebracht hat und sich deshalb auch nur so einen alten VW-Kombi leisten kann!

(Nur damit das mal ganz klar ist: **Mein! Vater! Ist! Keine! Arme! Wurst!**)

... je länger ich darüber nachdenke, eigentlich gar keine schlechte Idee, oder?! Dann gibt's auch keinen Stress mehr von wegen: Wer hat den schnellsten, den größten, den teuersten Wagen? Wer hat's drauf? Wer ist der Loser?

Also mein Vater ist jetzt wirklich kein Loser! Er ist eigentlich auch ganz fit im Kopf und hat sogar einen Job, der ihm Spaß macht. Nur reich kann man damit nicht werden. Aber das interessiert ihn irgendwie auch nicht. Ich meine, Geld interessiert ihn irgendwie nicht. Der macht seinen Job, und den macht er gerne! Und fertig!

Papa arbeitet in einem Jobcenter. Als Arbeitsvermittler. Also so einer, zu dem du gehst, wenn du einen Job brauchst, aber keinen findest.

Weil du vielleicht gerade mal Astronaut bist oder so was, und als Astronaut aber verdammt schlechte Karten hast. Weil alle Plätze sämtlicher Weltraumraketen des kompletten Universums längst besetzt sind. Von solchen Typen wie Torsten, Carsten, Sören ... und Hendrik Lehmann vielleicht auch.

Weil die einfach mehr auf dem Kasten haben als du. Weil sie nämlich im Gegensatz zu dir auch in ihrer Freizeit immer schon gelernt haben. Weil sie ihre wertvolle Zeit damit verplempern, Apfelkuchen in 13 485 Teile zu zerlegen, und auf Anhieb wissen, wie viele Teile sie ihrer Sabine in die Hand drücken müssen, wenn es denn 1/8 sein soll.

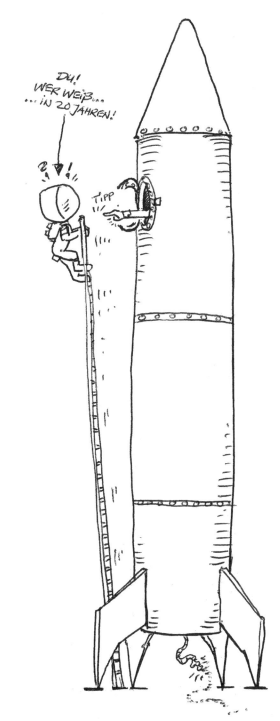

Na ja, jedenfalls gehst du zu meinem Vater und der besorgt dir dann einen ähnlichen Job. In einer Molkerei oder so was.

Haken an der Sache könnte sein, dass du als Profi-Astronaut vielleicht gerade mal keinen Bock drauf hast, in einer Molkerei zu arbeiten. Aber denk dir: Den freien Blick auf die Milchstraße kannst du eh vergessen, weil in der Rakete ja schon das komplette Hirni-Quartett sitzt und für dich einfach kein Platz da mehr ist. Und in so einer Molkerei gibt es auch Milchstraßen ohne Ende.

Okay! Nicht ganz so wie im Weltraum, aber immerhin – Milchtüten am Fließband! Ist doch toll, oder?

Was willst du eigentlich mal werden? Wirklich Astronaut? Da sag ich dir gleich: Schmink dir das ab und geh zu meinem Vater!

Was ich werden will, weiß ich noch nicht. Vielleicht Testfahrer oder so was. Du weißt schon: Neuwagen testen und mit 300 Sachen über die Autobahn brettern. Ja, das wär nicht übel. Nur weiß ich nicht, ob meine **Lern-Kom-Pe-Tenz** da eine Rolle spielt, weil die ja anscheinend **mangelnd** ist. Und da könnte es sein, dass die Autohersteller mich allerhöchstens noch als Crashtest-Dummy hinters Lenkrad setzen und mich mit 300 Sachen gegen eine Betonwand brettern lassen. Nur um zu gucken, ob der Gurt was taugt.

Jedenfalls waren wir heute in der Innenstadt von Como und du glaubst ja nicht, wer uns da über den Weg gelatscht ist. Genau! Die komplette Lehmann-Familie!

›... wo ist der Button?!‹

Die Lehmanns strahlten vor Glück, weil sie gerade einen Haufen Geld ausgegeben haben. Beim Shoppen!

Frau Lehmann zu Mama: »Hier schau mal, Petra! Das Kleid!«

Mama zu Frau Lehmann: »Ach, das ist ja ganz entzückend, Brigitte!«

Papa zu Herrn Lehmann: »Hey Peter! Starkes Klappmesser! Teuer?«

Herr Lehmann zu Papa: »Ach was, Thomas. War im Angebot!«

Hendrik Lehmann zu mir: »Guck mal, Jan! Mein neues iPad!«

Ich zu Hendrik Lehmann: »... ... ...«

**EIN IPAD! HENDRIK LEHMANN HAT EIN EIGENES IPAD!!!**

»Jan, hast du auch ein i-...«

DORF ~~(RENATE)~~ (BRUNATE!)

~~BOOTE~~ VON DA NACH
GEGURKE!
COMO DA

COMER SEE

LANDSCHAFT UND KRAM

DAS TREFFEN AUF

»**Nein!**«

»Hier, schau mal, Jan! Es hat ganz tolle Apps! Spannende Pro...«

»**Toll!**«

»...gramme, mit denen man auf spielerische Weise lernen kann!«

»... ... ...«

Da fiel mir nun wirklich nix mehr zu ein. Hendrik Lehmann bekommt – mir nichts, dir nichts – von seinen Eltern dieses göttliche Wunderwerk der Technik geschenkt und wozu benutzt er es? Zum Lernen! Das ist krank, ist das!

»Willst du es mal halten, J...«

»**Nein!** Interessiert mich nicht! **Schüss!**«

Das war ein bisschen doof von mir, weil man in der Regel dann geht, wenn man sich verabschiedet. Aber ich konnte gar nicht gehen, weil Mama und Papa es ja auch nicht taten und auch noch keiner Hannah die MP3-Stöpsel aus den Ohren gezogen hatte, um ihr mitzuteilen, dass es nun weitergeht.

Hendrik Lehmann hat mich irgendwie komisch angesehen und sein dämliches iPad vorsichtig wieder zurück in den Karton geschoben und nichts mehr gesagt.

Wenigstens das!

Irgendwann hat dann doch endlich jemand bei Hannah die Stöpsel rausgezogen, um ihr mitzuteilen, dass es jetzt weitergeht.

Endlich! Weiter! Nur weg von Hendrik Lehmann! Weg von dem Gedanken, dass man ein iPad auch zum Lernen missbrauchen kann!

... und weg von dem Gedanken an diesen verdammten Game-over-Button, den es nicht gibt! Weg von der Katastrophe, die es gab!

Und gerade, als ich dachte, dass wir nun weit genug weg sind und sich mein Kopf schon wieder herrlich leer anfühlt, da riefen die Lehmanns uns hinterher: »Hey Petra! Hey Thomas! Habt ihr nicht Lust, morgen mit auf eine Hafenrundfahrt zu kommen? Das wird bestimmt toll!«

»Oh! Was meinst du, Petra?«

»Na klar, Thomas! Warum denn nicht?!«

»Auf keinen Fall, Mama!«

Das war nicht ich. Das war Hannah. Erstaunlicherweise. Niemand denkt, dass sie hören und sprechen kann.

Und ich schieb schnell hinterher: »Ganz genau, Mama! Ich wollte morgen auch mit Jasper und Dschingdeskhan Frisbee spielen und ...«

»Ja gerne! Wir kommen mit!«, ruft Mama zu den Lehmanns rüber.

## Tag 6

Heute sind wir bei 100 Grad im Schatten mit einem hässlichen, alten VW-Kombi, der keine Klimaanlage hat, zum Comer Hafen runtergefahren, um mit Herrn Lehmann, Frau Lehmann und Arschloch Lehmann eine Hafenrundfahrt zu machen.

Das Erste, wonach ich natürlich geschielt habe, als wir auf dem Deck waren, war, wo er sein iPad hat.

»Wo ist dein iPad?«

»Zu Hause gelassen.«

»Warum?«

»Weil ich auf der Rückfahrt später noch mein Buch zu Ende lesen möchte.«

Und dann kramt er aus einem Beutel sein Buch raus und hält es mir vor die Nase.

*Jim Knopf und die wilde 13*

»Kennst du es?«

»Was?«

»Ob du es kennst!«

»Na klar kenne ich es! Gibt's auch als Zeichentrick! Finde ich doof! Wo ist dein iPad?«

»Hab ich dir doch gesagt: Zu Hau...«

»Ja, schon klar! Aber warum liegt es da? Und warum liest du? Und dann auch noch so einen Kinderkram!«

»Weil es mir gefällt? Weil es lustig ist?«

»Es ist für Kinder!«

»Ich bin ein Kind!«

»Du bist zehn!«

»Deswegen kann ich Kinderbücher lesen und du noch mit Autos spielen.«

»Tu ich gar nicht!«

SEHR SPEZIELL: ALTER RADDAMPFER

Und dann hab ich ihn links liegen gelassen, weil ich ja so was von keine Lust mehr hatte, mit Hendrik zu reden, und bin rauf zu Hannah aufs Sonnendeck.

Nur um zu gucken, ob sie schon einen ordentlichen Sonnenbrand hat, weil sie nämlich bei jeder Gelegenheit doof wie eine Grillwurst in der Sonne rumbrutzelt, damit sie ganz braun wird und zu Hause vor ihren Freundinnen damit angeben kann.

War aber nicht! Also kein Sonnenbrand! Und deswegen blieb meine Stimmung auch im Keller.

Hendrik Lehmann ist so ein Idiot. Er hat ein iPad und benutzt es nicht. Er lässt es zu Hause, weil er jetzt lieber lesen will. Und dann auch noch Jim Knopf. Und das gibt er auch noch zu. Würd' mir nicht passieren! Ich meine, ich spiele selbstverständlich nicht mehr mit Autos, weil es peinlich ist, mit zwölf noch mit Autos zu spielen, aber für den unwahrscheinlichen Fall, dass ich es doch noch tun würde, würde ich es niemals zugeben! Weil ...

… weil es ja so was von voll peinlich ist, wenn man beispielsweise gerade in seinem Zimmer rumsitzt und nur so aus purer Langeweile die alte Spielzeugkiste wiederentdeckt hat und da sein Lieblingsauto rauskramt, um damit mit 300 Sachen über den Straßenteppich zu donnern, und dabei echt starke Motorengeräusche nachmacht und den Wagen dann in Zeitlupe über eine Leitplanke aus Bleistiften schleudern lässt …

… so was von voll-hammer-super-mega-peinlich, wenn einem dann nämlich das Lieblingsauto vor Schreck aus der Hand fällt, weil da, wo vorher noch der Straßenteppich-See war, plötzlich die Turnschuhe der großen Schwester stehen. Mit Schwester drin! Und die macht einen dann komplett fertig: »Oh, wie süß! Jan spielt mit Autos! **Hönn höööönnn! Mama! Papa! Jan spielt mit Autos!** … tutzi, tutzi!«

Das geht ja gar nicht!

… außerdem war das ja auch nur ein Beispiel und ist so natürlich nie passiert! Dass das mal klar ist!

Unklar ist aber, warum dem Hendrik irgendwie nie was peinlich ist. Scheint jedenfalls so zu sein. Das ist mir schon auf der Klassenfahrt aufgefallen.

Da hat er beispielsweise in dem Zimmer, auf dem wir waren, sein Bett zurechtgezuppelt und als er damit fertig war – und jetzt halt dich fest – seinen **Teddy** ordentlich draufgesetzt. Vor versammelter Mannschaft! Also vor Gerrit, Cemal, Sebastian und mir.

Riesenbrüller! Alle haben sich weggeschmissen vor Lachen.

Nur Hendrik nicht. Der blieb ganz ernst und sagt: »Das ist Gustav! Wo sind eure Stofftiere?«

Und Cemal dann: **»Äy Alder! Warte!«**, und schiebt die Unterhosen und Socken auf seinem Bett beiseite, zückt sein Handy aus der Tasche und legt es übertrieben vorsichtig darauf.

»Das ist Memmet! Kuckstdu hier!«

Riesenbrüller!

Nur Hendrik fragt: »Du nennst dein Handy Memmet?«

»Is' kein Handy! Üst türrrküsch Töddy! Hat mein Mamma mir gelegt schon in Wiege, verstesstu?!«

»Im Ernst?«

Und Cemal dann einigermaßen ernst zurück: »Gott, Lehmann! Wie bescheuert bist du eigentlich? Natürlich **NICHT**! Es ist nur ein Handy und heißt Nokia N8!«

»Oh! Verstehe! Ein Witz! Kicher, kicher ...«

»... ja, Hendrik! Ein Witz!«, antwortete Cemal müde.

Weißt du, Hendrik Lehmann kriegt solche Sachen einfach nicht mit. Da ist irgendwie eine seiner hundert Trilliarden Gehirnzellen nicht so ganz auf dem Laufenden, wenn du verstehst, was ich meine!

Und in einer anderen Ecke seines Superhirns muss sich wohl irgendwann gleich ein ganzer Stamm von Gehirnzellen verabschiedet haben. Und zwar die, die eigentlich dafür zuständig sind, im falschen Moment keine dämlichen Fragen zu stellen.

Am letzten Tag der Klassenfahrt! Abends! So gegen neun! Kurz bevor Herr Krüger und Frau Pietsch (Mathelehrerin!) die Klasse – also uns – zu einer Nachtwanderung auf den Weg geschickt haben. Das war so ein Moment!

Krüger erklärte gerade die Spielregeln. Denn es sollte natürlich nicht irgendeine Nachtwanderung sein, bei der man unbeaufsichtigt einfach nur mal Spaß haben könnte! Nein! Natürlich nicht ...

»Also passt jetzt auf, Leute! – **du auch, Cemal!** Steck dein Handy weg und hör zu!«

»Tutt mir voll leid, Schäff! Isch binn jätzaber voll Ohr!«

Cemal kann Herrn Krüger mit dieser Döner-Deutsch-Nummer echt ziemlich gut auf die Palme bringen.

»*Ganz* Ohr, Cemal! Nicht *voll*! – Also: Wir haben für euch eine spannende Schatzsuche vorbereitet. Mit versteckten Aufgabenzetteln mit dem Stoff aus dem letzten Halbjahr!«

»**Äy-Stoff-Äy! Voll-krass-stabil-Äy! Und wie soll isch checken, wo Schatts lieckt?**«

»Cemal, **bitte**! Das erkläre ich ja jetzt!«

»**Geht klar, Schäff! Isch bin ganz voll Ohr!**«

»...?! – Die Hinweise auf den Schatz findet ihr etappenweise! Jede Etappe – eine Frage – eine Antwort – ein Hinweis! Und die M...«

»**Gecheckt!**«

»... **Und** die Mannschaft, die den Schatz als Erste findet, hat gewonnen! Und: Ihr könnt euch freuen: Dem Gewinner-Team winkt ein toller Preis!«

»Äy-Prrreis-äy! Winki-winki! Voll-krass-korrrekt-äy! Gailles Handy oder was?!«

»Selbst-ver-ständ-lich **NICHT**, Cemal! – Ja, Hendrik? Du hast eine Frage?«

Und dann war er da, der falsche Moment!

»Ja, Herr Krüger! Ich habe eine! Dürfen denn auch Handys mit auf den Weg genommen werden? Ich meine, würde es uns allen denn nicht die Freude am Spiel nehmen, wenn wir davon ausgehen müssen, dass die gegnerischen Mannschaften die bestimmt recht kniffligen Fragen einfach googeln werden?«

Und dann hättest du eine Stecknadel hören können, wenn denn jemand auf die Idee gekommen wäre, eine fallen zu lassen.

Kam aber keiner! 31 Schüler starrten auf Hendrik Lehmann und hatten jeweils nur ein und denselben Gedanken:

**WARUM – IST – DER – SO?**

Kann gut sein, dass unsere Lehrer sogar dasselbe dachten. Nur wenn, dann hat man es ihnen nicht angemerkt. Frau Pietsch sagte dann jedenfalls: »Seeeehr schön, Hendrik! Da hast du natürlich vollkommen recht! – Leute: Holt bitte eure Handys raus und legt sie vorn am Eingang auf den großen Tisch!«

31 Schüler versuchten nun, allein durch Blicke Hendrik Lehmann zur Explosion zu bringen, machten aber brav, was Frau Pietsch ihnen gesagt hatte.

Und dann ging's los. Die Zimmer wurden in Teams eingeteilt und mit dem ersten Aufgabenzettel in die Nacht geschickt.

»Könntet ihr bitte mit euren Taschenlampen woanders hinleuchten? Das blendet mich ganz fürchterlich.«

Gerrit, Cemal, Sebastian und ich konnten aber nicht aufhören damit, weil wir so Hendrik Lehmann besser anstarren konnten.

»Seeeehr schön, **Hendrik**! Da hast du natürlich vollkommen recht, **Hendrik**! Wie hättest du es gern, **Hendrik**? Einfach woanders hinleuchten oder die Funzeln zurückbringen und auch auf den großen Tisch vorm Eingang legen, ... **Hendrik?**«

Das war Cemal, der das fragte, und Gerrit darauf: »**Ja! Genau!** Wer braucht schon Handys und Lampen?! Wir haben doch unsere Oberleuchte Lehmann! Die wandelnde Flachbirne mit Freude am Spiel!«

»Komm, Gerrit! Lass gut sein! Lies lieber vor, was auf dem Zettel steht!«, meinte Sebastian.

Gerrit leuchtete Sebastian an, dann sich selbst und tat so, als würde er sich mit der Taschenlampe eine Kugel in den Kopf jagen, las dann aber endlich die Frage vor: »In welchem Jahr wurde der Dreißigjährige Krieg beendet?

Hinweis: Die Quersumme der Jahreszahl entspricht der Kilometerangabe eines Wegweisers auf dem Waldweg. Dort findet euer Team die nächste Aufgabe.«

»**HÄÄÄÄÄÄ?**« Das waren Cemal, Sebastian, ich und Gerrit selbst, die das sagten.

»Neunzehn!« Das war Hendrik Lehmann.

»**...? ...? ...? ...?**«

»Neunzehn! Der Dreißigjährige Krieg wurde 1648 für beendet erklärt. Und die Quersumme aus 1648 ist 1+6+4+8 = Neunzehn!«

Und Gerrit dann: »Ach ja, klar! Hätte ich auch gewusst! **Also los, Männer! Weiter geht's! Suchen wir das verdammte Schild!**«, brüllte er und stapfte voran.

Ich sag dir was: Gerrit Koopmann hätte es **nicht** gewusst! Nie im Leben hätte er das! Auch bei allen weiteren Etappenaufgaben hat er genauso doof aus der Wäsche geguckt wie wir alle.

Nur Oberleuchte Hendrik nicht! Wie eine wandelnde Suchmaschine im High-Speed-Modus beantwortete er auch jede noch so knifflige Frage. Wahnsinn!

… schade, dass er so ein Idiot ist! Gerade versucht er meine Schwester Hannah aufzuheitern und liest ihr laut aus *Jim Knopf und die wilde 13* vor. Die Arme hat sich nämlich doch noch einen Sonnenbrand geholt und sitzt nun zum ersten Mal seit 43 Stunden im Schatten. Hier bei uns, im Unterdeck!

Sie sieht ein bisschen aus wie unser VW-Kombi. Knallrot! Und einen Sonnenstich hat sie auch. Deswegen guckt sie auch so scharfsinnig wie ein Zombie und versucht, die Geschichte zu kapieren, mit der Hendrik Lehmann ihr die Rückfahrt ein wenig verschönern will. Aber sie peilt natürlich gar nichts mehr!

Und ich auch nicht! Ich kann mich bei Hendriks Gequäke nämlich nicht mehr aufs Schreiben konzentrieren.

**Idiot!**

... aber lustig irgendwie! Also *Jim Knopf und die wilde 13*!
　　　　　　　　　　　　　　　... ein bisschen jedenfalls!

### Tag 7

Italien ist wunderschön! Es hat eine Landschaft und schöne Straßen! Und auf einer dieser Straßen wurde ein Auto vernichtet! Ein Golf Variant 1.9 Diesel von 1998! ... **Unserer!**

## Yes!
### Die Mühle ist Schrott!

Papa war es! Er hat das Auto vernichtet! Zu Schrott gefahren!
**Yes! Yes! Yes!**

Auf dem Weg nach Mailand!

Mailand besteht praktisch nur aus Museen, und da wollte Mama unbedingt hin. Sie arbeitet nämlich selber in einem Museum, und da ist es ja dann auch superlogisch, dass sie unbedingt in ein Museum will, wenn sie mal Urlaub hat und zu Hause nicht ins Museum muss!

Frag mich was Leichteres, warum das logisch sein soll. Meine Lernkompetenz ist erstens mangelnd und hat zweitens Urlaub!

Ich weiß nur eins: Der VW Golf Variant mit 1.9 Liter Dieselmaschine von 1998 ist Schrott! **Yes!** Und Hannah ist schuld!

... und ich auch ein bisschen.

Wir eierten gerade auf der Landstraße hinter einem Traktor rum, den Papa mangels Motorleistung nicht überholen konnte, da brüllte Hannah plötzlich wie der angeschossene *King Kong* aus dem Film, weil sie nämlich eine schicke Ansammlung von amtlichen Sonnenbränden hat. Der auf ihren Schultern mit den Blasen drauf ist der schönste. Und den habe ich aus Versehen berührt ...

... okay, ich habe draufgeklopft! Aber nicht extra! Ich wollte Hannah einfach nur was zeigen. Einen mattschwarzen *Porsche Cayenne*, der mit gewaltigen 521 PS majestätisch an uns vorbeizog.

So einen habe ich auch. Also als Matchbox-Auto. Also in der Kiste natürlich, die ich schon lange nicht mehr auspacke, weil ich ja auch schon lange nicht mehr mit Matchbox-Autos spiele! Klar? Klar!

DER PORSCHE CAYENNE

→ MATTSCHWARZ

Egal!: Draufgeklopft – Hannah brüllt – Mama guckt nach hinten – Papa auch – Traktor hält – Papa nicht – Unfall!

Uns ist nix passiert! Aber dem Wagen! **SCHROTT! SCHROTT! SCHROTT! YESSS......S!**

Und morgen gibt's einen neuen! Also einen Leihwagen erst mal nur. Aber egal. Alles wird gut! Habe Papa gesagt, er soll einen Porsche Cayenne nehmen. Oder zur Not auch einen VW Touareg, wenn der Porsche gerade nicht da ist.

DAS ENDE!

Italien ist wunderschön und das Leben kann es auch sein! Mailand wurde fürs Erste gestrichen und nun sitzen Papa und ich in Como vor einer Eisdiele und freuen uns, dass wir beide so clever sind.

Mama und meine rote Schwester sind nämlich shoppen gegangen.

Wir aber nicht. Weil wir clever sind. Weil wir wissen, dass es die Hölle ist, mit Mama und der Rothaut stundenlang durch eine Wüste von stickigen Geschäften zu schlurfen, um nach dem perfekten Schuh oder der Bluse oder was weiß ich zu suchen.

Wir sitzen wunderschön vor der Eisdiele und vertreiben uns die Wartezeit. Ich mit diesem Notizbuch und Papa mit einem dieser sackschweren Worträtsel aus so einer Wochenzeitschrift.

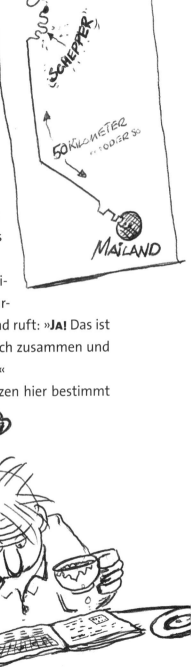

Er nervt mich ein bisschen beim Schreiben, weil er die ganze Zeit vor sich hin murmelt, und dann hüpft er manchmal auf und ruft: »**Ja!** Das ist es!«, und kurz darauf sackt er wieder in sich zusammen und murmelt: »... ach nee, doch nicht. Zu lang!«

Das hat er einfach nicht drauf. Wir sitzen hier bestimmt schon eine halbe Stunde und er hat erst ... – warte! – ... Ja, er hat erst zwei Wörter gefunden.

Hendrik Lehmann kann so was! Auf dieser Nachtwanderung mussten wir ja dieses beknackte Spiel spielen und diese wirklich schweren Etappenrätsel lösen, um weiterzukommen. Da war Hendrik Lehmann unser absoluter Joker.

Es war Wahnsinn! Etappe für Etappe lasen Gerrit, Cemal, Sebastian oder ich die Fragen vor, glotzten dann alle ganz automatisch Hendrik Lehmann an, der dann ganz automatisch die Lösung ausspuckte.

»Die Lösung lautet Holzbank! – ... und es wäre echt nett, wenn ihr mich nicht dauernd blenden würdet. Das ist nicht gut für die Augen!«

**»Scheiss auf die Augen! – Los, weiter! Holzbank heisst das nächste Etappenziel! Wo steht das Teil?«**, brüllte Gerrit und wetzte auch schon wieder los.

Wie die Frage auf die Antwort Holzbank lautete, kann ich dir nun wirklich nicht mehr sagen.

Wir lagen jedenfalls ziemlich gut im Rennen. Dank Hendrik! Hat sich zwar nie jemand bedankt bei dem Klugscheißer, aber egal. Wir lagen haushoch in Führung. Nur ein Mädchen-Team, das uns dicht auf den Fersen war, machte uns ein bisschen Sorgen. Das waren nämlich die Mädchen, die sich mit Hendrik Lehmann in der Schule sowieso schon immer ein Duell liefern. Dabei geht es immer darum, wer von denen im Unterricht seine Finger eine Millisekunde zuerst oben hat, um eine Frage des Lehrers beantworten zu dürfen.

Wobei du selbst aber immer stumpf daneben sitzt und denkst, das ist ein Film mit Überlänge!

# KAMPF DER KLUGSCHEISSER
# GIGANTEN

Ein spektakuläres Lernfreak-Abenteuer in 3-D über sechs komplette Schulstunden! Mit atemberaubenden Specialeffects und bombastischem Dolby-Surround-Sound!

Nur hier war es anders! Während in der Schule jeder gegen jeden kämpfte, hieß es hier:

Vier Klugscheißer-Mädchen gegen unseren einen! Denn wir anderen wussten praktisch nichts!

Und so kam, was kommen musste: Bei der allerletzten Etappenfrage machte Lehmann schlapp.

Das Mädchenteam hatte aufgeholt! Auch sie hatten ihren allerletzten Etappenzettel gefunden. Nur ein paar Meter von uns entfernt. Sie steckten die Köpfe zusammen und fingen an zu tuscheln und zu kichern.

»Denk nach, Lehmann! Die Weiber kichern! Die haben's gleich!«, hat Gerrit gesagt.

Keine Antwort.

»Lehmann, wir brauchen **jetzt** die Lösung!«, sag ich.

Keine Antwort.

»Hallo? Lehmann? Bist du noch da drin?«, sagt Cemal und klopft Hendrik auf den Kopf.

Keine Antwort.

Und dann hat man nur noch Getrippel und Gegacker gehört, weil die Mädchen die letzte Aufgabe gelöst hatten und nun wussten, wo der Schatz liegt.

»**Scheisse, Lehmann! Die Weiber hau'n ab! Sag was!**«, brüllt Sebastian.

Keine Antwort.

Wir hörten auf, Lehmann zu blenden, und hielten die Taschenlampen jetzt in die Richtung, in die die Mädchen verschwunden waren.

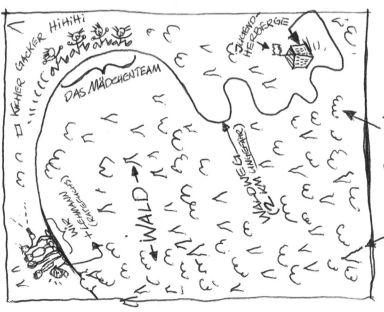

»Scheiße, die sind weg!«

»Jau, die Chics haben gewonnen!«

»Yep! Das war's!«

»Kacke!«

Das kam von Cemal, Sebastian, mir und Gerrit.

»Jugendherberge!«, kam von Hendrik.

»...? ...? ...? ...?«

Hendrik stand sofort wieder im vollen Scheinwerferlicht.

»*Jugendherberge*! So lautet das Lösungswort! – Verflixt noch eins! Das war ganz schön verzwickt, weil man nämlich zunächst das Wort *Jugend* finden musste, um es dann ...«

**»Jugendherberge!«**, brüllt Gerrit. **»Ja klar! Der Schatz liegt in der Jugendherberge! – Los, Männer! Der Sieg ist unser!«**

»Vergiss es! Wir haben verloren! Die Mädchen sind viel eher da als wir!«, sag ich.

**»Mädchen sind langsam!«**

»Koopmann, lass es gut sein«, sagt Sebastian.

**»Ich kann nicht!«**

»Ein zweiter Platz ist auch recht schön!«, sagt Hendrik.

**»Ein zweiter Platz ist nichts! Wir holen sie ein!«**

»Äy Aldääääär! Binn isch Bienne Maya? Hab isch Flügel oder was?«, fragt Cemal.

**»Quatsch nicht, Kebab! Wir nehmen die Abkürzung!«**, brüllt Gerrit und hüpft ins Gebüsch. Ab vom Weg – rein in den Wald. – **»Los, Mädels! Wo bleibt ihr?«**

Und dann taten wir das, was wir niemals hätten tun dürfen: Wir rannten hinterher!

Außer Hendrik. Der blieb stehen.

**»Lehmann! Was ist? Hau rein!«**

Aber er blieb stehen und sagte: »Das ist nicht klug! Herr Krüger hat ausdrücklich darauf hingewiesen, nicht vom Weg abzukommen! Im Wald kann einem die Orientierung so manchen Streich spielen!«

»Da hat er vielleicht recht«, meinte Sebastian.

**»Schwachsinn! Ich weiss, wo's langgeht! Los jetzt! Mir nach!«**

Und weil Hendrik Lehmann kein Spielverderber sein wollte, ist er dann auch hinterhergedackelt. Den ersten Platz hätten wir nur als vollständiges Team machen können.

Dass wir am Ende nicht mal mehr den letzten Platz belegen konnten, ist eine komplett andere Geschichte!

... die ich dir aber jetzt garantiert nicht mehr erzähle, weil Papa gerade sein drittes Wort gefunden hat und dann doch wieder nicht! Und das nervt beim Schreiben!

## TAG 8

Italien ist saudoof! Und mein Vater ist es auch!

Er ist so ein Depp! Ein Mega-Depp! Er ist der Titan aller Mega-Deppen!

Heute Morgen hatte er eine ganz einfache Aufgabe: Er sollte einfach nur zum Autoverleih gehen, dort einen Porsche Cayenne mit 521 PS abholen und **SOFORT** wieder zurück zur Pension kommen. Für den unwahrscheinlichen Fall, dass der Porsche Cayenne mit 521 PS gerade mal nicht da sein sollte, würde es zur Not auch der VW Touareg mit nur 280 PS tun. – Das war die Aufgabe. Lösbar, überschaubar, einfach.

Und womit kommt er zurück? Mit einem Opel-Kombi! Einem uralten, hässlichen Opel Astra Caravan in Kugelschreiber-Blau!

»Hallo Jan! Starker Flitzer, was?«, waren seine Worte, als ich ihn vor der Pension aus dieser Schrottkarre klettern sah.

»Was ist das?«, frage ich komplett baff, geschockt, entsetzt, fassungslos ...

»Es ist ein Auto!«, sagt Papa fröhlich.

»Ist es nicht! Es ist ein Opel Astra!«

»Also doch ein Auto!«

»Der Opel Astra ist kein Auto!«

»Ach Jan ... (Seufz).«

»**Wa-rum?**«

»*Wa-rum* was?«

»Warum hatten die vom Verleih keinen Porsche? Und keinen Touareg? – **Wa-rum?**«

Und dann sagt er mir – *angeblich* total überrascht –, dass davon nie die Rede gewesen sei. Nicht vom Autoverleih und schon gar nicht von diesen albernen Geländewagen.

Alberne Geländewagen! Pff...

»Jan, ich bin nicht Krösus! Ein Leihwagen ist viel zu teuer!«

»*Krö*-wer?«

»*Krö-sus*! Sagt man so! Irgendein König war das! Sehr reich! – Aber ist auch wurscht! Jetzt rate, wer mir den Wagen netterweise geliehen hat!«

»Donald Duck!«

»Quatsch! Die Eltern von deinem Freund Hendrik Lehmann! Wir können ihn uns so oft borgen, wie wir wollen. Sie brauchen den Wagen hier so gut wie gar nicht, sagen die Lehmanns. Nett, oder?«

»W… … …?«

**…Wie-so? – Wes-halb?? – Wa-rum???** – Ist das alles Zufall? Oder steckt hinter dem Ganzen ein ausgeklügelter Plan einer außerirdischen Macht? Bin ich für die vielleicht so eine Art Versuchskaninchen, weil die einfach mal gucken wollen, wie denn so ein zwölfjähriger Menschenjunge wohl reagiert, wenn man ihm die kompletten Ferien versaut?

… also gut, ich tippe mal immer noch auf Zufall! Aber was für einer!

Und ganz zufälligerweise, genau in diesem Augenblick, da ich schlimme Stunden meiner wertvollen Kindheit in diesem Opel-Zombie verbringe, macht mein Herr Vater sich zum **Ober**-Titan aller Mega-Deppen, weil er sich nämlich verfahren hat.

Wir sind auf dem Weg nach Mailand. Zu Mamas Museen! Jedenfalls wären wir es, wenn sich mein großartiger Vater gerade nicht verfahren hätte und uns nun in die Mongolei oder was weiß ich wohin kutschiert.

… ist gerade mal keine gute Stimmung da vorn im Opel-Eimer-Cockpit!

Mama sagt, dass Papa die Autobahn-Abfahrt verpasst hat, und Papa sagt, dass Mama ihm vielleicht etwas früher als drei Meter vor der verpassten Abfahrt hätte Bescheid geben können, dass es hier abgeht. Worauf Mama ihm sagt, dass Papa sie ja vielleicht einfach mal fragen könnte, wenn er keine Ahnung hat, wo's langgeht. Worauf er nun wieder irgendwas sagt, was natürlich überhaupt gar keinen Sinn ergibt. Weil er ein Depp ist, und **das** wiederum sagt Mama ihm auch gerade.

»**Richtig, Mama!**«, sag ich da nur von hinten.

»**Halt du dich da raus!**«, antworten beide da nur von vorn.

Pff…

… irgendwann hat Papa doch noch den richtigen Weg nach Mailand gefunden, wo wir dann einen Dom, ein Schloss und Gott sei Dank nur ein Museum besichtigen mussten. … aber dafür noch 5000 andere alte Steine und Plätze.

Mailand ist schon ganz chic, aber nun sind wir alle körperlich am Ende. Außer Mama, der Sportskanone, versteht sich.

Jedenfalls muss ich dir gestehen, dass ich mich nie mehr als jetzt darauf gefreut habe, nun wieder in dem grässlichsten Auto der kompletten Weltgeschichte zu sitzen. Und das auch noch auf dem Platz des größten Idioten der kompletten Weltgeschichte: Hendrik Lehmann!

Scheint jedenfalls sein Platz zu sein, weil, wenn ich's richtig sehe, ist nur diese Seite mit Snickers-Papier, Obstschalen und was weiß ich noch alles zugemüllt. Da hat Hannah mehr Glück. Die rechte Seite ist sauber.

… angenommen, es gäbe eine Autotestzeitschrift extra nur für Schrottkombis, ich glaube, da wäre ich jetzt der richtige Mann für die Testberichte.

**Der große Juckelgurken-Vergleichstest: VW Golf gegen Opel Astra!**
Ein ausführlicher Fahrbericht von unserem tollkühnen Juckelgurken-Experten Jan Hensen: Unterm Strich haben beide Fahrzeuge die Bezeichnung »Fahrzeug« nicht verdient ...
... Punkt!

... außer vielleicht noch, dass der Opel Astra im Vergleich zum VW Golf **noch** weniger Beinfreiheit hat! Das hält man ja nicht für möglich, aber das geht! Hat mich schon auf der Hinfahrt genervt! Man kriegt bei dieser Schrottkiste seine Füße einfach nicht unter den Fahrersitz. Was eigentlich wiederum auch komplett egal ist, weil die Beine irgendwann sowieso einschlafen und dann merkt man eh nix mehr!

... es sei denn, Hendrik Lehmann, dieses ganz erstaunliche kleine Ferkel, hat unter dem Fahrersitz noch eine weitere Mülldeponie angelegt. Was weiß ich denn – vielleicht stopft der Blödmann ja schon seit Ewigkeiten angefressene Butterkekse, Coladosen, Milchfläschchen unter den Sitz ...

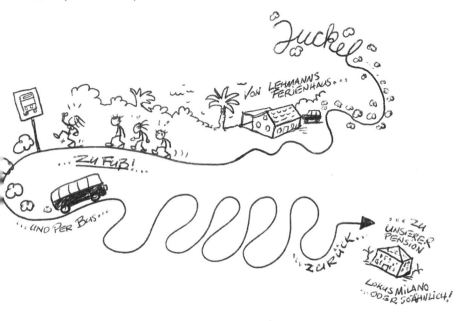

... ich hab nachgesehen! Butterkeks, Milchfläschchen: Fehlanzeige!

Aber du hast ja keine Ahnung, was ich stattdessen entdeckte! Also ich spreche jetzt nicht von dem vergammelten Pfirsich, in den ich voll reingepackt habe. Auch nicht von dem dämlichen Verbandskasten, der der Grund für die fehlende

Fußfreiheit war. Nein, Kumpel, ich spreche von etwas, das noch hinter dem Verbandskasten lag: einem Buch! Hendriks Buch!

## HENDRIK LEHMANNS TAGEBUCH!
### PERSÖNLICHE EINTRAGUNGEN, DIE NIEMANDEN ETWAS ANGEHEN!

... ein total bescheuerter Titel, aber egal. Ich hab's natürlich sofort gelesen. Jedenfalls so weit ich konnte. Irgendwann kommt man ja selbst mit einem Opel Astra ans Ziel und da musste ich spätestens vor der Haustür von den Lehmanns das Buch wieder dahin verstauen, wo Hendrik Lehmann es versteckt hatte. Verbandskasten davor. Gammelpfirsich auch – alles exakt so, wie es vorher war.

Besonders weit bin ich leider nicht gekommen, weil ich dauernd zu Hannah rüberschielen musste, ob sie peilt, dass ich etwas lese, was mich einen Scheiß angeht, um mich gleich wieder bei Mama und Papa zu verpetzen. Hat sie aber nicht. Also was gepeilt. Klar!

Wie auch immer: Ich habe ein paar Seiten lesen können und es ist ... **SCHLIMM**! Richtig, richtig **SCHLIMM**, was Weltautor Hendrik Lehmann sich da zusammengekrickelt hat!

Und damit meine ich jetzt nicht mal seine ätzend langweiligen Reiseberichte über Como hier!

... obwohl – die sind auch richtig schlimm! Elendig lange und öde Beschreibungen über ... *den beeindruckenden Stadtkern von Como, die verwinkelten Gässchen, die hier und dort mit hübschen* **Kopfsteinpflaster-Mustern** *geschmückt sind, und ...*

... jetzt mal ehrlich, Kumpel! Da möchte man doch am liebsten einen von diesen hübschen Kopfsteinpflastersteinen aus einem der verwinkelten Gässchen rausbuddeln und diesen dann dem Hendrik voll auf seine Schreibhand hauen, oder?!

Aber jetzt pass auf: **WIRKLICH RICHTIG SCHLIMM IST:** Hendrik Lehmann, der vollste aller Vollidioten, hat etwas in sein superprivates Tagebuch notiert, was da ja so was von gar nicht reingehört. Meinen Namen nämlich! Und alle anderen Namen auch! In Verbindung mit einer Klassenfahrt! Und einer ganz bestimmten Nacht! Der Nacht, in der ein Wald brannte! Ein ganz bestimmter Wald! Der im Harz nämlich!

Gehört da alles nicht rein!

Jedenfalls nicht, wenn der Depp sein bescheuertes Buch da hinlegt, wo es die komplette Menschheit nach Lust und Laune lesen kann. Ich meine, wie bescheuert muss man da eigentlich sein! **Alle** konnten heilfroh sein, dass die Sache nicht aufgeflogen ist. Die Polizei, die Feuerwehr – niemand würde auch nur jemals irgendetwas rauskriegen! Niemand! Und was macht Hendrik Lehmann? Hendrik Lehmann schreibt fröhlich Aufsätze darüber und legt diese dann für die komplette Weltöffentlichkeit unter den Fahrersitz eines Opel Astra!

Auf die Aufsätze bin ich ganz zufällig gestoßen, als mir das Buch aus der Hand fiel und ich es wieder aufheben musste und irgendwo weiter vorne aufgeschlagen habe.
 … weil Hannah nämlich ganz plötzlich, ganz ekelhaft schrill rumkreischen musste und mir fast gleichzeitig ein Gammelpfirsich um die Ohren flog. Der Gammelpfirsich nämlich, den ich unter dem Fahrersitz gefunden und neben mir abgelegt hatte. … aus Versehen direkt in Hannahs offenen Stoffbeutel rein, aus dem Hannah dann irgendwas rauskramen musste und natürlich voll in den Gammelpfirsich reingrapschte, um dann ganz plötzlich ganz ekelhaft schrill rumzukreischen, und dann hat sie halt versucht, mir den Gammelpfirsich an die Birne zu hauen, und weil die Gute aber auch selbst zum Treffen zu dämlich ist, flog mir der Gammelpfirsich halt nur um die Ohren und zermatschte an der Fensterscheibe, bevor mir wegen allem dann das Buch aus der Hand fiel!

Was ein bisschen schade war, dass vor uns diesmal kein Trecker hielt, in den Papa normalerweise immer gern mal reinbrettert, wenn er, und Mama auch, nicht auf die Straße gucken, sondern nach hinten, wenn eines ihrer Kinder anfängt, ganz plötzlich und ganz ekelhaft schrill rumzukreischen.

Egal! Buch wieder aufgehoben – Buch wieder aufgeschlagen – und da eben auf einer Seite zufällig als Erstes gelesen: *Jan Hensen war es, der mit nur einem Streichholz das Lagerfeuer entfachte, welches sodann außer Kontrolle geriet und schlussendlich den Großbrand im Harzer Wald verursachte.*

... Buch wieder zugeschlagen, und dann war ich in etwa so gelassen wie jemand, dem man eine tote Ratte in die Hand drückt und der dann irgendwann auch mal peilt, dass man ihm eine tote Ratte in die Hand gedrückt hat. (Ist jetzt nur mal so ein Bild. Ein Vergleich! Mehr nicht!)

Jedenfalls war ich komplett panisch und hätte die tote Ratte – also das Buch!!! – am liebsten direkt aus dem Fenster geworfen. Was natürlich nicht ging! ... Schwester hier, Eltern da!

Wie auch immer, ich hab mich dann stark zusammengerissen, das Buch wieder aufgeschlagen und weitergelesen. Nur um zu gucken, ob Idiot Lehmann wenigstens auch irgendwo notiert hat, dass es *sein* Streichholz war, mit dem ich den halben Harz abgefackelt habe.

Hat er! Also notiert! So ungefähr: *Ich wehrte mich nach Kräften, doch es war zwecklos. Gerrit, Cemal, Sebastian und Jan überwältigten mich und nahmen sich meine Streichhölzer.*

... so ein Arschloch! Weil, wenn man das so liest, dann kriegt man schnell den Eindruck, als wären meine Kumpels und ich komplett gestört.

Was aber sooo wirklich nicht stimmt! Wir waren einfach nur am Ende! Körperlich ... und nervlich halt auch ein bisschen! Zu dem Zeitpunkt jedenfalls. Weil nach zwei Stunden, die wir da schon durch den nächtlichen Harz geschlurft sind, kann man schon mal am Ende sein mit allem, oder?

Gerrit hatte sich nämlich verfranst! Aber total! Die Abkürzung zur Jugendherberge war der absolute Holzweg!

Weil er aber dauernd meinte, dass es nicht mehr weit ist und dass wir gleich da sind, latschten wir ihm halt trotzdem hinterher.

Bis er irgendwann stehen blieb und sagte: »Mädels! Wir müssen noch mal kurz zurück! Und dann ... ähm ... links runter! – Ist nicht mehr weit! Gleich sind wir da!«

Da wurde er einstimmig als Pfadfinder abgewählt und Cemal kriegte den Job. Weil der hatte nämlich behauptet, dass sein Ur-Ur-Urgroßvater mütterlicherseits Indianer gewesen wäre. Und wenn man einmal so einen Indianer im Blut hat, dann weiß man, wo's langgeht. Das fanden wir irgendwie ganz überzeugend.

Bis unser Winnetou aus Ankara dann aber auch irgendwann stehen blieb, sich einfach ins Laub legte und gesagt hat: »Heute ist ein guter Tag zum Sterben!«

»Kein Thema! Schüss!«, meinte Sebastian und ist einfach stumpf weitergegangen. Und wir ihm hinterher – und Cemal dann natürlich auch!

Alles in allem: Die ganze Verlauferei war schon echt ziemlich nervig. – Das ganze bescheuerte Hänsel-und-Gretel-Programm: Finster hier, bitterkalt da und dann ...

... kamen wir aber auch an ein Häuschen!

Und als wir sahen, dass da im Dachfenster sogar noch ein Licht brannte, freuten wir uns auch bescheuert wie Hänsel und Gretel.

Blöderweise guckte dann aber keiner raus aus dem Häuschen. Selbst auf stärkstes Türgehämmer und extremste Hilfe-Brüllerei tat sich nichts da drinnen. Außer, dass da oben im Fenster eben ein Licht brannte, wovon wir jetzt nicht so wahnsinnig viel hatten.

Und weil wir alle echt keinen Bock mehr hatten, auch nur noch einen Meter durch den Wald zu schlurfen, und weil es mittlerweile richtig rattenkalt war, kam die Idee mit dem Feuer auf.

Gut war: Wir brauchten dafür nicht den ganzen Wald nach Brennholz zu durchwühlen – an der Rückwand von der Hütte fanden wir gleich einen ganzen Stapel davon.

Schlecht war: Wir hatten kein Feuer!

Also Gerrit, Cemal, Sebastian und ich hatten keins. Aber Hendrik! Streichhölzer eben! Erstaunlicherweise! Hendrik Mustermann hatte welche! Nur rausrücken wollte er sie dann aber nicht. Richtig blöd war das. Erst sagt er, dass er welche hätte, und dann rückt er sie nicht raus, die Streichhölzer.

»Nein! Auf keinen Fall! Es wäre sehr leichtsinnig, inmitten eines durch Sommerhitze verdorrten Waldes ein Feuer zu machen!«, quäkte er.

Und weil uns bei so viel Klugscheißerei auf einem Haufen so gar nichts mehr einfiel, stürzten wir uns auf ihn, hielten ihn fest und durchwühlten seine Taschen.

FEHLER NR. 2!

»**Da! Hab sie!**«, triumphierte ich, als ich die Streichholzschachtel fand. In seiner Hosentasche war sie! Ekeligerweise unter einem Tempo, einem gebrauchten!

Aber egal! Wir hatten die Streichhölzer und konnten damit ein kleines Lagerfeuer entfachen. Also ich dann eben.

Wir pflanzten uns davor und grinsten dämlich vor Wärme und Glück. ... **Auch** Hendrik Lehmann!

Aber glaub jetzt bloß nicht, dass er das auch nur irgendwo in seinem Kackbuch notiert hätte!

Alles war so wunderbar!

Um uns herum der schweigende Wald. Über uns das blinkende Universum. Vor uns das prasselnde Feuer, aus dem hin und wieder lustig ein Funken sprang ...

FEHLER NR. 3!

... bis dann irgendwann ein Funken lustig zurücksprang! *In* das Feuer! Nicht *aus* ihm heraus!

Wir fragten uns, wie das denn sein konnte, und hatten ziemlich schnell eine Antwort: ein zweites prasselndes Feuer! Hinter uns!

Der Holzstapel an der Blockhütte stand voll in Flammen.

Wir sprangen auf, und das war dann aber auch schon das Einzige, was wir taten, weil wir nicht den blassesten Schimmer hatten, was wir sonst tun sollten.

»Auspinkeln!«, war Gerrits Idee. »Keine Panik, Männer! Ich regle das.«

Und dann stiefelte er cool wie ein Cowboy auf den brennenden Holzstapel zu, stellte sich breitbeinig davor, kramte seinen Pimmel raus und hüpfte dann nicht ganz so cool wie ein Cowboy sofort wieder zurück.

**»Au! Au! Au! Au! Au! Mein Schniedel brennt! Au! Au! Au! Heiss-heiss-heiss ...«**

Cemal checkte die Lage zwischen Gerrits Beinen und beruhigte ihn: »Äy, Aldääär! Cool bleiben! Da brennt gor nix. Steck dein Micker-Teil einfach wieder in deine Lilly-Fee-Unterhose und alles wird gut!«

Aber nichts wurde gut! Es war Wahnsinn, wie schnell sich das Feuer auf die komplette Rückwand der Blockhütte ausbreitete.

Und dann hörten wir Schreie. Von der Vorderseite her. Wie das Gequieke von einer Sau, die vor ihrem Schlachter steht.

Wir wetzten nach vorn, um nachzusehen, wer die Sau war: Hendrik Lehmann!

Er hatte längst gepeilt, dass wir das Feuer im Leben nicht mehr unter Kontrolle kriegen würden. Er hämmerte wie wild gegen die Tür und quiekte sich die Seele aus dem Leib.

»Es brennt! Es brennt! Die Hütte brennt!«

»Lehmann, was tust du da? Da ist kein Schwein!«, rief Sebastian.

»Und wenn doch? Was ist mit dem Fenster? Warum brennt da Licht?«, schrie Hendrik und bollerte weiter gegen die Tür.

»Ist doch scheißegal, warum da Licht brennt. Da brennt halt Licht. Kann doch mal da brennen, das Licht. Auch ohne, dass jemand zu Hau...«, meinte ich dann und dann gar nichts mehr, weil es plötzlich anfing zu regnen. Funken nämlich!

Wie auf Kommando sprangen alle gleichzeitig ein paar Meter zurück, um zu gucken, woher der Funkenregen kam.

Er kam aus einem Baum. Einer Tanne, die über das Haus ragte. Das Feuer hatte längst das Dach erreicht und war auf die erste Tanne übergesprungen.

»**Scheisse! Scheisse! Scheisse!**«, brüllten wir und rannten weg. Komplett panisch! Nur weg von dem Feuer, rein in den Wald.

... und weißt du? Exakt bis hierher konnte ich diese Geschichte auf der Rückfahrt von Mailand nach Como nachlesen. Wort für Wort! ... also natürlich nicht Wort für Wort, sondern in diesem kranken Satzgewurschtel von Hendrik Lehmanns

Tagebuch. Bis ich, wie gesagt, nicht mehr weiterlesen konnte und ich das Buch wieder zurücklegen musste. Unter den Fahrersitz hinter Verbandskasten und Gammelpfirsich.

**OKAY**, kann sein, dass **DU** dir jetzt sagst: »Schlimme Sache, das alles! Aber ... öhm ... ich versteh nicht ganz! Da regt der Jan sich über Hendriks Schreiblust auf und dann textet der mich hier selber zu mit der kompletten Geschichte. Das ist alles nicht sehr logisch! ... so ein Hirni!«

Und dann müsste ich dir aber darauf antworten: »Erstens: Selber Hirni! Und zweitens: Natürlich ist es logisch! Weil **ICH** und **DU**, mein Freund – also quasi **WIR BEIDE** – haben über mein Tagebuch **JEDERZEIT** die absolute Kontrolle! ... im Gegensatz zu Hendrik Lehmann! Da ist irgendwie gar nichts unter Kontrolle. Einerseits hält er zu Hause dicht wie ein russisches Atom-U-Boot. ... aus mir komplett unbekannten Gründen. – Andererseits verfasst er perfekte Polizeiberichte, die er für die versammelte Menschheit unter einem Opel-Astra-Pups-Sitz bereithält.

Hendrik Lehmann ist und bleibt ein wandelnder Schwachpunkt, außer Kontrolle!

... und das macht mir halt ein *bisschen* Angst!

**TAG 9**

Alles ist saudoof!

Da wir ja dank meines genialen Herrn Vater komplett bewegungsunfähig sind und auch der *Opel Astra Caravan Diesel TD Dream* von 1648 heute von den Lehmanns selbst gebraucht wird, mussten wir heute Morgen in einem komplett überfüllten Bus zum See runtergurken.

Ich dachte noch: ›Was soll's! Irgendwann wird auch dieser Blecheimer ankommen und dann werde ich Jasper und Dimytrié am See treffen und mit ihnen den ganzen Tag mit Frisbee, Schwimmen und tausend anderen schönen Dingen verbringen können.

Weit weg von Schrott-Kombis und Konserven-Bus-Dosen, weit weg von Hendrik Lehmann – der mit seinen Eltern einen Ausflug macht und mir daher heute nicht über den Weg laufen kann – und deshalb auch: weit, weit weg von dem Gedanken an meinen Game-over-Button.‹

Wir kommen also irgendwann tatsächlich an und ich suche das Strandbad nach Jasper und Diimitry ab.

Hab sie auch gefunden. Sie saßen da zusammen mit einem dritten Jungen und machten irgendwas.

Ich da hin und dachte noch: ›Ja gaihiel! Dann sind wir ja zu viert und können zwei Mannschaften für Volleyball machen!‹

Aber als ich dann näher komme, erkenne ich, wer der dritte Junge ist ...

Rate es! Streng dich an! Gib alles! ...

... **Bingo!** – Hendrik Lehmann!

Er saß da mit **meinen** Freunden und alle drei glotzten wie gebannt auf ein blattgroßes Ding, das Dschimmitiri gerade sanft hin- und herschaukelte – Hendrik Lehmanns iPad!

Wo ist der Button?

»Was machst du denn hier? Du sollst auf einem Ausflug sein!«, sage ich.

Und er: »Oh! Hallo Jan! Den Ausflug haben wir auf heute Nachmittag verlegt! Wegen der zu erwartenden Mittagshitze! Aber schau doch mal: Wir spielen gerade ein spannendes Computerspiel! Es heißt *Real Asphalt HD*, ein Autorennen. – Kennst du es?«

DIMÜTRY

»**Nein!** Interessiert mich auch nicht!«, lüge ich.

Natürlich kenne ich Real Asphalt HD! Es zählt zu meinen absoluten Top-Favoriten unter allen Hammer-Apps, die ich überhaupt kenne. Gerrit hat es auch auf seinem iPad. Wir spielen es ziemlich oft.

So gelangweilt wie nur irgend möglich schielte ich auf das Display und wusste auf Anhieb, dass Dschimmmitry auf eine ziemlich tückische Straßenschikane zurast. Ich musste mich echt zusammenreißen, um ihn nicht zu warnen, dass er unbedingt vom Gas runtergehen muss.

Dimmittry knallte dann ganz normal mit 300 Sachen gegen einen Baum und vergeigte sein Rennen.

Er gab das iPad Hendrik zurück und der hielt es mir unter die Nase und sagt: »Willst du nicht mitspie...«

»**Nein!**«

Und dann machten Jasper und Dingsmitrie auch noch ein paar internationale Handzeichen, dass ich mich doch dazusetzen sollte.

Ohne groß nachzudenken, habe ich mich aber verabschiedet und so getan, als hätte ich es gerade sehr eilig.

»Jammer! Tott ßiens!«, rief Jasper hinterher. Was wohl *Schade! Bis bald!* oder so was hieß.

»Dovvstretschi«, oder-was-auch-immer rief Dimmitrillie hinterher und meinte wohl sehr wahrscheinlich dasselbe wie Jasper.

»Sehr schade! Bis bald, Jan!«, rief Hendrik und meinte es wohl auch so, wie er es sagte, aber frei übersetzt habe ich es mir mit: *Jan Hensen! Die Welt ist klein, und ganz egal, wohin du dich verkriechst –* **ich, Hendrik Lehmann, finde dich und versau dir den Urlaub!**

Ich bin keine zehn Meter gegangen, da habe ich es auch schon bereut, dass ich abgehauen bin. Aber nun konnte ich natürlich nicht mehr zurück! Das wäre peinlich gewesen! Erst einen auf wichtig machen und so tun, als hätte man einen Termin mit dem Papst, und dann zurückgekrochen kommen und betteln: *Darf ich mit-spie-läään???*

**Never! Niemals!**

Hendrik Lehmann hatte es also geschafft: Er hat mir meine Freunde weggenommen. Mit seinem iPad … und *Real Asphalt HD!*
**Meinem** Spiel!

Und da ich nun aber noch die fragenden Blicke der drei Jungs im Nacken spürte, weil sie bestimmt wissen wollten, was der Jan wohl so Wichtiges vorhat, fiel mir nix Besseres ein, als zum anderen Ende vom Strandbad zu stampfen. Rüber zu Hannah, um mich neben sie unter den Sonnenschirm zu setzen. Um so zu tun, als würde ich ein enorm wichtiges Gespräch mit ihr führen müssen.

»Was willst du, Opfer?! Hau ab!«, begann Hannah das enorm wichtige Gespräch.

»Ähm..., was macht dein Sonnenbrand?«, führte ich das enorm wichtige Gespräch fort.

»? ¿ ?«

Hannahs Fragezeichen habe ich förmlich in ihrer hohlen Birne würfeln hören. Dass ausgerechnet ich mich nach ihrem Wohlbefinden erkundigte, musste für sie in etwa so sein, als würden Mistkäfer plötzlich damit anfangen, ihre MP3-Lieblingshits mitzuträllern.

»Geht so! Und jetzt mach dich vom Acker! Ich will lesen!«, antwortete sie.

Das enorm wichtige Gespräch war ziemlich am Ende, die Jungs glotzten aber immer noch und ich musste mir etwas einfallen lassen, um nicht als totaler Depp dazustehen.

Meine Eltern und die von Hendrik lagen nur ein paar Schritte von meiner hohlen Schwester entfernt auf Liegestühlen herum und von da kam unerwartet meine letzte Rettung.

Papa steht auf, läuft an uns vorbei und sagt: »Ich fahr mal kurz mit Lehmanns Wagen zum Supermarkt. Ein paar Sachen einkaufen, für morgen.«

**»Darf ich mitfahren, Papaaa?«**

Mein Vater hat sich zwar tierisch gewundert, weil er weiß, wie sehr ich den Popel-Kombi verachte, aber wie auch immer: Ich durfte mit und die Jungs konnten sehen, dass ich anscheinend tatsächlich etwas Wichtiges vorhatte!

Was für ein Glück!!!

Ich setzte mich in den brutheißen Opel-Brechreiz-Astra auf Hendrik Lehmanns Müllhalde und haute meine bloßen Füße ganz normal unter den Fahrersitz.

... allerdings ohne daran zu denken, dass da ja schon ein eiserner Verbandskasten aus dem Dreißigjährigen Krieg steht, an dem ich mir dann so was von voll die Zehen stieß, dass es die reinste Freude war!

Ich brüllte los wie Godzilla. Direkt in Papas Ohr rein. Der hatte gerade ausparken wollen und rutschte vor Schreck mit seinen Gummilatschen von einem der Pedale ab, sodass der Opel Astra recht sportlich auf die Stoßstange von dem Auto hüpfte, das vor uns parkte. – Ein supergepflegter *Jaguar E-Type V12* aus dem Jahre 1974!

»Ach – du – Scheiße!«, stöhnte Papa.

»Mmpf!«, stöhnte ich, die voll angestoßenen Zehen mit meinen Händen haltend.

»Was nun, sprach Zeus?!«, sprach Papa.

»Sprach wer?«, sprach ich.

OPEL

»Zeus! – Sagt man so!«, sagt Papa.

»Und was nun ... Zeus?!?«

»Kei – ne – Ah – nung ... Sohn! – Dass ihr auch immer so rumschreien müsst.«

»Wieso *ihr*? Hannah schreit immer rum! – Ich so gut wie nie! – Jetzt ja! Aber echt nicht extra, weil wegen dem Verbandsk...«

»... Mist, Mist, Mist! Das ist nicht gut! Gar nicht gut ist das!«, murmelt Papa, der überhaupt nicht gehört hat, was ich gesagt habe, weil er immerzu den supergepflegten Jaguar E-Type V12 von 1974 anglotzen muss, auf den er gerade mit dem Opel-Haufen der Familie Lehmann draufgehüpft ist.

»Was soll ich nur tun?«, jammert Papa.

»Abhauen?«, schlage ich vor.

**»WAS?«**

»Abhauen! Lass uns abhauen! – Kein Mensch weit und breit!«

»Das geht nicht!«, sagt Papa und weiter: »... weil ... ... ... ...«

JAGUAR E-TYPE V12 VON 1974 (SEHR EDEL, SEHR GEIL, SEHR TEUER!)
[i-TAiP]

Und dann schaut Papa mich ganz nachdenklich an, dann schaut er sich supernachdenklich um – kein Mensch weit und breit! – und haut mit einem Mal den Rückwärtsgang rein und gibt Gas.

Mit einem ziemlich teuren Geräusch scheppert die edle Jaguar-Stoßstange von 1974 auf den Boden – Papa schaut sich noch mal um – kein Mensch weit und breit! – Papa hämmert den ersten Gang rein und – haut ab!

»Wow!«, sage ich.

»**Kein Wort!** – zu nichts und niemandem! – okay?«, fragt Papa.

»Ich hab nichts gesehen!«, antworte ich.

»Gut! – Das ist gut, Jan! ... es ist nur, weil dieser Schlitten da ...«

»Ja, der ist ... war super! – *Jaguar E-Type V12, Serie III!* Von '74! Geiles Teil! Da gibt es nicht mehr so wahnsinnig viele von. Und schon gar nicht so super gepflegt wie der ger...«

»Es ist gut, **Jan!** – Ich hab's kapiert, **Jan!**«

Und dann ist Papa wie geplant zu dem Supermarkt gefahren. Wobei er *James-Bond*-mäßig dauernd in den Opel-Astra-Rückspiegel geguckt hat, um sich zu vergewissern, dass uns auch wirklich niemand folgte.

»**Kein Wort, Jan! – bitte!** Nicht zu Mama! Nicht zu Hannah! Nicht zu Lehmanns! Und auch nicht zu deinem Freund Hendrik, ja?«

»Hendrik ist nicht mein Freund! Er ist ein Idiot!«, informiere ich meinen Vater.

»Ja klar!«

»Was?«

»Äh ... ich meine: Schade! Aber trotzdem: **KEIN WORT! ... BITTE!**«

»Geht klar, Papa!«

Vor dem Supermarkt stiegen wir aus und untersuchten den Opel auf sehr wahrscheinliche Blechschäden.

Es war unglaublich: Nicht ein Kratzer! Der Wagen sah aus wie neu! – Also natürlich nicht wie neu, aber man sah halt keine neuen Kratzer!

»Puh!«, machte mein Vater. »Ähmmmm... okay, Jan! – Ich spring dann mal eben in den Laden rein. Geht ganz schnell! – Willst du mitkommen oder lieber warten?«

»Warten!«

»Ehrlich? Bei der Hitze? – Die haben da drinnen Klimaanlage.«

»Nö, kein Bock.«

Papa guckte zwar ein wenig schräg, weil er sich wahrscheinlich fragte, warum ich überhaupt mitfahren wollte, sagte dann aber: »Wie du meinst. – Aber mach die Fenster auf. Es ist wirklich heiß.«

Papa ging, ich kurbelte sämtliche Scheiben runter – per Hand, versteht sich. Weil der Opel-*Steinzeit* selbstverständlich auch keine elektrischen Fensterheber hat. Dann setzte ich mich wieder auf Hendrik Lehmanns Mülldeponie, dachte kurz darüber nach, warum ich mich überhaupt die ganze Zeit auf Hendrik Lehmanns Mülldeponie setze, wo doch der rechte Platz komplett schwesterfrei und sauber ist. Und dann dachte ich, dass es mir wohl ein großes Geheimnis bleiben wird, warum ich manchmal so blöd bin und nie nachdenke, und dann dachte ich über Geheimnisse im Allgemeinen nach und warum man überhaupt welche hat, aber dass es eben auch manchmal ganz gut ist, wenn ein Geheimnis ein Geheimnis bleibt und nicht zu einem offenen Buch für die komplette Menschheit wird und ...

... dann klatschte mir plötzlich was voll an die Stirn!

Meine eigene Hand nämlich, weil ich plötzlich wieder daran denken musste, wie blöd ich manchmal bin, weil ich nie nachdenke!

»**Das Buch!**«, sprach ich mit mir selbst und tauchte im nächsten Moment aber auch schon unter den Fahrersitz, um nachzugucken, ob Vollidiot Lehmann es da immer noch hat liegen lassen.

Ich hatte Glück! Es war noch da! ... der Pfirsich oder das, was davon übrig war, übrigens auch noch. Aber da war ich ja nun vorgewarnt und habe diesmal NICHT reingegriffen.

Die Gelegenheit war perfekt: keine Eltern, kein Schwestern-Teil, nur ich und das Buch. **Und** das Allerbeste: Vorn an der Parkplatzeinfahrt gab es einen Papiercontainer! Ich konnte dem Buch also eine echte Chance für einen vernünftigen Neuanfang bieten. Als Klopapierrolle vielleicht.

Ich schnappte mir also das Buch, wollte gerade aussteigen und zum Container rüber, da ...

... dachte ich **noch mal** nach!

›Es kann nicht schaden, noch einmal einen letzten Blick reinzuwerfen‹, dachte ich so nach.

Weil da gab es nämlich einen Punkt in der ganzen elenden Harzer Waldbrandgeschichte, über den ich so gut wie gar nichts wusste. Sozusagen den Verpetze-Punkt! Dass es ihn gab, war klar! Weil wir reden hier schließlich von Hendrik Lehmann, dem Petze-Profi.

Natürlich hatte er Klassenlehrer Krüger bei der erstbesten Gelegenheit alles gesteckt. Nur was genau er ihm gesteckt hat, war nicht ganz klar, weil ich bei dieser erstbesten Gelegenheit natürlich nicht dabei war. Und meine Kumpels natürlich auch nicht.

Wusste Krüger beispielsweise, dass ich derjenige war, der das Feuer gelegt hat? Oder hatte Lehmann das gleich als Gemeinschaftsarbeit von meinen Kumpels und mir durchgereicht? Und was ist eigentlich mit der Pietsch? – Du weißt schon! Frau Pietsch, die Mathelehrerin, die auch mit auf der Klassenfahrt dabei war. – War sie auch voll im Bild? Stand sie vielleicht gerade neben dem Krüger, als Extrem-Weitersager Lehmann seine Meldung gemacht hat?

Fragen über Fragen! Auf die ich aber garantiert gleich einen Haufen Antworten bekommen würde, weil der Lehmann praktisch gesehen jeden einzelnen Furz in seinem Tagebuch vermerkt hat.

Nicht, dass das jetzt irgendetwas ändern würde, wenn ich nun wusste, was der Krüger weiß oder die Pietsch sogar auch. Aber es kann ja nur von Vorteil sein, wenn man selbst weiß, was die Lehrkörper wissen oder eben nicht. Da geht man doch gleich ganz anders um mit so einem Lehrkörper, wenn man selber voll im Bild ist.

Wie gesagt: Dass ich bis dahin nicht voll im Bild war, hat ganz stark damit zu tun, dass meine Kumpels und ich persönlich ja nicht zugegen waren, als Petze-Freak Lehmann seine Brandmeldung gemacht hat.

... weil wir persönlich da ja noch im brennenden Wald herumirrten und um unser Leben bangten, während Hendrik-Arschloch-Lehmann uns schon fröhlich in der Jugendherberge verpfiff.

... was damit zu tun hat, dass wir getrennte Wege gegangen waren.

... also wir hier lang, der Lehmann dort!

... also wenn du's genau wissen willst: getrennte Wege eigentlich schon ab der brennenden Blockhütte!

... und wenn du's ganz genau wissen willst: Wir sind ohne Hendrik Lehmann abgehauen!

**Aber nicht extra, Kumpel!** Das musst du mir glauben! Wir waren in Panik! Wir hatten einfach nur Schiss!

Und dass wir nicht mehr ganz vollzählig waren, ist uns ja auch erst viel später aufgefallen. Als wir nämlich irgendwann auf die pfiffige Idee gekommen sind, die Taschenlampen wieder anzuknipsen, damit wir mit der Birne nicht mehr dauernd gegen den nächsten Baum knallen mussten. Da erst haben wir gesehen, dass der Hendrik nicht mehr unter uns war.

**Und** – mein Freund: Wir hatten ja dann auch noch mal ganz klar überlegt, ob wir nicht doch noch mal zurückwetzen sollten, um dem Hendrik zu helfen, der womöglich in größter Not war.

Und da meinte Gerrit aber: »Och, lass mal! Der kommt schon klar!«

Und Sebastian: »Hmhm! Schlaues Kerlchen, der Lehmann! Der macht das schon!«

Und Cemal: »Lehmann ist ein Fuchs!«

Und ich dann noch mal: »Seh ich genauso! – Also, was tun?«

»Abhauen!«, meinten dann alle und dann sind wir eben weitergerannt. ... ohne Hendrik!

Wie lange wir dann noch durch den Wald gerannt sind, kann ich dir nicht mal mehr genau sagen.

Was ich dir sagen kann, ist, dass wir uns irgendwann alle fühlten wie die Igel. ... also wie welche, die gern mal über die Landstraße latschen und dann ganz normal überfahren werden. – Platt waren wir! Richtig platt!

Und die Nachtluft war mittlerweile auch nicht mehr die frischeste. Irgendwie roch es überall nach verbranntem Toast.

Und irgendwann blieben wir dann einfach stehen. Weil Cemal stehen blieb und sich ins Laub kniete und tierisch laut losjodelte: »OH ALLAH! ISCH BINN BERREIT FÜR NÄCHSTE LEVEL! WAS-WILLS-DU? SOLL ISCH SEIN DEIN DÖNER-LABERTASCHE? GIB MISCH ANTWORT!«

Das war witzig. Aber richtig witzig war: Cemal bekam seine Antwort!

Natürlich jetzt nicht von Allah! Aber jemand rief seinen Namen. Krüger nämlich! Der war noch weit weg, aber seine Pausenhof-Blök-Stimme war unverkennbar.

Wir guckten uns doof an und im nächsten Moment rannten wir brüllend los. In Richtung Krüger. Durch den Busch hindurch – aus dem Busch heraus – und voll in den Krüger rein. Umgehauen haben wir ihn. Nicht extra! Aber nun lag er nun mal da, der Krüger. Mitten auf dem Waldweg. Wie ein Käfer auf dem Rücken.

Eins sage ich dir, Kumpel: Nie war ich glücklicher, einen Lehrer zu sehen.

Krüger rappelte sich wieder hoch und blökte direkt weiter: **»Sagt mal, Kinners! Habt ihr eigentlich noch alle Tassen im Schrank? Ihr solltet auf dem Waldweg bleiben!«**

Worauf wir dann aber gar nicht ordentlich antworten konnten, weil wir nämlich alle sehr damit beschäftigt waren, ziemlich doof aus der Wäsche zu gucken. Wegen Hendrik Lehmann nämlich, der ganz überraschenderweise neben Krüger stand.

**»Was ist mit dem Feuer?«**, blökte Krüger noch mal los, und das war dann natürlich keine Überraschung mehr! – Hendrik Lehmann hatte natürlich gepetzt!

**»Er war's!«**, antwortete Gerrit dann aber wie aus der Pistole geschossen und zeigte dabei voll auf Hendrik.

Und Cemal dann nahtlos hinterher: »Ganz klar, Schäff! War seine Idee!«

Und Sebastian: » ... **UND** seine Streichhölzer!«

»Alles Lehmanns Schuld!«, setzte ich dann noch einen obendrauf.

Und da hat der Krüger den Hendrik groß angeguckt und ihn gefragt: »Stimmt das, Hendrik?«

... okay, Kumpel! Das war jetzt nicht die ganz feine englische Art! Aber andererseits ist das auch ein ganz natürlicher Vorgang: Wenn jemand petzt, dann wird der ganz klar mit in die Scheiße reingeritten. Das ist ein Naturgesetz!

Und damit hätte der Lehmann ja eigentlich auch rechnen müssen, mit dem Naturgesetz.

Aber dem fiel dann gar nichts mehr ein auf Krügers Frage und er staunte nur noch ein paar Fragezeichen in den verrauchten Sternenhimmel.

»Aber voll korrekt stimmt das, **Schäff!**«, antwortete daher der Cemal für ihn, und darauf dann der Krüger: »Cemal Yildirim! Wenn das wahr ist, habt ihr alle ein gaaanz, gaaanz großes Problem!«

»**Hab isch Problemm oder was, Schäff?! Nix hab isch Problemm! Lehmann, Petze alte, hatt Problemm, aber voll krass grosses!**«

Und Krüger darauf aber noch mal in so einem ganz ekelhaft mitleidigen Tonfall: »Leute, Leute, Leute! Ich fürchte, das wird ein Nachspiel haben. Für euch alle!«

Und wie auf ein bescheuertes Zeichen hörten wir von irgendwoher auch schon die Sirenen. Die von der Feuerwehr ... und von der Polizei!!!

Weit weg, und sehr wahrscheinlich bretterten sie gerade über irgendeinen Holzweg direkt zum Brandherd hoch, aber trotzdem: Da kriegte ich mächtig Schiss und sah mich auch schon mit Handschellen im Einsatzwagen sitzen.

Und deswegen sage ich dann auch aus purer Verzweiflung: »Das ist doch alles nur Ihre Schuld, Herr Krüger!«

»**Wie bitte?**«

»Ähm ... ganz genau, Herr Krüger! Wegeeeeen ... der Nachtwanderung und so weiter«, springt dann Sebastian ein.

Und Gerrit schiebt schlau nach: »Exakt! ... ähm ... die Fragen waren viiiiiiiiel zu schwer!«

Und Cemal dann noch: »Voll korrekt! Scheißeschwer! ...öhmmm... und letzte Frage von Staffel-Spiel war Antwort abber gannz klar: Scheiß Schattz lieckt mitten in scheiß Wald! Weck von Weeg und nix in scheiß Jugendherberge! Kannstukucken, Schäff. War voll krasse Beantwortungslosischkeit von disch.«

Und ausgerechnet darauf bekam dann Musterschüler Lehmann mal wieder eine seiner Arschkriecher-Attacken und schleimt volles Rohr los: »Ach, Herr Krüger! Sie haben ja so einen spannenden Beruf! So viel **VERANTWORTUNG**! Ich frag mich ja manchmal, wie Sie da überhaupt noch in Ruhe schlafen können – Sie ... **UND FRAU PIETSCH!**«

**E-KEL-HAFT**, sage ich dir.

Und kann gut sein, dass sogar dem Krüger Lehmanns Extrem-Schleimerei in dem Moment mächtig auf die Eier ging, weil der guckt ihn dann so dermaßen genervt an, als wollte er ihm im nächsten Moment einen Haufen Laub in den Mund stopfen, damit da einfach mal Ruhe ist bei Schleimzwerg Lehmann.

Was Krüger dann natürlich nicht getan hat, weil der ist ja schließlich Lehrer, und wenn man Lehrer ist, dann darf man sich vielleicht wünschen, einem Schüler einfach mal einen Haufen Laub in den Mund zu stopfen, aber wirklich machen? – Sicher nicht!

Wie auch immer: Krüger guckt Lehmann extremst genervt an, lässt ihn dann aber links liegen und meint zu uns: »Ähmmmm ... ... ja ... also ... hmm ... **Räusper** – Passt mal auf, Jungs! Das ist doch alles halb so wild! Wie ihr hören könnt, ist die Feuerwehr ja bereits unterwegs, und die wird das dann schon regeln. Und wir gehen jetzt alle hübsch in einer ordentlichen Zweierreihe zurück zur ...«

»**Äy Schäff!** Sind wir ungerade **funf**! Kannst du nix mache flotte Zweierreihe, weil wegen scheiß Primzahl, verstessdu?«

» ...«, versteht Herr Krüger kopfschüttelnd und sagt dann aber einfach weiter: »Also jedenfalls gehen wir jetzt geordnet und ruhig zur Jugendherberge zurück, und dann vergessen wir das Ganze am besten mal ganz schnell! – Kein Wort zu niemandem! Schwamm drüber!«

Und da haben Gerrit, Cemal, Sebastian und ich noch ein zweites Mal megadoof aus der Wäsche geguckt, weil – wir hatten den Krüger kleingekriegt!

Hatte keiner mit gerechnet, dass das so einfach wäre. War aber so!

Nicht, dass ich jetzt wahnsinnig stolz drauf wäre, aber: Die erste Erpressung meines Lebens war ein voller Erfolg!

... warum genau ... na ja ... keine Ahnung!

... ist auch komplett egal irgendwie.

**Jedenfalls:** Ich jetzt auf dem Parkplatz – vorm Supermarkt – im Opel Astra – auf Lehmanns Mülldeponie – im Tagebuch lange rumgeblättert und dann aber nix gefunden über den ganzen Verpetze-Punkt. Nicht ein Wort über Krüger. Keine Silbe über die Pietsch. Nichts!

Ziemlich seltsam das alles. Weil ich hatte echt gedacht, dass ich *Jugendstrafbuchautor* Hendrik Lehmann da nun ein bisschen besser kennen würde.

Dass der ausgerechnet solche Infos komplett weglässt, ist doch schon ziemlich luschig, oder?!

Aber nun! Ich hätte es bis vor ein paar Tagen ja auch nicht für möglich gehalten, dass Hendrik Lehmann die komplette Geschichte vor seinen Eltern geheim halten würde.

So kann man sich eben irren in einem Menschen.

Wie auch immer: Krüger – Pietsch – und Verpetze-Punkt: Fehlanzeige!

Aber dafür habe ich etwas anderes gefunden. Ziemlich am Ende seiner Harzer-Brandnacht-Notizen hatte Hendrik Lehmann geschrieben: *Der Waldbrand war verheerend und die Opfer zahlreich. Im Internet auf der Seite vom Harzer Tageblatt fand ich schließlich die Meldung. – Auf einer Fläche von rund zwei Fußballfeldern fielen Bäume und gewiss auch manch ein Tier den Flammen zum Opfer. Die Blockhütte brannte bis auf die Grundmauern nieder.*

*Und dann gab es natürlich aber auch noch den Herrn Machwitz, den Besitzer der Hütte. ...*

... Kumpel! Da kann ich dir jetzt nicht mal mehr so ganz genau sagen, ob das an der Bullenhitze lag oder vielleicht doch eher die Panik war, warum mir die Schweißperlen auf der Stirn standen. – Es gab Opfer! Lehmann hatte sie entdeckt! Im Harzer Tageblatt!

»Opfer! – Oh mein Gott! – Es gab Opfer! – Ein Herr Machwitz – ein Opfer!«, jammerte ich auf meiner Müllhalde herum. Immer wieder! ... und wieder und wieder und wieder!!!

... und als ich mit Jammern fertig war, dachte ich stark über meine Zukunft nach. – Wie sie mich vielleicht eines Tages finden und verhaften würden. Im Unterricht vielleicht. Während ich gerade einen Fehler an die Tafel schreibe. Dann kommen sie ins Klassenzimmer gestürmt. Schwer bewaffnet und schwer sauer. Und dann werfen sie mich ins Gefängnis. In eine feuchte, kalte, enge Zelle. Die ich dann mit einem Massenmörder teilen muss. So einem Typen mit Oberarmen, die so dick sind wie die Oberschenkel von King Kong. Mit bescheuerten Tattoos überall drauf und ...

... und dann guckte ich mich um, von meiner Müllhalde aus. Ganz automatisch. So wie mein Vater vorhin auf seiner kühnen Flucht, so *James-Bond-mäßig* eben. – Vielleicht hatten sie mich ja schon längst im Visier. Also die schwer bewaffneten Jungs von der Polizei. Vielleicht hatten sie den Opel Astra ja schon längst umzingelt und robbten mit ihren Maschinengewehren auf mich zu ... auf dem Parkplatz vor einem italienischen Supermarkt.

Robbte aber keiner.

... außer einer älteren Dame direkt vorm Eingang vom Supermarkt. Die robbte da rum. Vor Papa!

Der war nämlich gerade aus dem Supermarkt herausgetorkelt. Schwer beladen mit Einkaufstaschen. Bis zum Kinn hoch. Und da konnte er halt nicht so genau sehen, wo er langtorkelt, und hatte die ältere Dame umgerempelt. Und die wäre dann fast noch mit ihrem dicken Hintern auf ihrem kleinen Kläffer gelandet, wenn der kleine Kläffer nicht gleichzeitig nach vorne geschossen wäre, um sich in die Gummilatschen von Papa zu verbeißen, worauf Papa vor Schreck die kompletten Einkaufstaschen fallen gelassen hatte. Was insofern ganz praktisch war, weil er dann wenigstens sehen konnte, dass er gerade eine ältere Dame umgerempelt hat.

Und die robbte halt nun zwischen Papas aufgeplatzten Milchtüten und Melonen vor ihm rum und schimpfte tüchtig. Auf Italienisch, versteht sich. Wovon Papa aber kein Wort verstand, weil er kein Italienisch spricht und es dann aber trotzdem irgendwie schaffte, sich zu entschuldigen. Mit Händen und Füßen. Die ältere Dame beruhigte sich, der kleine Kläffer wurde von Papas Gummilatschen entfernt, und dann half die Dame Papa sogar noch, den ganzen Krempel wieder zusammenzupacken.

Lehmanns Buch und ich schauten noch mal sehnsüchtig zum Papiercontainer rüber, dann entschied ich mich aber, das Buch wieder unter den Sitz zu stopfen. Aus rein zeitlichen Gründen. Weil dann war Papa auch schon da. Er machte die Fahrertür auf, legte die Einkaufstaschen auf den Beifahrersitz, ließ sich selber müde auf den Fahrersitz fallen und stöhnte: »Nicht mein Tag heute!«

»Meiner auch nicht!«, stöhnte ich zurück.

## Tag 9 + 3/24 ... oder so

Ich kann nicht einpennen. Es ist irgendwas um drei Uhr morgens, in dem Bett neben mir liegt Hannah und schläft wie ein ausgestorbenes Tier, nur ich selber kann einfach nicht einpennen. Hab sogar schon Schafe gezählt. Total albern ist das. Schafe zählen. Das macht einen doch total kirre. Ich bin auch nur bis drei gekommen, weil das vierte Schaf, von dem ich mir vorstellte, dass es an mir vorüberspringt und von mir gezählt werden will, war kein Schaf, sondern: Hendrik Lehmann.

Der will mir einfach nicht aus dem Kopf.

**... Opfer!**

Warum schreibt der auch so was? Warum ist der so? Warum muss Hendrik Lehmann immer **alles ganz genau** wissen? Warum kann der sich nicht einfach mal locker machen? Er hätte doch im Internet genauso gut nach kniffligen Matheaufgaben suchen können oder Briefmarken, Wappen oder irgendeinen anderen Müll, wofür sich Hochbegabte so interessieren. – Vielleicht mal chatten. Ja! Leute kennenlernen. Freunde finden. Typen wie Torsten, Carsten, Sören. Und denen dann die Freundin ausspannen, die vielleicht

Sabine heißt! Ein Date mit ihr klar machen. Sie in 20 Jahren heiraten! Drei Kinder kriegen! Und nur, um Torsten, Carsten, Sören ordentlich zu ärgern, sie Torsten, Carsten, Sören taufen, auch wenn's Mädchen sind. – Einfach nur mal **Spass haben!!!**

... *schlafen!* Ich will schlafen!!! **... ... ... ein Schaf, zwei Schaf, drei Schaf ...**

**... Opfer! Es gab Opfer!**

Weißt du, ich bin jetzt nicht total bescheuert! Und meine Kumpels natürlich auch nicht. Natürlich haben wir uns da auch brennend für interessiert, ob bei unserem Harzer Feuerwerk noch Schlimmeres passiert sein könnte. Ob eventuell, ganz vielleicht, möglicherweise Menschen ums Leben gekommen sind ... sein könnten!!!

Das Ding ist, dass wir die Sache einfach nur anders angegangen sind. – Wir haben nichts getan! Nur abgewartet ... und gebetet vielleicht auch noch! Gebetet, dass da nicht vielleicht doch noch irgendeine Horrormeldung auftaucht in der Tagesschau oder in der Bild-Zeitung. Tauchte aber nicht.

Bis gestern Morgen eben! Auf einem Parkplatz vor einem italienischen Supermarkt in einem

Opel Astra auf einer Müllhalde in Hendrik Lehmanns Tagebuch – da tauchte die Meldung auf! ... dieser voll korrekte Vollidiot von Lehmann! Warum ist der nur so? Warum kenne ich überhaupt Leute, die so sind? Warum nur?

... *schlafen!* Einfach nur schlafen! ... ... ... **ein Schaf,** zwei Schaf, drei Schaf ...

### ... OPFER! – EIN HERR MACHWITZ!

Kann das denn wirklich sein, dass der tot ist?

Kumpel, eigentlich sollte ich es ja nun wissen! Weil schließlich habe ich fast den halben Vormittag damit verplempert, das höchst geheime Tagebuch von Dichterfürst Lehmann zu lesen. ... auf einem Parkplatz vor einem italienischen Supermarkt in einem Opel Astra auf einer Müllhalde. So bescheuert muss man erst mal sein.

... wie auch immer! Es steht nicht hundertprozentig drin in dem Tagebuch, ob der Mann, der da Machwitz heißt, auch wirklich zu hundert Prozent tot ist.

Weil an der entscheidenden Stelle schweigt der Autor. Da schreibt der Hendrik auf der einen Seite noch, dass ja alles mächtig verheerend war und die Opfer recht zahlreich, und dann geht das aber auf der nächsten Seite gar nicht weiter mit der verheerenden Opfer-Zählerei.

Auf der nächsten Seite schreibt er nämlich einfach fröhlich drauflos, wie herrlich es doch am Comer See ist und wie sehr ihn der ganze alte Krempel hier begeistert. Also Denkmäler, Kirchen, Kopfsteinpflaster ... – kompletter Themenwechsel! Keine Ahnung, warum! Ist eigentlich nicht sein Stil! ... oder irgendwie ja auch doch! Weil ausgerechnet da, wo es denn mal richtig spannend werden könnte in seinem scheißlangweiligen Tagebuch, bricht er einfach ab und pflastert einen wieder zu mit seinen öden Urlaubseindrücken.

... Idiot!

... *schlafen!* ... *schlafen!* ... *schlafen!* ... ... ... **ein Schaf,** zwei Schaf, drei Schaf, v...

**... OPFER! TOTALER QUATSCH!**
Da war kein Mensch in der Hütte! Der hätte uns doch gehört, der Mensch da in der Hütte! Wir haben gebrüllt wie die Idioten und null Reaktion! – Hab ich aber auch alles schon erzählt.

Und überhaupt, ich bleib dabei: Wenn sich da auch nur irgendjemand ein Haar versengt hätte, da bei diesem lächerlichen Waldfeuerchen, dann hätte es unter Garantie auch in der Bild-Zeitung gestanden. Ich meine, wenn die so was nicht mal mehr reinschreiben, was denn dann? Das wollen die Leute doch lesen!

# Mann verbrennt qualvoll, elendig, grausam im Flammenmeer!

**Lesen Sie jetzt auf Seite 3, wie qualvoll, elendig, grausam der Mann bei lebendigem Leibe verbrannte! ... und wie lange er brannte, auch!**

... stand da alles nicht drin, in der Bild-Zeitung! Weil nicht ein Schwein verbrannte, da im Flammenmeer. Und ein Mann sowieso nicht. Nicht einmal ein Haar von ihm. Und schon gar nicht qualvoll, elendig, grausam.

So ist das nämlich alles!

... oder?

Was meinst du, Kumpel?

**Ich** meine, dass ...

... ich es nicht genau weiß!

... ich weiß nur, dass ich jetzt schlafen will!

... *schlafen!* Einfach nur schlafen! ... ... ... **ein Schaf,** zwei **Schaf, drei Schaf,** vier Sch...narch!

**TAG 10**

Warst du eigentlich schon mal am Mittelmeer? Oder an der Riviera? Was praktisch gesehen auch ein Teil vom Mittelmeer ist und hier eben nur anders heißt, weil die Leute, die in dieser Ecke wohnen, sich vielleicht gesagt haben: ›Komm! Das nennen wir jetzt einfach mal *Riviera*! Das klingt irgendwie cooler, irgendwie italienischer als *Mittelmeer*!‹.

Jedenfalls: Falls du noch nicht da warst, sag ich dir eins: Lohnt nicht! Nicht schön da, an der Riviera! Nicht hinfahren! Und schon gar nicht mit einem Opel Astra!

Die Riviera liegt nur 200 Kilometer von Como entfernt. Ein *Katzensprung* quasi. In einer Stunde kann man locker da sein.

... mit 200 Sachen! Mit einem vernünftigen Auto. Mit einem Porsche Cayenne zum Beispiel. Oder einem VW Touareg. Selbst ein Jaguar E-Type V12 von 1974 würde das locker schaffen. Auch ohne Stoßstange! In einer Stunde! Locker!

Vier Stunden Fahrtzeit benötigt der Opel Astra mit Papa *Bond* hinterm Lenkrad! **Vier!!!**

Gekrochen sind wir! **Vier verdammte Stunden lang!** Hat so auch keiner mit gerechnet. Zwei Stunden hieß es vor der Fahrt! Allerhöchstens drei! **Katzensprung!** ... pfff!

3 (...MITTELS VIERLEMPERTER SONNENMILCH DURCH DIE KUH!)

Ich hätte einfach nicht mitfahren sollen. Wollte ich auch gar nicht! Hab ich auch gesagt! Heute Morgen in Como an der Pension hab ich es gesagt.

»**DA** steig **ICH** nicht ein!«, hab ich gesagt heute Morgen in Como an der Pension.

»Jan, jetzt werd' nicht albern und komm rein!«, hat Mama gesagt.

Und Hannah noch: »Pflanz dich endlich da hin, du Spasti!«

»**HANNAH!**«, hat Papa geschimpft, und zu mir dann noch mal: »Komm, Jan! Setz dich jetzt bitte rein. Wir wollen los!«

»**NICHT** auf **DIESEN** Platz!«, habe ich dann wieder gesagt und darauf gezeigt, worum es mir ging: um Hendriks Platz. Diese verklebte Mülldeponie, die seit Lehmanns Ausflug gestern noch größer geworden ist.

Keine Ahnung, ob das irgend so ein Hochbegabten-Ding ist. Vielleicht gehört das ja dazu, dass die größten Genies der Weltgeschichte auch die größten Schlampen der Weltgeschichte sein müssen. Weil sie sonst keine Atomkerne spalten können oder Apfelkuchen oder was weiß ich denn.

»Ich sage **NEIN!** und fertig!«, sage ich noch mal, und Papa dann: »Dann tauscht die Plätze! – Hannah, rutsch rüber und lass Jan da sitzen!«

»**NEVER!**«, schrie Hannah, und dann machte sie aber im nächsten Moment was total Verrücktes: Sie hörte auf Papa und setzte sich brav auf Hendriks Platz.

Was vielleicht damit zu tun hatte, dass Mama vorher seelenruhig bemerkte: »Dann fällt der Ausflug zum Mittelmeer eben ins Wasser.«

Was nicht das Schlechteste gewesen wäre. Aber egal: Hannah setzte sich auf Hendriks Platz, und was dann wirklich nicht schlecht war, richtig super sogar: Hannah hatte keine Schuhe an! Und so musste ich leiderleiderleider tatenlos danebenstehen und zusehen, wie an die zehn pinklackierte Zehen volles Pfund gegen einen eisernen Verbandskasten traten.

Hannah brüllte den Opel voll, worauf Papa vor Schreck allerdings diesmal absolut nirgendwo reinbrettern oder draufhüpfen konnte mit dem Opel, weil der Motor ja auch noch gar nicht an war.

Dann – orgel, orgel, orgel – eierten wir schließlich vom Parkplatz und krochen Richtung Riviera.

Wir waren gerade auf der Autobahn, als ich plötzlich wieder darüber nachdenken musste, wie blöd ich aber auch manchmal bin, weil ich nie nachdenke. – Niemals hätte ich mit Hannah die Plätze tauschen dürfen! Mich einfach auf Hendriks Müllhaufen setzen, das hätte ich tun müssen! Wie ein Indianer: aufrecht, stolz und ohne Jammern!

Doch jetzt war es zu spät. Hannah war auf die Idee gekommen, unter dem Fahrersitz nachzusehen. Um sich mehr Platz zu verschaffen. Für die Füße.

»**uuuuääh** – ist das ekelig!«, zickte sie rum und warf etwas Pfirsichähnliches aus dem Fenster. Sehr alt, sehr bunt, wirklich *sehr* ekelig.

Normalerweise hätte ich jetzt petzen müssen, dass Hannah so etwas tat, mitten auf der Autobahn, aber ich war viel zu geschockt. – Ich musste zusehen, wie sie als Nächstes einen Verbandskasten hervorkramte ... und ein Buch!

»*Hendrik Lehmanns Tagebuch! Persönliche Eintragungen, die niemanden etwas angehen!*«, las sie vor, was aber nur ich hören konnte, weil Papa den Opel Astra mittlerweile auf gigantische 110 Stundenkilometer hochgepeitscht hatte – voller *Dröhn*-Modus.

»Was für ein bescheuerter Titel!«, grinste Hannah und schlug das Buch auf.

Ich starrte Hannah an wie eine Sau den Schlachter, die gerade erst gepeilt hat, dass sie vor einem Schlachter steht. Komplette Schockstarre.

Hannah las. Ich starrte.

»Gott, ist das mies!«, sagte sie endlich nach einer Ewigkeit.

»… … … …«, sagte ich, weil ich nur starren konnte und nichts sagen.

Und dann – plötzlich, unerwartet, überraschenderweise, mit einem Mal – schlug sie das Buch zu. Einfach so.

»… … … ähm. Was steht denn drin?«, frage ich so harmlos wie möglich, weil ich natürlich wissen wollte, was Hannah nun wusste.

»Kompletter Müll steht drin! Irgendein Scheiß über Comos Kopfsteinpflaster. Der hat sie doch nicht alle!«

Dann warf sie mir das Buch zu. Und den Verbandskasten auch. Voll auf die Oberschenkel.

»Das bleibt auf **deiner** Seite! Wenn ich hier schon sitzen muss, dann ...«

»**Alles klar dahinten?**«, überbrüllte Papa das Opel-Astra-Fahrgeräusch.

»**Alles super!**«, brüllte ich zurück.

Worauf mich Hannah extrem erstaunt ansah, weil sie ganz klar damit gerechnet hatte, dass ich ganz normal drauflos petzen würde. Mama und Papa die Ohren vollheulen. Weil schließlich hatte sie gerade versucht, mir beide Beine zu brechen. Mit einem Verbandskasten. Und einem Buch. Hendriks Tagebuch!

Ich packte aber nur den Verbandskasten beiseite und das Buch bei der nächstbesten Gelegenheit in meinen Rucksack. Nämlich als Hannah ihre Nase wieder in ihre BRAVO steckte und ihre MP3-Stöpsel in die Ohren, also nix mehr peilte.

›Alles super!‹, dachte ich noch mal und grinste zufrieden in die öde Landschaft, durch die wir gerade juckelten.

»**Das ist die *Po-Ebene*, Kinder! – Wegen dem Fluss hier, der so heisst. *Po*!**«, brüllte mein Vater.

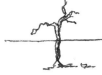 

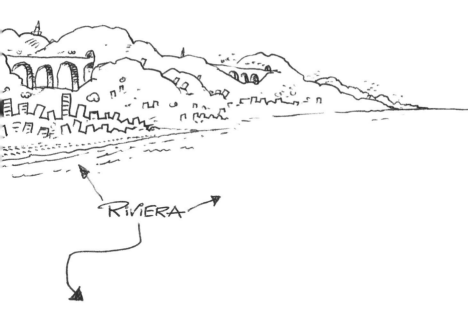

Es ist saublöd hier an der Riviera! Man liegt doof im Staub rum, schlurft alle halbe Stunde ins pisswarme Salzwasser, schlurft dann wieder zurück, um wieder doof im Staub rumzuliegen.

**Aber**, Kumpel, ich habe einen Plan. Und dafür ist die Riviera perfekt. – Ich werde Hendrik Lehmanns Tagebuch endgültig verschwinden lassen. Es ertränken! Jetzt gleich! Hier in der Riviera! Und niemand wird es sehen. Mama nicht, Papa nicht, Hannah sowieso nicht. Und alle anderen 30.000 Menschen auch nicht, die hier um uns herumliegen, wie gestrandete Pottwale.

Gleich werde ich es tun und – nur die Sonne war Zeuge!

... perfekt!

Der Plan war perfekt: Ich stopfte Hendrik Lehmanns Meisterwerk unauffällig in die Badehose, schlurfte zum Wasser, hüpfte ein paar Meter ins Meer rein, kramte das Buch raus und ließ es los. Perfekt! ... bis hierhin jedenfalls! Denn dann tauchte es nämlich ganz unplanmäßig wieder auf, das Buch, und schwamm vor meiner Nase rum.

»Es kann schwimmen«, sagte ich zu mir selbst.

»**Natürlich kann es das, du Blödmann! Das ist Physik!**«, quietschte mir etwas ins Ohr. – Ein kleines Mädchen, das plötzlich neben mir bis zum Hals im Wasser stand. So sieben oder acht Jahre alt und ein bisschen pummelig auch.

»Was weißt du von Physik, du Flusspferd!«

»**Maaammiiii! Der Junge hat Flusspferd zu mir gesagt!**«

»**Welcher Junge, Schanätt?**«, brüllte dann etwas hinter mir. Janets Mami. Auf einer Luftmatratze.

»Der daaaaaaaaaaaaaaaaaaaaaa!«

In null komma nichts war sie da, die Mami. Schnell wie ein Kriegsschiff.

»*See*-Pferd! Ich meinte *Seepferd*! Nicht *Fluss*! Ehrlich! **See**! **See**! **See**! Ich hab mich versprochen!!!«, war das Einzige, was mir zu meiner Verteidigung einfiel.

Mami peilte die Lage. Sie guckte Janet an. Dann mich. Dann das Buch, das ich jetzt klammernd vor meiner Brust hielt … im Mittelmeer!

»Komm, Schanätt! Lass den Doofkopp mal! Der hat ja nich alle Latten am Zaun!« Dann rauschten sie ab. Ließen mich da doof stehen. Mitten im Mittelmeer. Mit einem Buch in der Hand.

Ich ließ meinen fehlerhaften Plan wieder fallen, stopfte das Buch zurück in die Badehose, ging wieder an Land, setzte mich direkt an den Strand, kramte das Buch wieder raus und schlug es auf.

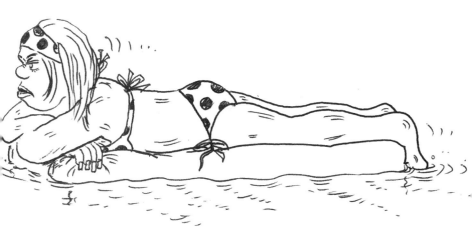

Nur um zu gucken, ob es denn jetzt wenigstens schön unleserlich geworden ist, weil es ja nun auch ordentlich nass geworden war von all der Schwimmerei!

War aber nicht!

Gestochen scharf standen sie noch da, Hendriks ordentliche Buchstaben: mein Name hier – Waldbrand da – Opfer dort ...

Ich klappte es schnell wieder zu und entwarf Plan B: Das Buch wird begraben! An Ort und Stelle! Dafür musste aber logischerweise erst mal ein Loch her.

Anstrengend war's. Extremste Kinderarbeit! Aber ich buddelte wie ein komplett gestörter Dackel immer weiter. Und konnte gar nicht aufhören damit. Das Loch musste tief sein. Es musste alles perfekt sein.

Und als ich dachte, dass nun alles tief und perfekt genug sei, krabbelte ich raus aus meinem Loch und schnappte mir das Buch. Ich warf es rein und dann ...

... quietschte mir wieder was voll ins Gesicht! – Janet!

**»Watt wird dat denn, wenn's färtich is?«**

Ich guckte hoch. Total erschrocken. Weil ich war so vertieft in meine Buddelei, dass ich alles andere um mich herum gar nicht mehr mitbekommen habe.

Und deshalb sah ich dann auch zum ersten Mal, dass die kleine Janet mit ihrer Mami direkt vor mir stand – was weiß ich, wie lange schon.

Beide guckten mich an, wie man halt einen zwölfjährigen Jungen anguckt, der wie ein gestörter Dackel ein metertiefes Loch in den Sand buddelt, um da ein Buch reinzuwerfen.

»Ääääh ...«, meinte ich und Mami meinte zu ihrem Quietsche-Pummel irgendwas und wedelte mit der einen Hand vor ihrem Kopf herum und zeigte mit der anderen auf mich. Dann stampften sie weiter. Den Strand runter.

Ich sah ihnen noch eine Weile nach und dann sah ich nachdenklich in mein perfektes Loch, in dem Hendrik Lehmanns Tagebuch lag und ...

... holte es wieder raus.

## TAG 11

Kumpel, ich will dich echt nicht langweilen, aber eins sag ich dir: Auch heute Nacht lag ich noch verdammt lange wach in meiner Kiste rum. Weil: Ich dachte nach! Schon wieder!

Janet und ihre Mami brachten mich dazu.

Wenn du so willst, sind die beiden für mich so was wie ein Zeichen des Himmels ... oder Wink des Schicksals ... oder was weiß ich denn, was du so willst!

Jedenfalls traten Janet und Mami gestern fett auf meinen Verschwinde-Plänen rum, und das stimmte mich sehr nachdenklich.

›Das bringt ja alles nichts!‹, dachte ich daher heute Nacht. ›Es bringt rein gar nichts, wenn ich Lehmanns Tagebuch beseitige, mit all seinen störenden Sätzen darin.‹

Weil, was bringt das schon, wenn der Lehmann selbst noch frei durch die Gegend läuft ... mit all den störenden Sätzen im Kopf, die er jederzeit wieder und so oft er will irgendwo reinkritzeln kann, wie er lustig ist. Und selbst wenn er vor seinen Eltern bisher dichtgehalten hat, Lehmann ist und bleibt eine wandelnde Plaudertasche, die jederzeit platzen kann, und dann hat man den Salat!

So gesehen müsste man ja eigentlich ganz logischerweise Nägel mit Köpfen machen! Also verschwinde-technisch gesehen.

Aber weißt du? Ein Buch verschwinden lassen, das ist eine Sache! Aber gleich einen ganzen Menschen? Das tut man nicht! ... ist auch gar nicht erlaubt.

›Es muss mit dem Lehmann geredet werden! Man muss dem Lehmann erklären, was ein Geheimnis ist und dass ein Geheimnis im Großen und Ganzen nur dann ein Geheimnis bleibt, wenn man es auch ordentlich hütet.‹ Das kam jedenfalls bei meiner ganzen Denkerei heute Nacht heraus. Und damit war ich auch ganz zufrieden. Ich hatte einen neuen Plan. Plan C!

... danach wollte ich zur Abwechslung noch ein paar Schafe zählen, die knallten dann aber alle mit ihrer Birne gegen den Bretterzaun, weil ich vorher schon eingepennt bin.

𝔚ie ein König habe ich geschlafen. Bis heute Morgen zehn Uhr. Und dann wurde ich königlich geweckt. Von meiner lieben Schwester.

»Steh auf, du Penner! Du sollst runterkommen!«
»Hm?«
»Aufstehen! Runterkommen! Papa will was von dir!«
»Was?«
»Was weiß ich denn, was. Sehe ich aus wie ein Infostand? – Mach dich fertig, sonst mach ich es!«

Und dann stampfte sie auch schon wieder aus dem Zimmer.

Ich stand auf, zog mich an, ging aufs Klo und machte ... dies und das! Und während ich *dies und das* machte, dachte ich darüber nach, wie ich heute mit Hendrik Lehmann reden würde. Und wo überhaupt. Weil, das war ja auch noch gar nicht raus, ob ich den Hendrik Lehmann heute überhaupt treffe. Weil, keine Ahnung, was die Lehmanns heut so machen und was bei uns so auf dem Programm steht.

Dann schlurfte ich die Treppe runter und überlegte, dass es das Cleverste wäre, ihn einfach anzurufen. Weil meine Eltern haben ja die Nummer von den Lehmanns, und das wäre dann auch superpraktisch, weil Telefonieren ist zum Reden ja genauso gut und dann muss man sich ja auch gar nicht mehr großartig treffen.

Aber als ich die Schwingtür zum Frühstücksraum auftrat, dachte ich darüber nach, dass Papa es vielleicht ein bisschen komisch finden würde, dass ich ausgerechnet mit Hendrik Lehmann sprechen will, wo ich ihm doch schon gesagt habe, dass Hendrik Lehmann ein Idiot ist, und dann ...

... saß der Hendrik Lehmann neben Papa am Frühstückstisch!

»Oh! Guten Morgen, Jan! Ist das nicht aufregend?«, quäkte er mir entgegen.

»??? ??? ??? ???«

»Psst, Hendrik! Das soll doch eine Überraschung sein«, sagt Herr Lehmann, der ebenfalls am Frühstückstisch sitzt.

»HÄ?«, frage ich.

»Das heißt *Wie bitte?* und *Guten Morgen!* heißt es auch!«, sagt Papa fröhlich.

»Äh... 'schuldigung – 'Morg'n! – Welche Überraschung? ... und wo sind Mama und Dings?«

»Mama und **Hannah** sind gerade los. Mit Frau Lehmann nach Como – Shoppingtour!«, grinst Papa.

Und dann platzte Hendrik!

... also mehr so aus ihm heraus: **»Monza, Jan! Wir fahren zusammen nach Monza! Ist das nicht aufregend? Monza!«**

*Monza!* **Die** Rennstrecke der Königsklasse – Formel 1! – *Monza!* Ja, das war nun wirklich aufregend. Aber echt! Muss ich sagen. Und eine Überraschung sowieso. Hätte nie gedacht, dass sich Spaßbremse Lehmann dafür so begeistern könnte.

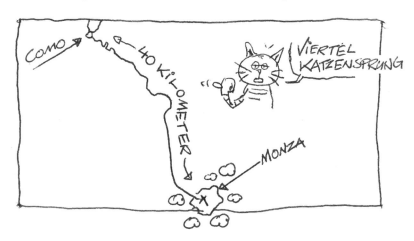

**»Männerausflug!«**, rief Herr Lehmann vergnügt und bog auf die Hauptstraße ab, die direkt nach Monza geht. Dann stemmte er seine Arme wie ein Formel-1-Pilot in das Lenkrad und beschleunigte den *Opel Astra Caravan Diesel TD Dream* auf abenteuerliche 90 Stundenkilometer.

»Testfahrten machen die da heute, oder? – Bin ja mal echt gespannt«, log mein Vater.

»Ja, richtig, Herr Hensen! Pilotentraining! Für den Großen Preis von Italien in drei Wochen«, hätte sich Hendrik Lehmann dann echt sparen können, meinem Vater zu erklären.

Weil ich war nur noch gespannt, wann der Satz meines Vaters fiel, der immer fällt, wenn von Formel 1 die Rede ist, und stoppte die Zeit: *eins... zwei... drei... vier...*

»Und die fahren da alle nur im Kreis rum. ... Cool!«, fiel der Satz in einer neuen Rekordzeit von *fünf* Sekunden aus dem Mund meines Vaters.

»Jaaa, Papa – immer nur im Kreis rum«, wiederhole ich angenervt, und weil ich anscheinend der Einzige bin, der hier peilt, dass mein Herr Vater sich mal wieder ein kleines bisschen lustig macht über den Rennsport und über alle, die sich

*Genauso bescheuert ist wie der bescheuerte Opel Astra; aber eben nur fast, weil total langweilig, aber nicht so schrottig...*

dafür interessieren – weil ich das also peile, schiebe ich nach: »Die machen manchmal auch Oldtimer-Rennen da. Du weißt schon, Papa! Mit so **superteuren** Schlitten! **Jaguar E-Type V12 von 1974** und so was!!!«

»... ... mpf!«, macht Papa und verkneift sich für den Rest des Tages seine superlustigen Sprüchlein über Rennsport.

»**MÄNNERAUSFLUG! HAHAAA!!! GROSSARTIG!**«, ruft Herr Lehmann wieder glücklich und zu seinem Sohn normal weiter: »...ähm, Hendrik? Könntest du bitte mit dem Geruckel am Sitz aufhören? Das nervt ein bisschen beim Fahren.«

Und dann, mein Freund, folgte die zweite dicke Überraschung des Tages:

»Ich suche mein Tagebuch!«, antwortet Hendrik Lehmann und versucht aufs Neue, verklebte Zeitschriften aus der Ablage vom Fahrersitz herauszuruckeln.

»Och nöööö... – nich schon wieder, Hendrik!«, jammert Herr Lehmann. »Du musst echt mal ein bisschen ordentlicher werden! – Echter Saustall dahinten.«

»Ich **BIN** ordentlich!«, behauptet Hendrik kackendreist und schafft es endlich, seinen ganzen verklebten Müll aus dem Fach zu ziehen. »Hier ist es nicht!«

Und Herr Lehmann wieder: »Und unterm Sitz? Vielleicht ist es ja da druntergerutscht.«

*...wenn du verstehst, was ich meine! ... Fragezeichen!*

Hendrik fummelt Verbandskasten und Kram unterm Sitz hervor und findet sein Tagebuch da natürlich nicht, weil es da logischerweise nicht mehr sein kann – seit gestern, seit unserer Fahrt zur Riviera.

»Da ist es auch nicht«, sagt Hendrik und pfropft alles wieder zurück.

»Das wird schon irgendwo wieder auftauchen«, tröstet Herr Lehmann. »Und überhaupt: Warum fällt dir ausgerechnet jetzt ein, danach zu suchen?«

»Weil ich bis gerade einfach nicht mehr dran gedacht habe! Wegen dem iPad!«, antwortet Hendrik.

»Das ist nicht logisch!«, stellt Herr Lehmann fest.

»Doch, natürlich ist es das! Weil ich ja jetzt nur noch da reinschreibe«, klärt Hendrik seinen Vater auf und dann mich: »Das iPad hat nämlich eine Bildschirm-Tastatur. Wusstest du das, Jan?«

»Echt? ... cool!«, stelle ich mich blöd, weil ich ja später noch mit Hendrik Lehmann über das ein oder andere reden wollte und das bringt dann nichts, wenn die Stimmung vorher schon im Keller ist, obwohl ich diesem Vollidioten eigentlich hätte antworten müssen: ›Für wie dämlich hältst du mich eigentlich, Lehmann! Jedes beschissene Aldi-Handy hat mittlerweile eine Bildschirm-Tastatur.‹

\* KLEINE FRAGE AM RANDE: WARUM FAHREN DIE LEHMANNS MIT ALL IHREM GELD EIGENTLICH EINEN ALTEN, BESCHEUERTEN OPEL ASTRA UND KEINEN NEUEN VW TOURAN, DER ZWAR FA

Und außerdem, mein Freund, war ich ja auch noch viel zu sehr mit der zweiten dicken Überraschung des Tages beschäftigt. Komplett baff war ich! – Hendrik hatte sein Tagebuch gar nicht unter dem Fahrersitz versteckt! Nicht mal das! Der Idiot hatte es einfach nur verschlampt.

Und als er dann auch noch anfing, auf meiner Seite den Boden nach dem Buch abzuklopfen, musste ich mich echt zusammenreißen, um nicht wie beim Kindergeburtstag-Topfschlagen dauernd zu brüllen: **Kalt! – Kalt! – Kalt! – Noch kälter!**

Und: **Warm! – Warm! – Warm! – Heiß!!!** musste ich mir dann auch verkneifen, als Hendrik kurzfristig meinen Rucksack hochgehoben hat, um auch darunter nach dem Buch zu suchen. Da war es nämlich noch drin, Hendriks Tagebuch. In meinem Rucksack, aber nicht drunter! **– Kalt! – Kalt! – Kalt!**

**Monza!** Es ist Wahnsinn! – Du stehst da hinter einer Absperrung und direkt vor deiner Nase donnern die Rennwagen mit 350 Sachen an dir vorbei. Es ist tierisch laut, es duftet nach Benzin und verbrannten Gummireifen und – ohne Scheiß – der Boden unter dir zittert.

»**Wow!**«, brüllt Herr Lehmann.

»**Supi!**«, brüllt Hendrik Lehmann.

»**Gahiel!**«, brülle ich.

»**Noch jemand eine Apfelschorle?**«, brüllt mein Vater und hält sich wieder die Ohren zu, als ein Ferrari mit göttlichen 810 PS an uns vorüberfliegt.

»Warte, Thomas! Ich komm mit«, sagt Herr Lehmann.

»... und nicht über die Straße rennen, Kinder! *Höhöhö*«, musste mein superlustiger Herr Vater seinen Hammergag noch raushauen, bevor beide dann in Richtung Getränkestand verschwanden.

Und dann war sie plötzlich da, die Gelegenheit! Ich war mit Hendrik allein! Ich konnte mit ihm reden. Ihm die ganze Sache mit der Geheimnishüterei erklären. ... und bei der Gelegenheit auch noch mal geschickt nachhaken, ob er denn ganz vielleicht, rein zufällig irgendetwas wüsste – über die Brandnacht und ihre möglichen Todesopfer.

Dann wusste ich aber nicht so recht, wie ich anfangen sollte, und hab überlegt, dass es das Cleverste wäre, sich erst mal ordentlich bei dem Hendrik zu entschuldigen. Was weiß ich – zum Beispiel, dass wir ihn haben sitzen lassen, da mutterseelenallein im Harz. Oder wegen dem Haufen Schuld, den meine Kumpels und ich ihm ordentlich in die Schuhe geschoben haben. ... Woran der Blödmann natürlich selbst schuld war, dass wir's getan haben, aber egal: Erst mal ordentlich entschuldigen bei dem Hendrik und dann freut er sich bestimmt. Weil wenn er sich freut, dann ist die Stimmung doch auch gleich viel besser und dann lässt es sich auch viel besser reden, wenn die Stimmung gut ist.

»**Es tut mir voll leid!**«, brülle ich Hendrik also voll ins Ohr, obwohl gerade gar kein Rennwagen da ist, gegen den man hätte anbrüllen müssen.

»Hm? Was denn?«, fragt Hendrik zurück.

»Na **alles!**«

»Was – **alles!**«

»Boah, Lehmann! Stell dich nicht blöder an, als du bist! Du weißt ganz genau, was ich meine!«

»Nein, weiß ich nicht, **Hensen!** Und ganz ehrlich: Allmählich reicht es mir! Ich hab die ganze Zeit echt versucht, nett zu dir zu sein! Und das, obwohl ich ...«

»Obwohl *du was* – **Leh-mann?**«

»Ach – gar nichts! Vergiss es!«

»*Was* soll ich vergessen?«

»**Alles!** Vergiss es einfach, ja?«

»Was soll der Scheiß, Lehmann? Wie soll ich **alles** vergessen, wenn ich nicht mal weiß, was **alles** ist?«

»Du weißt so vieles nicht, Jan Hensen!«

»**Boah ... ... Lehmann! Pass auf, was du sagst, sonst ...**«

»... sonst **was?**«

Und darauf konnte ich diesem eingebildeten Hochbegabtenvollarsch gar nicht mehr antworten, weil in dem Moment auch schon wieder Herr Lehmann und Papa mit den Getränken zurückkamen.

»Na Jungs? Unterhaltet ihr euch auch gut?«, fragte Papa.

»… äh … ja, Papa! Supergespräch hier!«, antwortete ich und musste mich echt zusammenreißen, Hendrik meinen Becher Apfelschorle nicht voll ins Gesicht zu schütten.

… kein guter Anfang für ein Gespräch! Dumm gelaufen, irgendwie! Und deswegen haben Hendrik und ich dann auch so gut wie gar nicht mehr miteinander geredet. Auch auf der Rückfahrt nicht.

»Alles klar bei euch, Männer? Ihr seid so still«, fragte Herr Lehmann von seinem Opel-Kombi-Pilotensitz aus.

»Ach, lass die mal, Peter! Die sind bestimmt total platt. – Oder, Jungs?«, meinte mein Vater dann.

»…hm? …ähm-ja, Papa! – Komplett fertig!«, antwortete ich, was natürlich komplett gelogen war.

Auf hundertachtzig war ich! – Da reicht man einem schon die Hand und was passiert? Draufgeschissen wird, auf die Hand, die hingereichte!

Okay, Kumpel! Kann gut sein, dass du jetzt hier anfängst, selbstständig zu denken: ›Da hat der Jan aber auch ein kleines bisschen selber Schuld dran.‹

Kann sein, dass du so denkst, und vielleicht hast du ja auch ein kleines bisschen recht damit!

Nun ist die Sache aber nun mal die, dass ich trotzdem auf hundertachtzig war und im nächsten Moment sogar auf hundertneunzig, als Hendrik-Arschloch-Lehmann wieder anfing, seine Müllhalde auf den Kopf zu stellen, um sein Tagebuch zu suchen. Sehr nervig!

»**Kalt!**«, sage ich zu ihm.

»Wie – **kalt?**«, fragt Hendrik angenervt zurück.

»Da ist es nicht, dein Tagebuch! – **Kalt** eben!«

»Woher willst ausgerechnet du das denn wissen, du Blödm… … … … … …«

Und dann fehlten dem Hendrik doch glatt ein paar Silben, als er nämlich sah, wie ich lässig meinen Rucksack aufmachte, superlässig sein Tagebuch herauszog und es ihm dann super-oberlässig vor die Nase hielt.

Das war jetzt so wirklich nicht geplant von mir, aber manchmal sind die spontanen Einfälle die besten.

»Wirklich alles klar dahinten bei euch?«, fragte Herr Lehmann noch einmal von vorne.

Und weil der arme Hendrik ganz erstaunlicherweise immer noch komplett sprachlos war, antwortete ich für uns beide: »Alles bestens, Herr Lehmann! Der Hendrik hat gerade sein Tagebuch wiedergefunden!«

»Na, Gott sei Dank!«

»Ja, Herr Lehmann! Gott sei Dank!«, sagte ich noch mal und freute mich sehr, als ich sah, dass Hendrik vor lauter Wut heimlich heulte!

Und jetzt, mein Freund, mach ich hier mal einen schönen Punkt für heute. Es ist so spät noch nicht. 21.25 Uhr, um genau zu sein. Aber ich werde nun schlafen können wie ein königliches Baby. Und das ganz ohne Schafe-Zählerei.

Das war ein sehr schöner Tag und ich bin sehr zufrieden mit mir. Weil, wenn ich's recht bedenke, kann ich mir jedes weitere Gespräch mit Vollidiot Lehmann nach dieser sehr coolen Nummer von mir komplett sparen. Weil ich – Jan Hensen, der

Mangel-Kompetente – habe dem Höchstbegabten auf spielerische Art und Weise beigebracht: Pass demnächst besser auf dein scheiß Tagebuch auf und werde ordentlicher! – Und das ganz ohne Worte! Genial!

Und außerdem, Kumpel, habe ich soeben endgültig beschlossen, dass es keine Opfer gab! Kein Machwitz und kein sonst wer! Da war kein Schwein in der Hütte und fertig! – Lehmann spinnt!!!

Also Schwamm drüber jetzt! Über Machwitz und den kompletten Waldbrand sowieso!

… es gäbe vielleicht eine Sache, die meinen Tag noch schöner machen würde, überlege ich gerade.

Hat was mit Hannah zu tun, dem hohlen Ding von nebenan hier … und einer Zahnpastatube.

… aber ich lass das doch mal besser bleiben. Weil dieser erste Streich könnte dann auch mein letzter sein. … ganz sicher sogar!

## Tag 12

Heute ist *Entspann-Tag*!

Kumpel, ich schwöre dir, dieses bescheuerte Wort habe nicht ich erfunden! Mama war's!

»Heute machen wir mal einen Entspann-Tag, Kinder!«, sagte sie zu mir und diesem großen Mädchen, das immer *ganz wenig denken tut*. Und Papa war anscheinend auch gemeint, weil der antwortete: »Gute Idee, Schatz!«

Und ich dann mit Papas Brummelstimme hinterher, also so tief ich kann: »Klar, Schatz! Entspann-Tag! *Brummel-brummel* ... was ist das?«

»Entspann-Tag, Jan! Sich wohlfühlen! Nur Dinge tun, die man wirklich tun möchte«, erklärte Mama.

»Ich möchte Hannah verprügeln!«, sage ich.

»Ich möchte meinen kleinen Bruder töten!«, sagt Hannah.

»Ich möchte, dass ihr euch endlich mal wie normale Geschwister verhaltet!«, brummelt Papa.

»Hannah ist nicht *normal*!«, sage ich.

»Jan ist *verhaltens*gestört!«, sagt Hannah.

»**Entspann-Tag!**«, sagt Mama angenervt und sammelte dann vernünftige Wohlfühl-Vorschläge, über die dann abgestimmt wurden.

Drei zu eins fürs Strandbad! Mamas Vorschlag, noch mal die Berge hoch- und runterzulatschen, wurde ganz klar überstimmt.

Tja, mein Freund, und jetzt liege ich hier am Strandbad wahnsinnig entspannt neben meiner Schwester unterm Sonnenschirm und die guckt mich gerade so entspannt an wie ein Pitbull, weil sie nämlich nicht will, dass ich neben ihr unterm Sonnenschirm liege, und ich eigentlich auch nicht, aber das Ding ist nun mal, dass ich ganz klar eine Zehntelsekunde zuerst hier war. Daher!

Noch wenig los hier! Dimimitrie und seine Eltern aus Transsilvanien kann ich nirgendwo entdecken. Jasper und Eltern kommen erst später. Nur die Eltern von Hendrik sind schon da und Hendrik selber natürlich auch. Sie liegen nur einen Steinwurf von meinem Platz entfernt.

... was ich zu gern ja mal nachprüfen würde, ob das mit der Entfernung passt, aber hier liegt gerade kein Stein rum.
»*Steine werfen!* – So viel Gewalt! So unentspannt! Warum denn nur, Jan?«, könntest du mich jetzt fragen.
Worauf ich dir ganz klar antworten müsste: »Weil Hendrik Lehmann mir ganz unplanmäßig dann doch noch mal die komplette Nacht versaut hat! Weil ich unplanmäßig einen wirklich, wirklich schlimmen Albtraum hatte, und daran ist nur der Hendrik schuld!«
»Aha?«, machst du jetzt dann vielleicht einen auf ganz verständnisvoll und denkst dir aber nebenbei, dass der Jan Hensen wirklich nicht mehr alle Tassen im Schrank hat, weil

da kann ja nicht mal der Hendrik Lehmann was für, wenn der Jan Hensen schlimme Albträume hat.
Wo ich dir ja auch irgendwie wieder recht geben muss und ich werfe ja auch gar keinen Stein, weil eh keiner hier rumliegt.

Aber trotzdem – dieser Albtraum, der war echt abgefahren …
   … Ich gehe am Strand der Riviera entlang. Es ist heiß und absolut windstill. Der Strand ist menschenleer und in dem spiegelglatten Wasser auch nix los …

... außer einem Flusspferdkind, das auf einem Tagebuch mit Segel rumsurft. Dem Horizont entgegen. Und das ganz erstaunlicherweise ohne jeden Wind.

# »DAS IST PHYSIK, DU BLÖDMANN!«

, quietscht das Flusspferdkind zu mir rüber und verschwindet dann am Horizont.

Ich schüttle kurz den Kopf und gehe weiter.

Dann erkenne ich drei Jungs, die im Sand spielen. Weit weg noch. Sie hocken da und ich kann nur ihre Schulranzen sehen, die sie auf ihren Rücken tragen. Ich weiß nicht, wer sie sind und was sie da tun.

Dann heben sie ihre Köpfe und drehen sich zu mir um. Absolut gleichzeitig. Sehr langsam. Sehr unheimlich.

Es sind Torsten, Carsten und Sören. Die Mathebuch-Freaks.

Sie winken mich stumm zu sich herüber.

Ich gehe auf sie zu und dann sehe ich, dass diese Typen irgendwas aus Sand zusammenmatschen. Eine Sandburg vielleicht oder einen Apfelkuchen. Keine Ahnung, was es ist.

Und als ich noch näher komme, erkenne ich aber, was es ist: Hendrik Lehmann! Aus Sand! Sehr gekonnt! Sehr echt! So echt, dass der Hendrik Lehmann aus Sand sich auf einmal gruselig vom Boden erhebt und mit seinem rieselnden Finger auf mich zeigt.

Irgendwie ist die Stimmung hier nicht ganz so prickelnd und ich kriege allmählich auch ein kleines bisschen Schiss.

»Yooo Lehmann! Cooles Outfit!«, mache ich daher einen auf Gute-Laune-Bär.

Worauf Hendrik Lehmann aus Sand aber irgendwie so gar nicht reagiert und Torsten, Carsten und Sören befiehlt:

## »ZERTEILT IHN IN 13 485 TEILE UND GEBT SABINE HIERVON 1/8 AB!«

Die drei Mathebuch-Zombies ziehen messerscharfe Tortenheber aus ihren Ranzen und kriechen auf mich zu.

Die Stimmung ist hier wirklich ganz ordentlich im Keller und ich kriege Panik. Ich renne weg. Aber weil man sich in solchen bescheuerten Träumen auf der Flucht immer nur in Zeitlupe bewegen kann, kriegen sie mich.

Sie greifen nach meinen Knöcheln, ziehen mich runter in den Sand und holen mit ihren Tortenhebern zum ersten Stich aus.

»**Bitte, Hendrik! Tu das nicht! Bittebittebitte! Was hab ich denn getan?**«, heule ich los.

»**Wartet!**«, befiehlt Hendrik.

Torsten, Carsten, Sören warten. Wie bei einem DVD-Rekorder, bei dem man kurz auf Pause drückt, wenn man die nächste Filmszene nicht verpassen will, weil man gerade mal aufs Klo muss.

Absolut regungslos halten sie also ihre Tortenheber-Mordwerkzeuge über ihren Köpfen.

»**Was du getan hast, Jan Hensen?**«, stellt Hendrik mir eine Frage, die nicht wirklich eine ist und schiebt dann auch gleich die Antwort darauf hinterher:

»**Du hast mir meine Streichhölzer gestohlen und …**«

»Ich kauf dir neue!«, winsle ich dazwischen.

»**… und du hast Menschen damit getötet! Eine ganze Familie hast du ausgelöscht! – Herrn Machwitz, Frau Machwitz, ihre sieben Kinder, sämtliche Grosseltern, ein Au-pair-Mädchen … und auch einen Hund! Einen kleinen, süssen Hund, der noch nicht einmal stubenrein war!**«

»**Oh Gott! Den Hund auch? Einen kleinen, süssen Hund?**«, frage ich wirklich sehr erschüttert nach und jammere dann noch: »**Es tut mir alles so schrecklich leid! Bitte töte mich nicht! Zerteil mich nicht! BITTEbitte**bit...!«

# »ZERTEILT IHN!«, befiehlt Hendrik.

Der DVD-Rekorder läuft weiter – also die Tortenheber von Torsten, Carsten und Sören schießen mit einem messerscharfen Geräusch auf mich nieder und dann ...

... werde ich wach. Ich liege schweißgebadet in meinem Bett. Ich taste mich ganz automatisch ab, ob nicht doch irgendwo 1/8 fehlt.

›Gott sei Dank! Nur ein Traum!‹, denke ich erleichtert, und dann wundere ich mich nur ein bisschen darüber, dass sich mein Bauch so flauschig anfühlt und auf einmal auch ganz nass und warm wird.

Ich reiße die Bettdecke hoch und sehe einen kleinen süßen Hund, der da gerade sein Geschäft macht und dann mit Original-Hendrik-Lehmann-Quäkstimme zu mir sagt: »Oh, hallo Jan! So eine Freude, dass wir alle tot sind!«

Ich kreische los und erst dann bin ich wirklich richtig wach.

Das wusste ich deshalb ganz genau, weil meine linke Wange nämlich auf einmal höllischweh tat und ich in das entnervte Gesicht von Hannah guckte, die mir gerade eine geballert hat, damit ich endlich wach werde und mit dem Gekreische aufhöre, weil sie davon selber wach geworden w...

... tschuldige! Musste da gerade mal 'ne kleine Pause einlegen, weil ich nämlich plötzlich keinen Kuli mehr in der Hand hatte. Weil Prinzesschen Hannah brauchte gerade mal selber einen und da hat sie sich halt den aus meiner Hand gekrallt! Zum Rätsellösen! Hannah, der Einzeller!!!

Und da musste ich mir halt einen neuen besorgen, was hier im Strandbad echt nicht ganz so einfach ist, weil Mama hat keinen und Papa braucht seinen selbst für seine eigenen Worträtsel, die er nicht lösen kann.

Und dann hatte ich aber Glück, weil Dimitryy und seine Eltern doch noch aufgekreuzt sind. Jetzt habe ich einen original russischen Kugelschreiber ... oder mongolisch oder was weiß ich denn, woher die den mitgebracht haben.

★MOCKBA
→ 1-STERNE-HOTEL SEHR WAHRSCHEINLICH!
... ODER KAFFEEMARKE KANN AUCH SEIN!

Jedenfalls: Ein Hammer-Albtraum war das. Und ganz ehrlich, Kumpel? Wenn ich jetzt so zu Hendrik Lehmann rübergucke, dann wird mir immer noch ganz anders, und ich gucke dann auch ganz automatisch, ob da nicht auch irgendwo Torsten, Carsten und Sören ächzend durch den Sand kriechen.

Kriechen sie aber nicht. Natürlich nicht. Weil es Torsten, Carsten und Sören natürlich auch gar nicht in echt gibt. ... nur in Mathebüchern.

Aber Hendrik Lehmann! Den gibt's in echt! Gerade hockt er da mit **MEINEM** Freund Dimytrie zusammen und spielt mit ihm Schach. Da hat er aber keine Chance gegen den Dschimmitrie. Jedenfalls nicht, wenn der hoffentlich doch aus Russland kommt. Weil da ist es kalt und Fernsehen haben die da auch nicht und deswegen sitzen alle Russen immer mit Pelzmützen vorm Ofen rum und spielen Schach wie die Weltmeister.

↑ DICKER FEHLER! (HOFFENTLICH!)

Ich würd mir das ja mal gern aus der Nähe angucken, wie Dimütrie Schweinchen Schlau vom Brett fegt, aber dafür müsste ich ja hingehen, was ich aber auf keinen Fall tun werde, weil erstens habe ich null Ahnung von Schach. Und den Gefallen werde ich Lehmann ganz bestimmt nicht tun, dass ich dann blöd nachfragen muss, wer gewinnt und er mir dann vielleicht doch sagt: »Blöde Frage! Ich selbstverständlich in 53 Zügen!« oder so was.

... ach so, zweitens fehlt noch!

*Zweitens* ist die Kuh Hannah noch ein paar weitere Millimeter auf meine Sonnenschirmplatz-Hälfte vorgerückt. Logisch, dass ich da in so einer Lage nicht einfach aufstehen kann, weil damit würde ich ja die totale Niederlage kampflos eingestehen.

Mama nennt es *Entspann-Tag*. Ich nenne es Krieg!

## TAG 13

Heute ist wahrscheinlich Seele-baumeln-lassen-Tag, wenn man meine Mutter fragen würde, ob sie nicht noch irgendeinen bescheuerten Namen auf Lager hat, wie man Urlaubstage benennen könnte.

Es ist zehn Uhr morgens. Die Sonne haut wie geisteskrank die komplette Terrasse mit ihren Strahlen zu und ich sitz mittendrin. Also hier auf der Terrasse von unserer Pension. Neben mir: Hannah, friedlich wie eine Zeitbombe und doof wie der Plastikstuhl, auf dem sie zugestöpselt rumliegt.

Vor mir: der Rasen, auf dem meine Mutter meinen Vater soeben beim Federballspielen vernichtet.

In mir: Finsternis!

Ganz ehrlich, Kumpel? – Ich hab keinen Bock mehr! Morgen ist Abflug und dann war's das hier!

Echter Kack-Urlaub!

Interessiert dich, warum ich so finster drauf bin?

Nein?

Ich sag dir, warum ich so finster drauf bin: Mein Feuerwerk der guten Laune hier hat ganz stark mit Mutters Entspann-Tag von gestern zu tun. Eine Niederlage folgte der nächsten. Und darauf dann noch eine und noch eine ...

Zusammengefasst: Mutters Entspann-Tag war eine einzige Katastrophe! Sehr unentspannt alles!

Dass ich den Stellungskrieg unterm Sonnenschirm verlieren würde, war ja irgendwie abzusehen. Trotz der vereinten Schutzmächte, die hinter mir standen. ... also Mama und Papa jetzt. Auf den Liegestühlen, ein paar Meter weiter weg.

Man darf sich halt nie zu sicher fühlen, wenn man es mit einem Feind zu tun hat, der Hannah heißt. Hinterlistig und tückisch ist er, ... *der* Hannah!

Und so hat diese voll kranke Kuh dann auch eine Waffe eingesetzt, auf die man als normaler Mensch erst mal kommen muss, dass es überhaupt eine Waffe sein könnte:
**Cola!**

Meine Stellung habe ich aber trotzdem nicht aufgegeben. Ich blieb sitzen! Eisern und tapfer ...

... bis dann halt die ersten Wespen angeflogen kamen und sich auf meine cola-verklebte Badehose stürzten. Erst da bin ich dann quiekend aufgesprungen und zum Ufer rübergewetzt, um die Viecher wieder loszuwerden. Weil draufhauen ging ja wohl schlecht!!! ...!

Und auf der kompletten Strecke vom Sonnenschirm bis zum Wasser wurde dann um mich herum viel gekichert und geprustet und mit dem Finger auf meine Badehose gezeigt. Weil die nämlich weiß ist, meine Badehose! Nur wenn Cola drauf ist, dann ist sie halt nicht mehr ganz so weiß und dann sieht sie auch mehr so aus wie eine vollgekackte Windel. ... mit Wespen drauf!

Voll peinlich alles! Aber voll dämlich kam dann noch hinzu, weil ich Blödmann ausgerechnet auch noch an den beiden Schachspielern Dymitr`y und Hendrik Lehmann vorbeiflitzen musste. – In den Sand haben die sich geworfen vor Lachen!

Dann: Endlich der rettende Sprung ins Wasser. Die Wespen war ich los. Nur an den braunen Flecken musste ich halt noch eine Weile *arbeiten*!

Spätestens hier, alter Freund, sollte man ja denken können: Ab hier Entspannung! Weil schlimmer kann es ja wohl nicht werden!

Ist aber falsch gedacht! Weil es wurde! ... also schlimmer!

Ich also mit einigermaßen sauberer Badehose zum Sonnenschirm zurück, der logischerweise jetzt komplett besetzt war von der Vollschattierten. Ich packe meinen ganzen Krempel zusammen und will gerade los zu Mama und Papa, um denen ganz klar Bericht zu erstatten, da kann ich aber dann gar nicht mehr los, weil ich meinen Rucksack nicht finden kann. Der Rucksack mit meinem Tagebuch drin! Weg!

**»Wo ist der Rucksack?«**, frage ich vollständig erschrocken.

»Welcher Rucksack?«, fragt Hannah vollständig gelangweilt zurück.

**»Meiner! Er ist weg! Er lag hier!«**

»Lag er nicht! Und jetzt verpiss dich!«

**»Das ist nicht witzig, Hannah! Wo ist er?«**

»Äy – bin ich Oma oder was? Hör auf hier rumzubrüllen! Ich bin nicht taub! – Ich hab deinen scheiß Rucksack nicht! Musst halt besser aufpassen!«, sagt Hannah noch mal, quetscht sich wieder den MP3-Top-Ten-Müll in die Ohren und ist ab da doch wieder taub wie Oma.

Ich will dich, mein Freund, jetzt auch nicht unnötig auf die Folter spannen ... oder zu Tode langweilen, je nachdem.

Daher kürze ich das mal hier ab: Den ganzen verdammten Tag habe ich noch nach meinem Rucksack gesucht. Sehr verzweifelt! Sehr unentspannt!

Und als ich zum 98sten Mal den Sand da umgrabe, wo der Rucksack zuletzt stand, sagt plötzlich einer hinter mir: »**Kalt!**«

»???«, frage ich, dreh mich um – und wer ist es? – Hendrik Lehmann! Mit meinem Rucksack in der einen Hand! Und einem Buch in der anderen! Meinem Buch!

»Was …? … Woher … … ? … – **Duuuuuuu…**«

»… *Vollidiot? Hochbegabtenvollarsch? Spaßbremse?*«, schlägt Hendrik vor. »Kennst du das Schild da vorn am Eingang denn nicht, Jan? *Lassen Sie Tasche und Wertgegenstande nie ohn Aufsicht liege herum!*, steht da drauf.«

Und dann hält er grinsend mein Buch hoch und sagt: »Gar nicht mal so schlecht, Jan! Der Anfang ist es etwas langatmig und die Sätze sind zum Teil doch arg lang. Na ja ... und über den Satzbau müssen wir, glaube ich, gar nicht weiter reden! – Ach ja: Und das mit der *Riviera* stimmt so nicht ganz! Nur die Küste heißt *Riviera*, das Gewässer selbst wird *Ligurisches Meer* genannt!«

Er drückt mir das Buch und den Rucksack in die Hand, grinst »Einen schönen Tag noch!«, und lässt mich so was von doof stehen, dass mir dafür jetzt echt die Worte ausgegangen sind, um dir zur beschreiben, wie doof!

Also alles in allem: Ein echter Kack-Tag war das gestern und der Tag heute wird garantiert nicht viel besser werden! Weil gleich machen wir noch mal eine Tagestour! Mit dem Bus! Zu irgendeinem öden Kaff in der Nähe. Weil Mama es in ihrem Reiseführer gefunden hat, und da stand halt drin, dass es sehr hübsch da sei, in dem öden Kaff da in der Nähe. Was vielleicht sogar stimmt, wenn man drauf steht, in superengen Gassen von dreirädrigen Vespa-Rollern mit 200 Sachen umgenietet zu werden. ... kennt man doch alles schon hier! Ich weiß Bescheid!

Und zur Krönung des Tages kommt dann noch ein Besuch bei den Lehmanns obendrauf. Heute Abend nämlich. So eine Art Abschiedsfest! Die Lehmanns fahren zwar einen Tag später als wir auch wieder nach Hamburg zurück und da könnten sie sich ja auch dort mit meinen Eltern mit Rotwein zuschütten, aber nun – so ist das nun mal! Verstehen muss man das nicht.

Egal! – Ich zieh den Streifen hier noch durch und dann war's das hier. Morgen ist Abflug!

**WEIL...**

Der Abend ist gelaufen und jetzt sitz ich hier im Bett rum und kann mal wieder nicht einpennen. Gleich Mitternacht oder so was.

... Hendrik Lehmann ist schon irgendwie cool! Cooler als ich jedenfalls! ... na ja, jetzt will ich's auch echt nicht übertreiben, aber trotzdem ... Riesentyp irgendwie, der Hendrik! Ganz im Ernst!

Nur um das mal klarzustellen, Freundchen: Mit meiner Birne da oben ist alles im Lot! Ich wurde heute Nachmittag nicht von dreirädrigen Rollern umgenietet und Rotwein habe ich heute Abend auch nicht heimlich gesoffen!

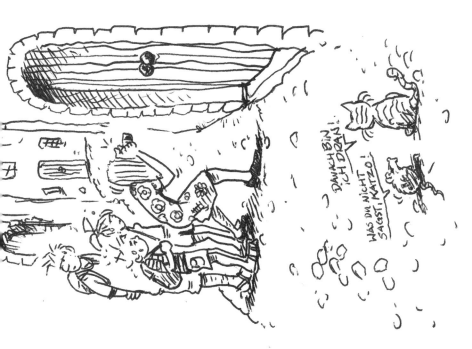

Alles liegt nur daran, dass der Tag dann ganz überraschenderweise komplett anders verlief, als von mir vorausgesagt.

Also gut. – Mit Teil eins lag ich jetzt nicht ganz daneben. Also mit dieser Tagestour zu diesem öden Kaff in der Nähe: Bei voller Backofenhitze schlurften wir durch enge Gassen und mussten dann auch alle fünf Meter stehen bleiben, weil Mama alle fünf Meter stehen blieb, um die nächste Bruchbude abzuknipsen.

»Mama, das kannst du dir echt sparen! Das gibt's alles schon bei Street View im Internet. Ehrlich!«, stöhnte Hannah nach dem 84sten Stopp.

Womit Hannah natürlich absolut recht hatte, aber dann fiel mir was Witziges ein und ich sage zu ihr mit Original-Hendrik-Lehmann-Quäkstimme wie auswendig gelernt runter: »Aber schau doch nur, liebe Hannah! All die hübschen Kopfsteinpflaster-Muster hier und dort, die diese verwinkelten Gässchen schmücken.«

Und da guckt mich Hannah erst groß an, kapiert dann aber den Gag und antwortet im selben Auswendig-Gelerne-Modus: »Oh ja, lieber Jan! All die hübschen Kopfsteinpflaster hier und dort in den verwinkelten Gässchen! Dafür hat sich die Reise allemal gelohnt!«

Und dann lachten wir uns beide schlapp und klatschten uns die Hände ab.

Mama und Papa guckten uns an wie zwei Außerirdische.

Und Mama meinte ein wenig trotzig: »Das ist Kultur, Kinder! So einen Ort besucht man doch nur einmal im Leben!«

»Worauf du einen lassen kannst!«, haute Hannah dann noch mal raus und da war's dann ganz aus mit uns beiden und wir haben uns bepisst vor Lachen.

Dann wieder Busfahren – Como plündern – also Wein kaufen hier – Andenkenkrempel da – Postkarten schreiben – und dann war's auch schon wieder Abend.

Und dieser Teil des Tages fing eigentlich auch genauso an, wie ich schon vorausgesagt hatte. Total krampfig alles!

Ich musste mich nämlich wieder neben Hendrik Lehmann an den Tisch setzen. ... oder er sich eben neben mich, ist ja auch wurscht. Wir saßen halt nebeneinander und keiner von uns hatte groß Bock drauf, neben dem anderen zu sitzen, und weil wir uns gegenseitig wie Luft behandelt haben, ging's dann aber irgendwie.

Die Lehmanns hatten sich echt ins Zeug gelegt. Der ganze Terrassentisch war voll mit den allerfeinsten Sachen. Überall hingen Lampions rum und im Hintergrund wurde auf einer CD hübsch rumgefiedelt.

»Schöne Musik, Brigitte. – Beethoven?«, fragt Papa.

»Aber Herr Hensen!«, quäkt der ungefragte Haufen Luft neben mir. »Das ist von Antonio Vivaldi! – *Die vier Jahreszeiten*!«

»Gibt's auch als Pizza!«, bemerkt Hannah trocken.

Und weil Mama wohl Angst hatte, dass ich auch noch irgendeinen dummen Spruch nachschiebe, hebt sie schnell ihr Weinglas und prostet den Lehmanns zu: »Auf euch, Brigitte und Peter. Das habt ihr wirklich ganz toll gemacht.«

»Aaaach, nicht der Rede wert, Petra!« und »Sind ja nur Kleinigkeiten!«, nuscheln Brigitte und Peter verlegen und – *pling, pling, pling* – geben sie auch endlich den Startschuss fürs Verputzen der Kleinigkeiten.

Danach wurde Hannah wieder in den See geworfen (... also sie wollte wieder freiwillig rein und durfte dann!), es wurde viel geredet und geschwärmt über das schöne Land Italien und auch ein bisschen gelästert über die Leute, die in ihm leben. Darüber, dass Italiener beispielsweise nicht leise sprechen können. Und dass auch ihre Motorroller so schrecklich laut sind wie Kettensägen. Und dass die Italiener fahren wie die Irren und bei jeder Gelegenheit auf die Hupe drücken müssen. ...

... wobei ich an dieser Stelle in die Runde geworfen habe, dass ich das ziemlich geil finde, wie die Italiener Auto fahren! Die steigen ins Auto, schmeißen den Motor an, drücken gleichzeitig auf Gas und Hupe, und das machen sie so lange, bis sie da sind, wo sie hinwollten.

»Dafür bauen die Italiener sehr wahrscheinlich aber auch mehr Unfälle als beispielsweise die Deutschen«, gab Herr Lehmann zu bedenken.

»Na ja ...«, antwortete ich und musste ganz automatisch zu meinem deutschen Vater rüberschielen, der es immerhin fertiggebracht hat, innerhalb von nur zwei Wochen einen Golf-Kombi und eine wertvolle Jaguar-Stoßstange zu zerstören. Ganz zu schweigen von der älteren Dame, die er umgehauen hat.

Und als ob mein Herr Vater meine Gedanken lesen konnte, preschte er mit einem neuen Thema in die Runde, und dann ging es halt nur noch um Politik und Kirche und Wetter und so was.

Aber egal: Der ganze Abend war bis dahin halbwegs okay. Irgendwann wurde Hannah wieder aus dem See gepfiffen, weil Mama und Papa dann auch loswollten.

Was dann aber so gar nicht mehr okay war, dass wir festgehalten wurden!

Die Lehmanns haben meine Eltern nämlich überredet, dass wir alle bei ihnen übernachten in ihrer Riesenhütte.

Mama und Papa kriegten ein eigenes Gästezimmer. Hannah auch! Nur ich nicht! Ich musste bei Hendrik schlafen. Immerhin in einem eigenen Bett, aber trotzdem – das war absolut so was von gar nicht mehr okay! Für Hendrik Lehmann natürlich auch nicht.

Aber da konnten wir beide nichts mehr machen, weil was hätten wir auch sagen sollen.

»Nacht!«, knurre ich.

»Nacht!«, knurrt er zurück und macht das Licht aus.

Ich hau mich knurrend auf die Seite und versuche zu pennen. Zähle Schafe ohne Ende und kann dann aber trotzdem nicht einpennen.

Und bei Schaf 857 fängt Lehmann dann auch noch an, ganz laut zu schniefen.

**Schnief!**

»Kannst du bitte damit aufhören. Das stört!«

**Schnief!**

»Lehmann, ich will schlafen! Bitte!«

**Schnief!**

Komplett sauer fummle ich die Nachttischlampe wieder an, damit ich besser sehen kann, wo genau ich Hendrik Lehmann gleich eine aufs Maul haue, und dann ...

... sehe ich, dass er heult.

»Was ist los? Warum heulst du?«, staune ich.

»Es ist nichts! Lass mich in Ruhe!«, heult Hendrik.

»Wenn nichts ist, dann hör auf zu flennen! Ich will schlafen!«

»Das ist das Einzige, was dich interessiert, nicht wahr, Jan!«

»Ist das eine Frage oder was, Lehmann?!«

»Lass mich in Ruhe! ... schnief.«

»Pfff!«, sage ich noch mal, knips das Licht wieder aus, hau mich auf die Seite, zähle mein 858stes Schaf und …

**Schnief!**

… knips das Licht wieder an und frage: »Was! Ist! Dein! Problem! … Lehmann!«

»Du bist mein Problem! … Hänn-senn! Du und deine Erste-Kumpel-Liga!«, heult Hendrik plötzlich volles Rohr los und volles Rohr weiter: »Ohne euch würde es mir jetzt sicher besser gehen! Das kannst du mir glauben. Ohne euch wäre ich jetzt nicht in diesem Schlamassel! Ohne euch müsste ich jetzt auch nicht auf ein Internat, wo ich gar nicht hinwill!«, und jammert noch ganz bitter hinterher: »Nach Thü-hü-hü-ringäään!!!«

»Wie – du willst nicht?«, staune ich wieder.

»Nein! Ich will nicht!«, heult Hendrik wieder.

»Kapiere ich nicht! Ich dachte, das ist genau dein Ding. *Oberliga der ganz Schlauen*! – Na ja, okay – *Thüringen*! Aber mein Gott! Reiß dich zusammen! – Und überhaupt: Was haben wir damit zu kriegen? Also die Jungs und ich. Das ist alles nicht sehr logisch, Lehmann!«

Hendrik rotzt ein Tempo voll, holt einmal tief Luft wie ein kaputter Staubsauger und kann dann aber wenigstens normal weitersprechen, ohne Heulerei also.

»Natürlich ist es logisch! Weil ich ausbaden muss, was ihr mir eingebrockt habt! Weil Krüger ...«, druckst Hendrik dann rum und macht den Satz nicht fertig.

»Weil Krüger *was*! – Erzähl!«

»... ... weil Krüger ... ... ... (drucks, drucks) ... ... ... ... **Weil er mich loswerden will! Weil ich ihn erpresst habe, da im Harz!**«

»... **Hä?** Weil **du** ihn erpresst hast? Das ist totaler Quatsch! **Wir** haben Krüger erpresst! Die Jungs und ich! Nicht **du**! **Wir**! Aber vom Allerfeinsten! Richtig platt war der vor lauter Erpressung, der Krüger!«

Hendrik setzt sich auf die Bettkante, lässt sein Tempo auf den Boden fallen, kickt es unter sein Bett und sagt dann: »Weißt du, was dein Problem ist, Jan? – Du denkst wirklich nie nach! Schreibst du nun ja auch selbst! Glaubst du denn allen Ernstes, dass Krüger allein wegen eurer dämlichen Sprüche klein beigegeben hätte?«

Und da hatte der Hendrik ganz klar einen ziemlich wunden Punkt bei mir erwischt. Hatte ich dir ja schon erzählt, dass es ihn gibt, diesen Punkt. – Weil: Null Ahnung, warum der Krüger dichthält wie ein LKW-Reifen. Weil das ja nun mal wirklich totaler Schwachsinn war, was wir dem Krüger da erzählt haben. Also von wegen Nachtwanderung und der sackschweren Fragen und dass wir deshalb vom Weg abgekommen sind und so weiter und so fort.

»**TOTALER** Schwachsinn, was ihr dem Krüger erzählt habt!«, meint dann auch Hendrik noch mal von seiner Bettkante aus.

»Tja ... hm ... öhmm ... stimmt wohl irgendwie! Aber warum hält der Krüger dann trotzdem dicht? Das ist alles sehr unlogisch!«, meine ich darauf von meiner Bettkante aus.

Und weil der Hendrik nervigerweise wieder anfängt, doof rumzudrucksen, wiederhole ich stumpf: »Aber warum hält der Krüger dann trotzdem dicht? Das ist alles sehr unlo...«

»... weil ich das Druckmittel hatte! Weil ich etwas gesehen habe, was ich aber gar nicht hätte sehen dürfen! In der Jugendherberge, zu der ICH übrigens nach meiner eigenen Flucht vor dem Feuer recht schnell zurückgefunden habe ... falls dich das interessiert.«

»Tut es nicht! Was hast du gesehen?«

»Erst mal gar nichts! Stockduster war's in der Jugendherberge. Alle schliefen.«

»Hä? Die schliefen? Alle? Das kann doch nicht sein. Ich meine: Hat sich denn da keiner Sorgen gemacht? Das muss man doch merken, wenn da fünf ganze Schüler fehlen, oder?«, frage ich Hendrik.

»Hab ich mich auch alles gefragt, Jan. Und deshalb bin ich dann ja auch zu Krüger hochgewetzt. Bin in sein Zimmer gepoltert und da lag er dann auch in seinem Bett! ... aber nicht allein! Die Pietsch lag nämlich auch irgendwie da rum.«

»... die Pie...tsch?¿?«, staune ich nicht schlecht.

»Ganz genau! Die Pietsch mit dem Krüger! In einem Bett! Was mir in dem Moment aber ziemlich egal war, ich hatte ja schließlich Wichtigeres zu erzählen! – Und das war **NICHT**, dass ihr ein Feuer gelegt habt! Weil ich habe nämlich **NICHT** gepetzt, Jan Hensen!!!«

»Du ... du hast *nicht*?«, staune ich immer weiter.

»Nein, ich hab **NICHT**!«

»Ach ... du ... Scheiße! Und wir Deppen dachten, dass du ...«

»**DEPPEN!** Das ist das richtige Wort, Jan! Krüger wär gar nicht erst auf die Idee gekommen, dass einer von uns das Feuer gelegt hat. Ich habe ihm weisgemacht, dass wir es entdeckt hätten! **MEHR NICHT!**«

»... ... ...!«, komme ich aus dem Staunen gar nicht mehr raus.

Und dann hat Hendrik mir erzählt, wie Krüger in seine Hose gehüpft ist und wie sie sich beide auf die Socken gemacht haben, um nach uns zu suchen. Bis sie uns dann ja auch fanden. Und wie er da nach unserer Deppen-Parade den Krüger in nur vier kurzen Sätzen quasi k.o. geschlagen hat. Also erpressungstechnisch gesehen. – *Ach, Herr Krüger! Sie haben ja so einen spannenden Beruf! So viel **VERANTWORTUNG!** Ich frag mich ja manchmal, wie Sie da überhaupt noch in Ruhe schlafen können – Sie ... **UND FRAU PIETSCH!***

Fällt dir was auf, Kumpel?

... nein? Hm! Egal! Jedenfalls: Es sind exakt dieselben Sätze, die ich dir hier ein paar Seiten vorher noch als ganz, ganz schlimme Schleimattacke beschrieben habe.

Was sie aber nie waren! Alles andere als das. Ganz klar verschärfte Erpressungssätze genial in Schleim verpackt.

Wirklich cool, oder? Was für uns Vollpfosten nach tiefster Arschkriecherei klang, war für Krüger die ganz klare Drohbotschaft: Wenn **DU**, Krüger, nicht die Klappe halten kannst, werde **ICH**, Hendrik, es auch nicht können!

Krüger hatte Schiss! Vor Hendrik! Ein Wort von ihm und sein ganzer guter Ruf wäre dahin. Geschätzte 200 Jahre Eltern-Einschleim-Arbeit für die Tonne!

Aber alles in allem: Krüger ist auch nicht doof! Der Mann ist Lehrer! Und wenn du dem selber doof kommst, dann kann der echt ungemütlich werden. Dich kleinkriegen! Dich richtig fertigmachen! Und das auf die ganz freundliche Tour. Die perfekte Krüger-Schleimtour!

Und genau mit diesem Schleimtour-Gegenangriff hat er Hendrik dann auch kleingekriegt und fertiggemacht. Am letzten Tag vor den Ferien, wie Hendrik mir dann erzählt hat. Bei der Zeugnisvergabe.

Ich weiß noch, wie der Krüger den Hendrik vor der ganzen Klasse so dermaßen gelobt hat wegen all seiner Ekel-Einsen auf seinem Zeugnis, dass ich da kurz mit dem Gedanken gespielt habe, meine Schultasche vollzukotzen.

Und dann war die ganze Veranstaltung aber Gott sei Dank irgendwann auch vorbei und Krüger wünschte uns allen noch schöne Ferien und wir durften raus. Außer Hendrik eben. Den hatte Krüger sich dann noch gekrallt. Hat ihm gesagt, dass

Hendrik dieses Wahnsinnszeugnis nur ihm zu verdanken hat. Dass er seine guten Beziehungen zu den Lehrerkollegen hat spielen lassen. Weil er in Hendrik eben einen hochbegabten Schüler sieht. Einer, der nach den Ferien nicht mehr hier sein sollte, sondern auf einem Internat für Hochbegabte eben. Und wenn der Hendrik dieses großzügige Angebot nicht dankbar annimmt, dann kann das richtig übel enden, hat der Krüger ihm dann auch erklärt.

»Weil das weiß man schließlich aus langjähriger Erfahrung, wenn Hochbegabte **NICHT** mehr gefördert werden, dann kann so eine kleine Schule, wie diese hier, auch ganz schnell zur Hölle werden ... **FÜR DIE NÄCHSTEN SECHS JAHRE!**«, hat Krüger dem Hendrik so oder so ähnlich ganz zum Schluss noch mal eine wörtlich reingehauen. Aber alles ganz freundlich! Höchster Schleimlevel!

Und dann hat Krüger seine Tasche gepackt, dem Hendrik ebenfalls noch schöne Ferien gewünscht und alles Gute für die Zukunft auch.

Und dann ist er einfach rausgegangen.
Hat ihn einfach da stehen lassen, den Hendrik.
Im Klassenraum.
Allein.
Komplett sprachlos.
Heulend.

»Üble Geschichte, Hendrik! Aber echt mal!«, hab ich dann irgendwann von meiner Bettkante aus gesagt, als Hendrik mit allem fertig war. »... und warum weiß ich davon nix? Warum stand das nicht in deinem Tagebuch? Du bist doch sonst so pingelig!«, will ich dann aber wissen.

»Tjaja, Jan!«, grinst Hendrik dann zum ersten Mal an diesem Abend. »Es **STAND** drin! Weißt du noch? Kompletter Themenwechsel? *Brandopfer* auf der einen Seite? *Como-Urlaub* auf der nächsten? – Exakt an der Stelle stand alles drin. Und dann habe ich die Seiten aber rausgerissen.«

»Hä? Warum das?«

»Warum? Das liegt doch wohl auf der Hand! – Weil mir das einfach dann doch zu unsicher war, dass dieser Teil der ganzen Geschichte von der **KOMPLETTEN MENSCHHEIT** durch irgendeinen dummen Zufall doch gefunden und gelesen werden könnte!«

»Das ist unlogisch. Das macht jetzt mal so richtig gar keinen Sinn! Total bescheuert ist das sogar!«, maule ich rum.

»Och ... ich weiß nicht!«, grinst Hendrik ein zweites Mal. »Immerhin ist das der einzige Teil der ganzen elenden Geschichte, wo ich vielleicht nicht ganz so korrekt gehandelt habe – mit der Erpressung. Der Rest ist sauber! ... jedenfalls, was mich angeht!«

»Na toll, Lehmann!«, maule ich noch mal und grinse ihn aber auch dabei an. »Und so eine halbe Horrormeldung über **ZAHLREICHE OPFER** lässt du einfach drin! – Meine Fresse! Die hat mich echt Nerven gekostet und extremste Schafezählerei verursacht!«

Und da guckt mich der Hendrik aber verdammt ernst an und schweigt.

Und deshalb sage ich dann noch mal: »Diesem Dings – na, sag schon – diesem ... Machwitz, dem ist nämlich gor nix passiert. Ganz klar: **NEIN!**«

Hendrik guckt ernst und schweigt.

»Kann gar nicht sein, dass dem Machwitz was passiert ist!«, sage ich deshalb **NOCH** einmal und schiebe aber ziemlich unsicher nach: »... oder?«

Ernstes Gucken und Schweigen!

**»KOMM LEHMANN! DAS IST JETZT ECHT NICHT MEHR WITZIG! WAS IST MIT DEM MACHWITZ? DER IST DOCH NICHT WIRKLICH TOT! ... ODEEER?«**

Und dann, plötzlich, grinst Hendrik Lehmann, dieser kleine Schelm, zum dritten Mal an diesem Abend.

»Da habe ich dir jetzt aber einen ordentlichen Schrecken eingejagt, was, Jan?«, kichert Schelm Lehmann und kichert weiter: »Nein, der Herr Machwitz ist nicht tot! Der war tatsächlich nicht in seiner Hütte. Und **WENN** der denn eine Familie hat, dann lebt die sehr wahrscheinlich auch noch. Niemand kam zu Schaden bei dem Brand. ... auch kein kleiner, süßer Hund!«

Und dann kichert er sich beinah einen in die Hose, als er seinen Finger hebt, auf mich zeigt und extra gruselig sagt:

**»Zerteilt ihn!«**

Da hätte ich im ersten Moment ehrlich gesagt vor Schreck die Bettkante vollpinkeln können, als er da meinen *Albtraum-*

*Hendrik-Sandmann* nachmachte, im zweiten Moment dann aber vor Lachen ... also die Bettkante vollpinkeln. (*Hätte können*! **Nicht**: *habe*!) – Hendrik Lehmann kann witzig sein! Wusste ich bis dahin auch noch nicht!

Aber irgendwann guckte er mich dann wirklich noch mal richtig ernst an und meinte: »Weißt du Jan? Wir haben ALLE richtig Schwein gehabt. Und wenn du so willst: Der Machwitz auch. Der muss sich jetzt zwar eine neue Hütte dahinbauen, aber die Versicherung zahlt das ja!«

»Echt?«

»Jau! Echt! Die zahlt alles! Stand jedenfalls im Harzer Tageblatt: Mutmaßliche Brandursache: Kurzschluss in irgendeiner Stromleitung. Brandstiftung ausgeschlossen. Daher!«

»Die armen, armen Versicherungsfritzen!«, gähne ich ein bisschen betroffen.

»Hmhm! Die armen, armen Versicherungsfritzen! Schlimme Sache das!«, gähnte der Hendrik dann auch noch mal.

Es wurde dann ein bisschen schattig und wir legten uns beide wieder ins Bett und machten das Licht aus.

»Gute Nacht, Jan! Schlaf schön!«, sagte Hendrik.

»Gute Nacht, Hendrik! ... und: Kopf hoch! Thüringen ist nicht Afghanistan!«, sagte ich.

... so weit, mein Freund! Und jetzt liegt er halt neben mir, der Hendrik. Zusammen mit Teddy Gustav. Beide schlafen wie die Babys.

Nur ich selber hab das Licht dann irgendwann wieder angemacht, weil ich nicht einpennen konnte.

Und ich schätze mal, dass ich auch jetzt noch ein paar Tausend Schafen Bescheid geben muss, damit sie ordentlich vor meiner Birne hin- und herhüpfen.

... weil, echt üble Geschichte! ... Hendrik Lehmann muss die Koffer packen! Wegen Schleimfaktor Krüger!

... und wegen Gerrit, Cemal, Sebastian und mir!

**Tag 14**

Alles wird gut!

… auch wenn das hier momentan nicht danach aussieht, dass hier überhaupt noch mal irgendetwas gut werden könnte. Weil – momentan sitze ich nämlich doof auf meinem Koffer rum und warte. Auf einem hässlichen Bahnsteig tue ich dieses. Also *warten*.

… also natürlich nicht allein! Papa, Mama und die Verstöpselte sind auch hier und warten.

… also praktisch gesehen wird gerade eine komplette Familie von einer bescheuerten Bimmelbahn dazu gezwungen, auf einem hässlichen Bahnsteig doof auf Koffern rumzusitzen und nichts zu tun außer zu warten. Weil die Bimmelbahn nämlich Verspätung hat. Natürlich hat sie das!

**Aber …**

### ... EGAL!

Weil eigentlich wollte ich dir, mein treuer Freund, auch nur mitteilen, dass alles gut wird.

... also diese echt üble Geschichte von Hendrik Lehmann, die kriegt sehr wahrscheinlich ein gutes Ende. Dank mir! Mittels Handy. ... *meinem* Handy!

... habe ich überhaupt schon mal irgendwo erwähnt, dass ich im Besitz eines Handys bin?

Bin mir nicht ganz sicher, aber ich schätze mal – eher **NEIN**!

... was ganz stark damit zusammenhängt, dass ich einfach nicht gern drüber rede.

Also über *mein* Handy rede ich nicht gern. *Mein* Handy ist nämlich ein Abfallprodukt meines Vaters. Also jetzt mal bildlich gesprochen! – Weil: Als mein Herr Vater sich ein neues Handy zulegte, da hat er sein altes ja nicht mehr gebraucht und mir dann eben diesen ... diesen ... diesen **HAUFEN (!!!)** in die Hand gedrückt und stolz gesprochen: »Sohn, das gehört jetzt dir!«

... aber das wollte ich eigentlich alles gar nicht erzählen! Erzählen wollte ich eigentlich nur, dass alles gut wird!

Weil ich alles geregelt habe! Weil ich ein Problemlöser bin! Ein Checker! Hendrik Lehmanns persönlicher Batman!

Und das, obwohl ich Hightech-mäßig gesehen ganz klar unterversorgt bin.

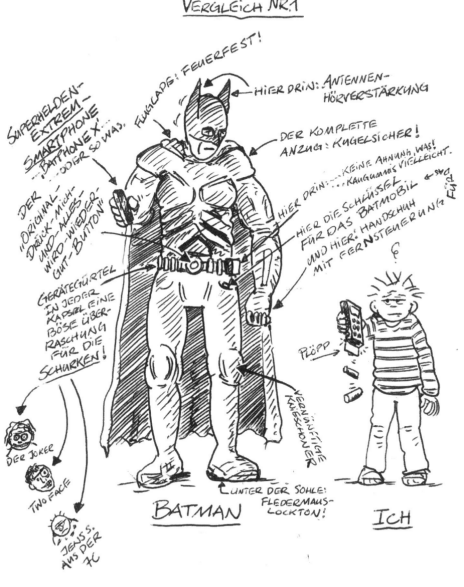

**Aber egal! Alles wird gut!**

… für Hendrik, wie gesagt! – Nicht für mich! Jedenfalls nicht, solange ich hier gezwungen werde, doof auf einem Koffer rumzusitzen und zu warten.

… scheiß Zug!

Ist doch wahr! Ein echter Witz, das alles!

Weil, seitdem mein genialer Herr Vater den VW-Kombi geschrottet hat, bin ich eigentlich ganz stark davon ausgegangen, dass wir die Heimreise selbstverständlich mit dem Flieger machen.

Also ab nach Mailand – rein in den Flieger – der Captain startet die Triebwerke – die Stewardess stopft dir grinsend ein Bonbon in den Mund – und bevor du den letzten Rest davon zermalmt hast, bist du auch schon – **ZACK** – in Hamburg!

Wie gesagt: **Eigentlich** bin ich davon ausgegangen, dass wir selbstverständlich den Flieger nehmen. Aber da war ich wohl nicht so ganz auf dem Laufenden. Weil, mir sagt ja auch keiner was.

Und so erfahre ich dann mal heute Morgen so ganz nebenbei, dass der Flug gestrichen wurde. Vor rund drei Stunden war das. Als wir mit dem Taxi von den Lehmanns zu unserer Null-Sterne-Pension zurückmussten, um die Koffer zu packen …

… ich frage: **»Was?«**

Und meine Mutter wiederholt die Frage, die sie mir vor

meiner eigenen gestellt hat: »Freust du dich schon auf die Zugfahrt nach Hause?«

»Welche Zugfahrt? Was ist mit dem Flug? Warum fliegen wir nicht?«

Und Papa dann vom Beifahrersitz aus: »Jan, ich bin nicht Krösus!«

»*Krö*-wer?«, fragt Hannah neben mir doof nach.

»*Krö-sus*!«, antworte ich. »Das war ein cooler Typ, der es draufhatte! Der hatte Kohle ohne Ende und mindestens fünf Porsche in der Garage stehen und zwei Flugzeuge noch dazu, falls eins mal nicht anspringt, wenn er mal eben von Como nach Hamburg fliegen wollte!«

»Ääächt? Wow!«

Papa hat dann einigermaßen angefressen gar nichts mehr gesagt und nur noch stumpf auf die nächste Straßenkurve geguckt, auf die unser italienischer Taxifahrer hupend mit 200 Sachen zugeballert ist.

Und Mama sagt dann aber noch mal: »Ich freu mich auf die Zugfahrt!«

Mit dem **Zug**! Einer lahmarschigen **Blechwurst auf Schienen**! Unglaublich das alles! Ich bin sehr enttäuscht von meinen Eltern!

Aber ist ja auch alles **ganz egal!**

Weil *eigentlich* wollte ich ja auch nur erzählen, wie ich Hendriks Probleme gelöst habe. Per SMS! Und das mit diesem elenden *Fernsprechapparat* aus dem letzten Jahrtausend! Extrem nerviges Finger-Rumgewurschtel, sag ich dir. Da muss man echt schon ein bisschen Zeit mitbringen, um da einen halbwegs vernünftigen Satz auf die Kette zu kriegen!

Vergleich Numero Zwo

Herr Bell (1926)   Ich noch mal (2012!)

Praktisch gesehen: Null Unterschied!

Gut war, dass ich davon ja nun auch heute Morgen schon reichlich hatte. Also *Zeit* jetzt! Weil, wie gesagt: Wir fuhren zurück zur Pension, um da die Koffer zu packen. Und da hieß es noch: ... *und trödelt bitte nicht so rum, Kinder!*

Nach fünf Minuten saß **ICH** auf meinem fertig gepackten Koffer auf dem Parkplatz vor der Pension rum! Allein! Wartend auf Papa! Wartend auf Mama! ... und auf *Dings* sowieso!

Nach weiteren 30 Minuten saß ich da immer noch allein doof rum.

Es ist wirklich unglaublich. Die Aufgabe ist so simpel: Klamotten hier – leerer Koffer da – Klamotten rein – Koffer voll – Koffer zu – **FERTIG!**

Die sollen mir noch **EINMAL** mit *mangelnder Lernkompetenz* kommen, dann ...

Aber okay, Kumpel ...

## ALLES! GANZ! EGAL!

Weil, worauf ich hier eigentlich die ganze Zeit schon hinauswollte, ist, dass ich da schon einen Haufen Zeit hatte, um ein paar extrem wichtige SMS in diesen **TASTENKLOTZ** reinzudrücken, um diese dann an Gerrit, Cemal und Sebastian zu simsen.

Das Timing war perfekt! – weil gerade, als ich die aller-**aller**letzte SMS an die Kumpels rausgehauen habe, kamen auch schon die kompletten Lehmanns mit ihrem Opel-Rennschwein auf den Parkplatz der Pension vorgeeiert.

Die sind schon echt nett, die Lehmanns. Kann man echt nicht anders sagen. Weil die hatten sich nämlich gestern Abend schon angeboten, dass sie unseren ganzen Krempel in ihren Opel packen, den wir selbst ja nicht mit nach Hamburg schleppen können. Mangels Kofferraum!

Herrn und Frau Lehmann habe ich dann auch direkt nach oben geschickt. Zu meinen Eltern und der anderen Verwandten, die, glaube ich, *Hannah* heißt.

»Die versuchen gerade, Koffer zu packen! 'Könnten echt Ihre Hilfe gebrauchen«, sage ich zu ihnen.

Und als Hendrik dann aber auch hinterherdackeln wollte, habe ich ihn mir gekrallt und gesagt: »**Du nicht!** ... ähm ... **Bitte!**«

Hendriks Eltern verschwanden in die Pension, er selber blieb, meinte dann aber: »Jan! Ehrlich! Wir müssen nicht mehr reden! Es ist schon in Ord...«

»Klappe halten, Lehmann!«, bitte ich ihn und erkläre: »Ich habe nachgedacht!«

»Oh! Jan! Echter Fortschritt!«, grinst Hendrik. »Worüber denn? Politik? Religion? Teletubbies? ...«

»Boah, Lehmann, BITTÄÄÄ!!!«, bremse ich ihn aus und fahre selber fort: »Pass auf, Hendrik! Zwei Dinge! – Ding 1: Es tut mir wirklich alles schrecklich leid! Und ich möchte mich bei dir entschuldigen! Ganz ernsthaft! – Angenommen?«

Hendrik guckte dann auf meine ausgestreckte Hand. Er war – wie sagt man so was – *ziemlich gerührt* vielleicht? *Von den Gefühlen mächtig durchgeschüttelt*, könnte man vielleicht auch sagen. Jedenfalls guckte er *irgendwie* und meinte dann: »Ach Jan! Das ist wirklich total nett von dir. Ehrlich! Und – JA! – Ich nehme deine Entschuldigung an!«

»Gut! Sehr gut! Ohne Scheiß! Das freut mich!«, freue ich mich wirklich, schüttle seine Hand durch und komme direkt zu Ding 2: »Ding 2: Du bist ein Vollidiot, Lehmann!«

**»???????????????????????«**, fragt Hendrik ... geschüttelt, nicht mehr gerührt!

»Ganz im Ernst, Hendrik! Du bist ein Idiot! Weil, so läuft das alles nicht! Wenn du nicht nach Thüringen willst, dann solltest du da auch auf keinen Fall hingehen! Quatsch mit deinen Eltern! Werde **deutlich** ... Scheiße-noch-mal! Die scheinen ja so doof nicht zu sein. Und wenn sie dich auch nur ein kleines bisschen lieb haben, dann schieben sie dich auch nicht ab ... in den Osten, da, auf dieses Hochbegabten-Scheißteil.«

»?«, fällt dem Hendrik noch ein Fragezeichen aus der Birne und sonst nix weiter ein, was er darauf sagen könnte.

»Und was den Krüger angeht: Die Sache ist geregelt! Abgehakt! Wie soll ich sagen: Der Mann hat ausgeschleimt!«, sage ich ihm dann aber noch mal und halte ihm mein Handy ins Gesicht.

»?«

»Der Spaß hat mich bestimmt 10.000 Euro gekostet, aber egal! – Hier, lies!«

Hendrik las.

Also logischerweise zuerst meine erste SMS, die ich an die Kumpels gesimst habe.

Und da muss ich jetzt selber mal sagen: Auf diese erste SMS war ich schon ein bisschen stolz, weil ich es nämlich geschafft habe, in dieser nur einen SMS **ALLES** reinzutippen, was ich dir, mein Freund, hier auch schon auf tausend Seiten erklärt habe.

… also gut: Im Großen und Ganzen jetzt nur alle Neuigkeiten, die Hendrik mir gestern Nacht erzählt hat. Also das über Krüger und Pietsch, über Hendriks Erpressung, und das Krüger sich aber nicht so gerne erpressen lässt und den Hendrik deshalb loswerden will und so weiter und so fort.

Aber trotzdem: Meine Deutschlehrerin, die *Frau Kaulingfrecks* heißt, … die wirklich so heißt, weil so dermaßen bescheuert kannst du gar nicht sein, dass du dir so einen abgefahrenen Namen ausdenken könntest …

... **Frau Kaulingfrecks** also würde Tränen weinen vor Glück, wenn sie diese perfekte Zusammenfassung von einem kompletten Roman jetzt lesen könnte.

Kann sie aber nicht. Hendrik aber. Hendrik konnte und las:

> ... kurz und gut: Hendrik Lehmann ist ein Held und wir Idioten! ABER: Habe eine Lösung für sein Problem! – Wir treten die Sache breit! Die ganze Welt soll wissen, was da gelaufen ist, zwischen Krüger und Pietsch ... in einem Bett ... irgendwie! !!!ABER!!!: DER WALDBRAND BLEIBT LOGISCHER-WEISE TOPSECRET! WEITERHIN ABSOLUTE GE-HEIMSACHE!!! BIS INS GRAB!!! KLAR? ... KLAR!!! Und auch aber klar: Wenn Bettgeschichte öffentlich, hat Schleimfaktor Krüger die Kacke ordentlich am Dampfen! Hendrik dann aber nicht mehr! Weil: einer für alle – alle für einen! (Soll heißen: Hendrik für uns – wir für Hendrik!) ... und dann: KOMPLETT ALLE (wir + Hendrik) GEGEN einen (Schleimfaktor K! :-)!
> ... KLAR SOWEIT?

Hendrik stand da auf dem Parkplatz, mit meinem Handy in der Hand und guckte mich aus einem Haufen Fragezeichen baff an.

»Lies einfach weiter!«, sage ich zu ihm und Hendrik las weiter ...

... zuerst Sebastians Antwort:

> Klar soweit! – Riesengeschichte!
> Und Lehmann ein Hammertyp! :-)
> PS: Ich will nächstes Jahr neben Lehmann sitzen!
> ... wenigstens bei den Klassenarbeiten!!!

... und Gerrits Antwort darauf:

> Runde Sache! Cooler Plan! Hätte
> von mir sein können!
> PS: Hempel! – ICH sitz neben
> Lehmann! Dass das mal klar ist!

... und Cemals Antwort darauf dann:

> Würstel-Krüger mit Sexy-Pittsch! :-* :-* :-* ... uäh!
> Egal: VOLL KRASS STABIL ALLES!
> :-)) Binischdabei! P-)
> PS: Sitze isch voll krass klar neben Lehmann!
> Lehmann ist wie Brrruder für misch!
> PS PS: ... öhmm ... Was, wenn Krügerschleim
> dann selber auspackt? Also wegen scheiß Harz
> und scheiß Brand und ganze Scheiße ... {{{:-(

Hendrik las das alles und guckte mich wieder an. Komplett baff! Komplett sprachlos auch! Daher zeigte er dann praktischerweise nur noch mal auf Cemals letzte Frage. Weil, dann brauchte er sie selber auch nicht noch mal zu stellen.

Und ich dann: »Ach das! Ja, ja, der Cemal, der stellt immer blöde Fragen! – Egal! Antwort folgt! Lies einfach!«

Hendrik las *einfach* ...

... meine Antwort auf Cemals Frage:

> *Soll er nur machen, der Krügerschleim! Dann stellen wir uns blöd und wissen von nix! Was soll er da schon tun, der Krügerschleim?!*

... und darauf dann Sebastian noch mal:

> *Äy – blöd stellen und nix wissen! Kann ich!!! :-)*

... und Gerrit:

> *NOCH blöder, Hempel? Ehrlich? >:-)*

... Sebastian darauf:

> *Arschloch! >:-(*

... und Cemal darauf auch noch mal:

> *ÄY BRRRÜDER! Kein Krrrieg hier! Krrrieg is voll scheiße! <:-( ... ihr Arschlöcher! :-))))*
> *... und Janny-Boy? Ich schreibs nur ungern, aber: Dein Hammerplan ist irgendwie auch voll scheiße! Weil, wir reden hier von KRÜGER! Die DUNKLE MACHT ... aus Schleim!*
> *ABER EGAL: ISCH STERBE FÜR LEHMANN!*
> *LEHMANN IST EIN GOTT!*

... und darauf ich dann aber:
> *Niemand muss sterben! Krüger kann*
> *uns gor nix! Weil er hat rein gor nix in*
> *der Hand gegen uns! Wir aber voll!*

... und darauf Cemal wieder:
> *Wenn es das ist, was ich denke, dass es*
> *das ist, will ich es nicht voll in der Hand*
> *haben! Du bist echt ekelig, Hensen!*

... und ich dann eben noch mal in der aller**aller**letzten SMS:
> *Gott, Yildirim!!! ...! TRÜMPFE! Ich*
> *meine TRÜMPFE! Die haben wir gegen*
> *K-Schleim in der Hand! 2 Stück sogar!*
> *Trumpf 1: Waldbrand wurde längst*
> *unter ›Scheiße passiert‹ abgehakt. Also*
> *›Kurzschluss‹ eben! – Brandstiftung?*
> *Mumpitz! Alle sind glücklich!*
> *Trumpf 2: Lehmann selbst! Weil, selbst wenn*
> *man UNS nicht glaubt, dem LEHMANN*
> *immer!!! Der kann nicht lügen! Das weiß*
> *jeder und das zieht!!! (Also normalerweise*
> *kann er das nicht – also lügen! In dem*
> *Fall aber schon! Ich brings ihm bei! :-)*

Und als Hendrik komplett fertig war mit Lesen, gab er mir das Handy zurück. Baff! ... Komplett baff! ... so dermaßen komplett baff, dass ich dir jetzt nicht mal sagen kann, ob es von *dermaßen komplett baff* überhaupt noch eine Steigerung gibt.

»Und weißt du, worauf ich mich am allermeisten freue?«, grinse ich den ... *baffen* Hendrik an.

»???«

»Auf die Reaktion von unserem Sportlehrer, wenn die Geschichte ihre Runde macht!«

»???«

»Unser Sportlehrer, Hendrik! Du weißt schon! – *Herr* Pietsch! Der durchtrainierte Mann von *Frau* Pietsch! ... und Kollege von Schleimsack Krüger! – Ganz großes Sportereignis, sag ich dir!«

Und da grinste der Hendrik dann auch und konnte aber zu allem doch nichts mehr sagen, weil in dem Moment unsere ganzen Eltern (+ 1 Schwester) aus der Pension getorkelt kamen. Schwer bepackt mit 3000 Koffern und Kram.

Also so gesehen kann ich dir nicht mal mit hundertprozentiger Sicherheit sagen, ob wirklich alles gut wird für Hendrik Lehmann. Weil das hat er ja nun mal selbst in der H...

...*and!* – konnte ich eben nicht mehr richtig zu Ende schreiben, weil dann nämlich diese dämliche Eisenbahn tatsächlich doch noch in den Bahnhof reingescheppert kam.

Aber egal alles! **Alles wird gut!** ... wenn Hendrik denn nur will!

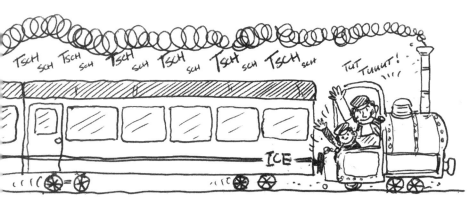

*Zugfahren!* – Kumpel, ich kann dir echt nicht sagen, was die Leute so toll daran finden!

Es ist anstrengend und nervig! Dauernd sitzt irgendeiner neben dir, den du nicht kennst und auch gar nicht kennenlernen willst, weil er doof aussieht oder schlecht riecht oder beides.

Echt nervig!

Ich sitze eingequetscht zwischen der dunklen Doof-Macht Hannah und einer alten, fetten Frau, die nicht gut riecht. Mir gegenüber: Mama – eingequetscht zwischen Papa und einem Mann, der genauso alt ist wie die alte, fette Frau neben mir, aber nicht so fett ist wie sie, aber sich trotzdem ziemlich breitmacht mit Zeitung, Thermoskanne, Stullen und Kram. Ich schätze mal, dass der zu ihr gehört.

Jedenfalls quatschen beide sich die ganze Zeit gegenseitig voll, wobei ich nicht das Gefühl habe, dass der eine dem anderen überhaupt zuhört. Aber das kann ich auch nicht mit absoluter Bestimmtheit sagen, dass das so ist, weil ich diese Sprache nur brockenweise verstehe. Weil es höchstwahrscheinlich Schwäbisch ist, was die beiden da lallen.

Aber was soll's. Irgendwann werden *Dick und Doof* ja auch mal aussteigen und dann krall ich mir den Fensterplatz von dem Stinke-Walross! Freier Blick auf die Berge!

… aber, mein Freund: Eigentlich habe ich eh keine Zeit, mir die Landschaft anzugucken!

… und, mein Freund: Ich habe eigentlich auch keine Zeit mehr, hier weiterzuschreiben!

*Tuts* mir leid! Da ich durch meinen Vater gezwungen bin, den Großteil meiner Kindheit in diesem Zug verbringen zu müssen, werde ich nämlich nun das iPad starten und all die wundervollen Spiele spielen, die auf ihm gespeichert sind.

Bevor du jetzt wie wild zurückblätterst und dich vielleicht fragst: **»Hääääh??? Warum hat der jetzt ein iPad??? Hab ich da irgendwas übersehen oder was???«** – also bevor du das tust, sag ich dir gleich, dass du dir da einen Wolf suchen kannst. Da steht nix!

Es ist nämlich nun so, dass ich dieses geschmeidige Meisterwerk der Technik erst seit heute Morgen habe.

Hendrik hat es mir gegeben! Also nicht geschenkt! Leihweise, versteht sich! Man verschenkt so etwas ja nicht!

… und eigentlich verleiht man so etwas auch nicht! Das würden nur Idioten tun!

Was aber auch wieder nicht ganz stimmen kann, weil

Hendrik Lehmann musste ich ja endgültig von meiner persönlichen Weltrangliste aller Vollidioten komplett streichen.

Wie auch immer: Heute Morgen, da auf dem Parkplatz vor der Pension, winkten wir dem schwer beladenen Opel-Bomber der Lehmanns hinterher, da blieb der Opel-Bomber dann aber noch mal stehen, Hendrik kletterte noch mal raus und drückte mir das iPad in die Hand.

»?¿?¿?¿?«, frage ich dann zur Abwechslung mal *komplett baff* nach und Hendrik antwortet: »Das möchte ich dir gern leihen, Jan.«

»?¿?¿?¿?«

»Für die lange Zugfahrt!«

»...?¿! ... und du, Hendrik? Was machst du auf der Rückfahrt?«

»Lesen!«

»*Jim Knopf*?«

»Nein. Dieses hier!«

Und dann hielt Hendrik mir wieder ein Buch vor die Nase, das es seiner Meinung nach wert war, kostbare Lebenszeit damit zu verplempern: *Emil und die Detektive*.

... kannte ich natürlich nicht! Kann aber nicht ganz so übel sein, weil unser kleiner Bücherwurm scheint da ja wohl ein gutes Händchen für *lesbare* Bücher zu haben.

Ist auch wurscht! Jedenfalls liegt nun vor mir auf meinem Schoß die genialste Erfindung seit der Entdeckung von Feuer, Rädern, Knüppeln und Kram: das iPad!

Und das ist es mir wert, an dieser Stelle das Schreiben in dieses Notizbuch nun komplett einzustellen ...

... also ich meine damit, dass ich exakt hinter diesem Satz einen endgültigen Punkt machen werde, weil der Urlaub ist eh gelaufen ...

... und was Italien angeht, habe ich dir doch wohl alles Wissenswerte erzählt, was es über Land und Leute zu erzählen gibt, außer vielleicht noch, dass alte Italiener den ganzen Tag draußen auf irgendwelchen Bänken rumsitzen müssen und auf irgendwas warten und italienische Kinder verdammt lange aufbleiben dürfen ...

... und solche Sachen.

... okay! Ein Satz noch!

Weil, könnte dich vielleicht ja doch noch interessieren! Habe nämlich gerade eine SMS von Hendrik erhalten:

> *Hallo Jan!*
> *Habe gerade meinen Eltern gesagt, dass*
> *ich nicht auf das SCHEISS Internat will!*
> *Mutter bestürzt!*
> *Vater enttäuscht!*
> *BEIDE aber heilfroh, dass ich es ihnen*
> *früh genug gesagt habe! ... weil ich soll*
> *es ja gut haben! ... weil sie mich SEHR lieb*
> *haben und nicht nur EIN BISSCHEN! :-)*
> *Viele Grüße ... und wir sehen uns*
> *nach den Sommerferien!*
> *Hendrik*
>
> *PS: DU darfst neben mir sitzen! ;-)*

*Für Bernd*

# JAN HENSENS (12) GANZ GROSSER
## ⋮ FERIENSPASS! ⋮

*NOCH!* ↑

**VON HAMBURG...** (**WELT**STADT) → SUPER SCHÖN!

NORDDEUTSCHLAND ◨
SÜDDEUTSCHLAND ◧

...**NACH MÜNSTER**... (FAHRRADSTADT!) → SUPER GEFÄHRLICH!!!

...**DIREKT**...
...**INS**...
...**KRAN-**
**KEN-**
...**HAUS!**

IMMER SUPER WETTER HIER!

**UNI**KLINIK SOGAR! ...VERSUMS? ...VERSITÄTS!

AUCH ECHT KRANK!

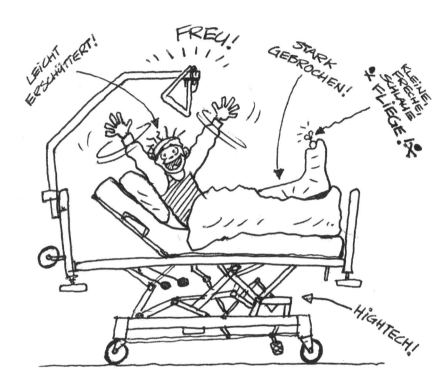

## **Eintrag 1 – Mittwoch, 18:35 Uhr**

Eins sag ich dir gleich: Das hier ist nichts für schwache Nerven! Es ist der absolute Horror! Der nackte Wahnsinn! Die Hölle!

… okay, echter Vorteil an *dieser* Hölle – also an *meiner* eben: Wenn du reinkommst, kriegst du erst mal ein iPhone in die Hand gedrückt. Für lau! Also ich hab jedenfalls keinen einzigen Cent dafür hinlegen müssen. Und irgendeinen bescheuerten Vertrag habe ich dafür auch nicht unterschrieben. – Also so ein Vertrag, bei dem du dich erst tierisch freust, weil ja alles für umsonst ist, und dann freust du dich irgendwann aber nicht mehr *ganz* so tierisch, weil ein paar Tage später ein Typ vor eurer Haustür steht, der dir das Kleingedruckte vorliest, mit dem du dich blöderweise auch mit einverstanden erklärt hast – mittels Unterschrift. Was weiß ich: eine Vertragslaufzeit von 143 Jahren … bei einer monatlichen Abdrückgebühr von 3 Millionen Euro … oder so was.

… wenn ich's mir recht überlege, würd ich gern mit dir tauschen. Also für den unwahrscheinlichen Fall, dass du wirklich so blöd bist und so was mal unterschrieben hast.

Weil – wie gesagt – *das* hier ist der absolute Horror, der nackte Wahnsinn, die *Hölle*. Ein Albtraum, der einfach nicht aufhören will, einer zu sein!

**… echt krank!**

Oder wie würdest du das nennen, wenn du plötzlich aufwachst, die Augen einen halben Spalt weit aufmachst und feststellst, dass du in einem komplett fremden Bett rumliegst und überhaupt auch nur deshalb plötzlich wach geworden bist, weil direkt vor deiner Nase das riesengroße Gesicht einer komplett fremden Frau rumhängt, die aussieht wie ein Holzfäller, nur ohne Bart eben, und die dich dann auch noch so anbrüllt wie einer ...

... also wie ein Holzfäller eben ... ohne Bart!

# »Janny? Mäuschen! ... Mäuschen? ... Mäuschen! Wach werden!«

Und weil es sich *dann* auch noch so anfühlt, als hätte dieser Holzfäller seine Axt mal eben in deinem linken Schienbein geparkt, denkst du dir: ›Leck mich, Holzfäller! Das ist ganz logisch ein amtlicher Albtraum! Also hau ab! ... und zieh vorher bitte noch die Axt aus meinem Schienbein! Das tut weh!‹ ... und machst die Augen wieder zu.

**»Jannyyy! Mäuscheeen! Aufwacheeen! Besuch ist da!«**, hört dann aber dieser Schreihals von Holzfäller ohne Bart mit dem Gesicht einer Frau direkt vor deiner Nase mit seiner geparkten Axt in deinem Schienbein einfach nicht auf, dich anzubrüllen.

**So!**

Und was machst du dann?

... jetzt weiß *ich* nicht so genau, was *du* dann machen würdest, weil *ich* krieg ja hier in diesem *sehr großartigen* Tagebuch selbstverständlich auch keine vernünftigen Antworten von dir.

So gesehen kann ich dir einfach nur sagen, was *ich* dann gemacht habe.

*Ich* habe dann die Augen *noch mal* aufgemacht und in dieses riesengroße Gesicht gestöhnt: »Du bist echt krank!«

**»Aaaaaahh ... Janny-Mäuschen ist wach! Seeehr schöööön!«**, brüllt mir die Frau mit ihrer Holzfällerstimme aber einfach *noch mal* voll ins Gesicht.

Und als sie sich dann zu ihrer vollen Holzfäller-Körpergröße aufrichtet und damit den Blick auf den Rest der Welt freigibt, weiß ich: Das ist kein Traum! Das ist die Wirklichkeit! Die *beinharte* Wirklichkeit!

Ich liege in einem Krankenbett mit Krankenzimmer drum herum.

Ich glotze auf mein linkes Bein und stelle fest, dass *keine* Axt darin steckt. Auch wenn es immer noch genauso extrem bescheuert wehtut, als würde eine drinstecken.

Komplett eingegipst wurde es.

»**Sieh mal, wer da ist, Mäuschen! Du hast Besuch!**«

Ich sehe, wer da ist. Und hören tue ich es sowieso! – Ein Holzfäller in Krankenschwester-Klamotten nämlich, der mich dauernd fröhlich anbrüllt.

Und ein Haufen Aliens! Eine Invasion von bösartigen, außerirdischen Wesen! ... *Mädchen!* – Drei Stück gleich!

Null Ahnung, warum das so ist. Aber sie sind da. Ganz klar sind sie es. Irrtum ausgeschlossen. Sie liegen hier genauso doof rum wie ich. Kichernd und gackernd.

»*Mäuschen*! **Kicher, Gacker, Hihihi!**«

»Ach, Janchen, das tut mir alles so leid!«, höre und sehe ich dann auch zum ersten Mal meinen Besuch – Tante Astrid!

Sie sitzt an meinem Bett, zerquetscht mir zärtlich die Hand und jammert dann noch einmal: »Sooo leid tut mir das!«

»Mir auch!«, jammere ich zurück, als ich dann noch mal auf mein komplett zugegipstes Bein glotze, das die ganze Zeit so extrem bescheuert wehtut.

»**Ach, Janny-Mäuschen! Alles halb so wild! Das ist nur gebrochen!**«, brüllt mich die Frau mit Holzfällerstimme an.

»*Gebrochen? Nur gebrochen? Aber wieso denn?*«, frage ich – komplett fassungslos.

Und dann, extrem langsam, aber maximal sicher, fällt mir aber von ganz allein wieder ein, wieso-weshalb-warum ...

... heute Morgen war das! Beim Brötchenholen, da brach ich es mir! Oder genauer noch: Ich habe es mir brechen lassen! Von einem Auto nämlich. Ein *VW Touran*, der mich heute Morgen beim Brötchenholen vom Fahrrad runtergekegelt hat.

... ausgerechnet ein *VW Touran*. So ein geschmacklos zusammengebastelter Blechhaufen. Und dann auch noch in Kackbraun-Metallic! Ekelhaft!

Okay, mein Freund, ich schätze mal, dass ich mich jetzt kaum glücklicher fühlen würde, wenn mich – sagen wir mal – ein sehr cooler und sehr geiler *BMW X6* in Graphit-Metallic vom Fahrrad runtergeschossen hätte. Sicher nicht.

Amtlich sicher ist, dass ich heute Morgen auf dem Weg zum Bäcker noch der glücklichste Junge Deutschlands war.

Weil: Ferien! Eine wunderschöne ganze Woche lang! Zu Besuch bei meiner Tante Astrid! Hier in Münster! Wunderschön allein!

... also auch ohne meine Eltern. Die sind nämlich in Hamburg geblieben.

Versteh mich nicht falsch. Meine Eltern sind top. Da gibt es nichts! Aber sie lassen halt nicht so viel durchgehen wie Astrid.

Astrid ist nämlich meine Patentante. Und da ist das so eine Art Naturgesetz, dass das Patenkind tun und lassen darf, was es will, und dass das Patenkind von der Patentante bis zum Abwinken verwöhnt werden muss.

Heute Morgen also war ich noch der glücklichste Junge Europas, weil – wenn ich sage allein, dann meine ich auch allein! Also auch ohne Hannah! Und das heißt: Erholung pur – echter Urlaub!

Weil: Hannah ist Stress! Hannah ist Arbeit! – Hannah ist meine große Schwester! Sie ist 14 und kann nix! ... außer Stress machen eben! Rumzicken! Das hat sie drauf. Da ist sie Meisterin.

Wie auch immer: Heute Morgen war ich auf dem Weg zum Bäcker noch extremst glücklich und auf dem Weg zurück zu Astrids Wohnung war ich nicht mehr ganz so extrem glücklich, weil mich dann nämlich ebendieser *VW Touran* in Mistkäferbraun-metallic vom Fahrrad runtergekegelt hat. – Einfach so! ... und dabei hatte ich Vorfahrt! Hundertpro!

... oder sagen wir mal: Zu 99,9 % bin ich mir fast ganz sicher, dass ich sie hatte, weil ich ja gleichzeitig telefonieren musste. Mit Cemal. Das ist ein Kumpel von mir aus Hamburg. Jedenfalls könnte das gut sein, dass ich deshalb ganz vielleicht irgendwas übersehen haben könnte! Also irgendein albernes Stoppschild oder Ampel oder ... was weiß ich denn noch alles. Keine Ahnung!

Fakt ist: Kumpel Cemal und ich wurden dann getrennt. Also telefontechnisch gesehen.

Weil mir während der Umnietung mein Handy aus der Hand fiel, welches dann vor dem braunen VW-Touran*haufen* auf der Straße aufschlug.

Ich selbst segelte sehr elegant einmal über den VW-Touranhaufen und landete hinter ihm mit einem sehr schönen Kopfsprung auf dem Asphalt.

Dann erst ging der VW-*Haufen*-Halter in die Eisen.

Und im nächsten Moment gibt er wieder wie bescheuert Gas und fährt mit quietschenden Reifen einfach weiter!

**Kein Witz!** Der ist weitergefahren! Abgehauen ist der! Einfach so! Als wäre es das Normalste hier in Münster, morgens um neun zwölfjährige Jungs umzunieten.

Ich höre noch ein ganz unschönes, knirschendes Geräusch, das es macht, wenn ein zwei Tonnen schwerer *VW-Familienklumpen* in Kuhfladenbraun-Metallic über ein 50 Gramm zartes Handy brettert, und dann ...

... dann höre ich gar nichts mehr, weil dann bei mir nämlich alle Lampen ausgehen. Also vor lauter Bewusstlosigkeit!

Was dann noch so alles passierte, kann ich dir absolut nicht mehr sagen, weil das Nächste, woran ich mich noch erinnern kann, ist, dass ich in einem Rettungswagen wieder wach geworden bin. Da gingen all meine Lampen kurzfristig noch mal wieder an.

Aber auch nur deshalb, weil ich da im Rettungswagen auch schon angebrüllt wurde – von zwei Rettungsärzten schätzungsweise.

Gehört wahrscheinlich irgendwie dazu. – *Patienten anbrüllen.*

Das lernen die vielleicht schon in der Ausbildung. – Einmal die Woche: *Patientenanbrüll*-AG.

Jedenfalls: Ich im Rettungswagen, mit zwei Rettungsärzten und Rettungsarzt Nummer eins brüllt: **»Tut das hier weh?«**

Und Rettungsarzt Nummer zwei brüllt: **»Tut das da weh?«**

Und ich immer: **»Ja! Ja! Ja! JAAAAHHHH!!!«**

**»Sehr schön!«**, brüllt die gut gelaunte Nummer eins.

**»Stabile Unterschenkelfr...UUUAAAHHH«**, brüllt Nummer zwei und dann brüllt er gar nichts mehr, weil er nämlich auf einmal quer durch den Rettungswagen fliegt und im nächsten Moment neben meiner Bahre liegt. Wie ein Käfer auf dem Rücken.

Weil nämlich der Rettungswagen mit Vollspeed in die Kurve gegangen ist. Weil er vielleicht gerade mit Vollspeed durch eine Fußgängerzone bretterte und da sehr wahrscheinlich dauernd irgendwelchen Fußgängern ausweichen musste, wenn er denn überhaupt ausgewichen ist. Weil, wer weiß: Vielleicht zählt hier in Münster ein Fußgängerleben genauso wenig wie das eines Radfahrers.

Ist auch wurscht. – Jedenfalls: Rettungsarzt Nummer zwei rappelt sich dann wieder hoch, haut gegen die Rettungsfahrerkabine und brüllt zum Rettungsfahrer rüber: **»Äy, du Penner! Kannst du nicht Bescheid sagen?«**

»Bescheid!«, antwortet der Rettungsfahrer gelangweilt.

»Arschloch!«, knurrt Rettungsarzt Nummer zwei noch mal und dann …

… hält er mir plötzlich ein iPhone vor die Nase. Eben genau *das* iPhone, von dem ich dir schon ganz zu Anfang erzählt habe.

Rettungsarzt Nummer zwei hält es mir vor die Nase und Rettungsarzt Nummer eins fragt ihn: »Wo kommt das denn her?«

»Lag auf'm Boden unter der Bahre. Gehört dem Jungen. Ist ihm wohl aus der Jackentasche gerutscht«, antwortet Nummer zwei.

Und Nummer eins wieder: »Zeig mal!«

Und Nummer zwei darauf: »Geht nicht! Is kein Zeiger dran!«

»Haaa, haaa! – sehr witzig, du *Heinz*!«, meint Nummer eins und schnappt sich das iPhone einfach aus seiner Hand.

**»Hey, starkes Teil, Sportsfreund!«**, brüllt er mich dann wieder gut gelaunt an und brüllt gut gelaunt weiter: **»Das ist die neue Version, oder?! iPhone 9.3 oder so was. Stimmt's?«**

»... isnichmeins!«, stöhne ich zurück und stöhne noch hinterher: »iPhone9Punkt3gibtesgarnicht ... stöhn!«

Das hat Rettungsarzt Nummer eins aber wohl irgendwie alles überhört, fummelt kurz an dem iPhone rum, steckt es mir in meine Brusttasche und brüllt dann noch mal: **»Glück gehabt, Sportsfreund! Das Teil geht noch!«**

Worauf Rettungsarzt Nummer *Heinz* vom Fußende meiner Bahre her brüllt: **»Im Gegensatz zu ihm hier! Da geht erst mal gar nix mehr!«**

*Haha!* Riesengag! Der ganze Rettungswagen einschließlich Rettungswagenfahrer brüllt vor Lachen.

Dann spüre ich plötzlich einen ganz ekelhaften Nadelstich im Arm, der für einen klitzekleinen Moment wunderbarerweise mehr weh tut als mein durchgebrochenes Schienbein, und dann ...

... spüre ich gar nichts mehr, weil dann nämlich meine Lampen eine nach der anderen wieder ausgehen und ich in einen stumpfen Tiefschlaf falle und ...

... und fertig eigentlich! Ende der Geschichte! Weil den ganzen Rest habe ich dir schon erzählt: Ich wache auf – mit Gipsbein – in einem Krankenbett – in einem Krankenzimmer – mit lauter Aliens drin ...

... *Mädchen* also! Wohin ich schaue: lauter Mädchen! Drei Stück! Kichernd und gackernd.

Ich suche verzweifelt nach einer vernünftigen Erklärung für diesen Wahnsinn und dann muss ich meine Suche kurzfristig einstellen, weil ich wieder angebrüllt werde.

**»ICH BIN DIE OBERSCHWESTER AGNETA, MÄUS-CHEN!«**, pustet mir diese Frau mit der Holzfällerstimme nämlich noch mal ordentlich die Ohren durch.

Und Patentante Astrid jammert sie mir darauf noch mal ordentlich voll: »Ach, Janchen! Das tut mir alles *sooo* leid!«

»Mir auch, Astrid! Mir auch!«, jammere ich zurück und glotzte wieder komplett fassungslos, komplett geschockt auf mein durchgebrochenes Bein mit Gips drum herum.

»**Aaaaaahhh – Mäuschen, mach dir mal keine Sorgen! Das wird schon wieder! Auch die Platzwunde da an deinem Köpfchen! – Alles halb so wild!**«, brüllt der Holzfäller, der eine Frau ist und Oberschwester Agneta heißt.

»Welche Platzwun...?!«, sage ich, als ich mir selber dann *ganz, ganz* vorsichtig an den Kopf fasse und da auch zum ersten Mal peile, dass die mir einen bescheuerten Turban verpasst haben – wegen der Platzwunde eben, die hoffentlich vorher wieder sauber zusammengetackert wurde.

»*Mäuschen! Köpfchen!* **Kicher, Gacker, Hihihi!**«

›...? ...? ...?‹, denke ich dann im nächsten Moment wieder verschärft darüber nach, warum ich ausgerechnet auf einem Mädchenzimmer gelandet bin. – Ist das hier eine bescheuerte Fernsehsendung mit versteckter Kamera? *Verstehen Sie Spaß?* ... oder wie dieser peinliche Müll heißt?! Oder bin ich in die Hände von komplett abgedrehten Wissenschaftlern gelangt, die mit mir abgedrehte Experimente machen, nur um mal zu gucken, ob zwölfjährige Jungs auch wirklich extrem panisch reagieren, wenn man sie in eine extrem feindliche Umgebung wirft?

»**Ja! Ich reagiere selbstverständlich extrem panisch!**« ... und: »**Nein! Ich verstehe keinen Spass!**«, hätte ich am liebsten in die sehr wahrscheinlich versteckten Kameras reingebrüllt.

Ich riss mich dann aber stark zusammen und frage stattdessen meine Tante so leise wie möglich: »Warum bin ich auf einem Mädchenzimmer, Astrid? Ich bin doch ein **Junge**!«

Und bevor Astrid überhaupt irgendwas drauf antworten kann, ballert mir das Mädchen, das direkt neben mir liegt und vielleicht eine Türkin ist, und aber *ganz* sicher Ohren hat wie ein gedopter Lux – *dieses Mädchen* jedenfalls ballert mir um meine eigenen Ohren: »**Äy, hast du was geg'n Mädsch'n oder was äy ...** *MÄUS-CHEEEEEEEEEN?*«

Wildes Gegacker, Gekicher und Gepruste!

»Äh – Nein! Natürlich nicht! Ich wollte doch nur ...«, sag ich.

**»Dass ihr mir jaaaa den Jungen in Frieden lasst!«**, brüllt Oberschwester Agneta fröhlich in die Mädchenrunde und dann ...

... ist sie plötzlich nicht mehr da!

Also, wie soll ich sagen: Oberschwester Agneta ist nicht nur tierisch laut, sondern auch irre schnell! Und deswegen war sie plötzlich nicht mehr da, weil sie eben mit geschätzten 300 Sachen aus dem Zimmer gestürmt ist. ... Wahnsinn alles!

»Ach, Janchen, das tut mir alles *sooooo wahnsinnig* leid!«, wiederholt Astrid und klärt mich dann **endlich** in Sachen Mädchen ordentlich auf.

... also nur, warum ich auf einem Mädchenzimmer gelandet bin, und nicht diese anderen ... *Sachen*.

Anscheinend haben die hier in Münster gerade so was wie *westfälische Unfallwochen*. Jedenfalls sind hier in den letzten Tagen die Kinder reihenweise von Bäumen gefallen, die Treppen runtergestürzt, mit Skateboards gegen Wände gebrettert und was weiß ich nicht noch alles. – Auf jeden Fall ist die Bude jetzt gerammelt voll. Also die Kinderkrankenstation hier in dieser riesigen Klinik. Und da haben sie mich eben auf dieses Mädchenzimmer abschieben müssen, weil sonst nirgendwo mehr Platz war in dieser *angeblich* riesigen Klinik.

»Ach, Janchen, das tut mir alles **sooo wahnsinnig schrecklich leid!**«, jammert Astrid wieder ...

... und dann springt die Tür plötzlich wieder auf und Oberschwester Agneta brüllt quer durchs Zimmer, dass Astrid jetzt den Arzt sprechen könne, der mich wieder zusammengetackert und zugegipst hat.

**»Folgen Sie mir bitte! Ich zeig Ihnen, wo sie da hinmüssen.«**

Aber dann ist Oberschwester Agneta aber auch schon fast aus Hör- und Sichtweite und Astrid hechtet hinterher ...

... und lässt mich allein. Mit diesen drei Mädchen. Die mich nun alle interessiert anstarren wie Großkatzen einen Zoobesucher, der sich aus Versehen in ihren Käfig verirrt hat.

Und weil es so schrecklich still ist und es mich schrecklich nervös macht, dass es so still ist und mich alle anstarren, denke ich, dass es nicht schaden kann, wenn man sich erst mal ordentlich vorstellt, und sage deshalb: »Hi! Ich heiße ...«

»... **Mäuschen!**«, brettert mir dieses sehr wahrscheinlich türkische Mädchen von nebenan in meine Vorstellung und brettert weiter: »**Wenn meinn Brruder kommt und sieht disch mit misch hier auf ein und dieselbe Zimmer, der wird disch töt'n, äyyyyyyyyyyyyy!**«

»Das ist *nicht* witzig, **A-Ische!** Du machst dem *Janny-Mäuschen* Angst!«, zischt dann das Mädchen von schräg gegenüber diese sehr wahrscheinliche *Aysche* an. – Nicht ganz zu Unrecht, wie ich finde.

Und diese Aysche zischt zurück: »Äy, hab isch Tättu auf Stirn mit ›*Tussi, sprisch mit mir!*‹ oder was äy ... du **Re-Zicka äyyy!**«

»Pass auf, was du sagst ... **Ische!**«

»Sonst passiert *was*, **Zicka?!?**«

Worauf *Zicka* aber gar nicht mehr vernünftig antworten kann, was *sonst noch so passiert,* weil ihr da nämlich das dritte Mädchen von genau gegenüber ins Wort fällt: »Sonst drückt *Prinzesschen Rebecca* mal wieder den roten Knopf und meldet dich, Aysche, bei Oberschwester *Weißer Riese*!«

Sagt es komplett gelangweilt und schnappt sich dann einfach ein Buch und fängt an zu lesen.

»Oooooh! Das *Fräulein Ronja*! *Es* kann sprechen!«, giftet diese Rebecca dieses dritte Mädchen an, das anscheinend *Ronja* heißt ...

... und weil das dritte Mädchen namens *Ronja* das aber gar nicht hört oder jedenfalls so tut, als ob, fällt der Rebecca nichts mehr ein, womit sie weitergiften könnte, und da schnappt sie sich selbst eine *Bravo* und fängt an zu lesen ... oder tut so, als ob. – Genau wie Aysche, die ihren Kopf mittlerweile in ihre eigene *Bravo* gesteckt hatte.

Kumpel! – Nur mal kurz zur Erinnerung: Ich hab dir doch von meiner großen Schwester erzählt. Weißt du noch? – Das 14-jährige Stresspickel-Mädchen, das manchmal auf den

Namen *Hannah* hört und welches einem mit seinem verschärften Rumgezicke schwer auf die Nerven gehen kann.

Weißt du? – Ich sag's wirklich nicht gern, aber in dem Moment ist mir klar geworden, dass diese meine Schwester Hannah im Vergleich zu diesen drei verstrahlten *Godzillas* nur ein harmloser Teletubby mit bescheuerten Haut- und Denkproblemen ist.

›Lauter Godzillas! Voll verzickt! Voll verstrahlt!‹, denke ich daher und sage natürlich nichts, weil das ganz sicher ein dicker Fehler wäre, wenn ich es täte, und ich eigentlich ja auch ganz froh sein kann, dass sie mich anscheinend komplett vergessen haben, diese ... *Mädchen*!

***... Mädchen!*** Warum gibt es sie überhaupt?

Ich meine – klar! –, ich bin nicht dämlich. Ohne Mädchen könntest du die Menschheit komplett in die Tonne hauen. Also mal abgesehen davon, dass Mädchen einfach auch extremst wichtig sind, damit der Laden weiterläuft. Weltweit gesehen! Weil Mädchen werden ja auch mal groß und dann nennt man sie Frauen und die kriegen dann wieder ganz normal eigene Kinder ... *irgendwie*.

Also, mal abgesehen davon fänd ich's ganz persönlich auch ziemlich öde, wenn auf diesem Erdball nur Jungs rumlatschen würden.

... echter Horror wäre das sehr wahrscheinlich sogar! Allein die Vorstellung, dass meine große Schwester Hannah ein Junge wäre. Der würde dann vielleicht *Hanno* heißen und mir dann nicht nur damit drohen, dass er mir sämtliche Finger brechen würde, wenn ich beispielsweise nur noch *einmal* seinen iPod berühre, sondern er würde es dann einfach tun. Ohne Vorwarnung! Einfach so!

So gesehen ist das ein echter Vorteil, dass Hanno ... also *Hannah* eben ein Mädchen ist.

... einerseits! Weil andererseits würde ich Hanno einfach besser verstehen. Also jetzt nicht unbedingt, wenn er mir sämtliche Finger brechen würde. Nein, ich meine – wie soll ich sagen – *jungstechnisch* gesehen. Das ist irgendwie eine Welle, wenn du verstehst, was ich meine. Was ich meine, ist, dass *Hanno* unmöglich so extrem bescheuert rumzicken würde.

*Hannah* aber! Sie zickt extrem bescheuert rum und ich weiß einfach nicht, warum. Was ich weiß, ist, dass sie mir damit eben voll auf die Nerven geht.

Egal! Denn alles, was ich dir *eigentlich* sagen wollte, ist, dass ich dann ganz froh war. Also konkret darüber, dass diese verschärften Sonderausgaben meiner Schwester, diese *Mädchen* eben hier auf meinem Zimmer, mich dann komplett vergessen haben und es daher still war.

Und dann denke ich, dass ich es jetzt eigentlich auch ganz schön finde, dass es so still ist, und dann ...

... bellt plötzlich ein Hund!

### Eintrag 2 – Mittwoch, 19:03 Uhr

... 'tschuldige! Musste da grad mal eine kleine Zwangspause einlegen. Dieser Holzfäller – also Oberschwester Agneta – kam gerade noch mal ins Zimmer reingetrampelt, hat meine Bettdecke einfach aufgeschlagen, eine riesige Spritze aus dem Kittel gezogen und mir diese dann – ohne Vorwarnung! – voll in den Bauch gerammt!

... okay! – Kann sein, dass die Spritze ein kleines bisschen kleiner war. Aber in den Bauch hat diese *Oberfolterschwester* Agneta sie mir trotzdem voll gerammt. Spritze ist Spritze! Egal, wie groß ... oder klein eben!

Wo war ich eigentlich stehen geblieben ...?

Ach ja: Es war still auf dem Mädchenzimmer und dann bellte ein Hund!

**WAU! WAU! WAU! WAU! ...**

Und gleichzeitig fliegen ein Buch und zwei *Bravos* durch die Gegend, weil die Mädchen sie vor Schreck hochgeworfen haben, weil das Gebelle auch so tierisch laut ist.

**WAU! WAU! WAU! WAU! ...**

Und dann gucken die Mädchen genau sodoof wie ich in die Richtung, wo das Gebelle herkommt und eigentlich jetzt ein Hund stehen müsste.

**WAU! WAU! WAU! WAU! ...**

Nur da, wo jetzt ein Hund stehen müsste, liegt nur meine Jacke. – Astrid hatte sie anscheinend schon mal über das Fußende von meinem Bett gelegt, um sie dann vielleicht später mitzunehmen. Wenn sie denn überhaupt jemals wieder den Weg zurückfinden würde zu *meinem* Mädchenzimmer.

**WAU! WAU! WAU! WAU! ...**

»Äy, das Klingelton kenn isch! Finde isch voll scheiße, äy!«, sagt Aysche dann.

Und dann erst dämmert es mir, dass da natürlich kein Hund bellt, sondern das iPhone. *Das* iPhone! Weißt du noch? Am Anfang war das iPhone! Hab ich dir ja von erzählt, dass man's kriegt, wenn man in die Hölle kommt. Und *wie* man's kriegt, dann auch noch alles. Eben durch diese Rettungsheinzis, die es mir in die Jackentasche gestopft haben. Irrtümlicherweise eben. Weil diese Pappnasen einfach auch nicht zugehört haben.

Jedenfalls: In meiner Jackentasche war nun ein iPhone und es machte: **WAU! WAU! WAU! WAU! ...**

»Hey **Mäuschen**! Wie wär's, wenn du mal drangehst?! Das nervt!«, knurrt Ronja.

»Ich kann nicht! Ich komm nicht dran!«, antworte ich gelenkig wie eine Mumie und frage in die Alien-Runde: »Könnte vielleicht eine von euch aufstehen und es mir bitt...«

Gegacker und Gequietsche! Das ganze *Zickenzimmer* quietscht vor Lachen.

»Was ist so komisch?«, will ich wissen.

Und dann peile ich aber selbst, was diese ... **operierten Ziegen** so unglaublich komisch finden: Alle drei haben auch ein Gipsbein und können anscheinend genauso *Spiderman*-mäßig durch die Gegend hüpfen wie ich, nämlich gar nicht!

**WAU! WAU! W...**

Das iPhone hatte aufgehört zu bellen und die drei Ziegen staunten nicht schlecht, als ich mit den Zehen des rechten, gesunden Beins nach meiner Jacke griff und sie mir so in Handreichweite rüberholte.

Ich sag dir, Kumpel: Diese Zirkusäffchen-Nummer tat höllisch weh, weil jede falsche Bewegung sofort von meinem linken, gebrochenen Bein mit einem amtlichen Stechschmerz beantwortet wurde. Aber das war es mir wert, weil ...

... das *iPhone* ist – wie jeder weiß – die genialste Erfindung seit dem ersten Krickelstift für Höhlenmalerei. – Die Krönung der Schöpfung!

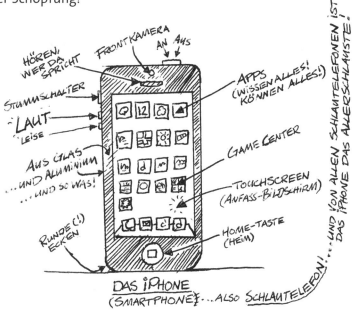

Da kenn ich mich deshalb so gut aus, weil einer meiner allerbesten Kumpels, der Gerrit nämlich, natürlich auch ein iPhone hat. – *Natürlich* deshalb, weil Gerrits Eltern vor lauter Reichtum einfach nicht mehr wissen, wohin mit der ganzen Kohle, und da haben sie ihm ganz normal eins gekauft.

Da ist der Gerrit ja auch echt nicht dämlich. – Weil der weiß ganz genau, dass seine Eltern Kohle ohne Ende haben, und dann nervt er jedes Mal voll rum, wenn er von ihnen einen neuen, teuren Gegenstand geschenkt haben will.

Und dann denken die Eltern von Gerrit immer, dass sie clever wären, weil sie wissen, wie sie ihren Sohnemann endgültig zum Schweigen bringen können.

Indem sie ihm nämlich exakt den Gegenstand in die Hand drücken, weswegen er angefangen hatte, voll rumzunerven. Was natürlich totaler Quatsch ist, weil Gerrit hält danach vielleicht ein oder zwei Wochen still, aber verlass dich drauf: Sobald irgendwo auf diesem Planeten ein neuer, cooler, teurer Gegenstand am Start ist, – und wenn er auch in der hinterletzten Ecke 50 Meter tief im Meeresboden vergraben liegt, Gerrit findet ihn und fängt wieder an, voll rumzunerven.

Keine Ahnung, wie das bei dir zuhause abläuft. *Ich* jedenfalls kann dir berichten, dass die *Voll-Rumnerv-Methode* bei meinen Eltern absolut nicht zieht.

Ich schwöre dir, ich hab's versucht! Immer und immer wieder! Das ganze Programm: *Vater! Mutter! Ich brauche ein iPhone! Bitte!* **Alle** *haben ein iPhone! Nur ich nicht! Euer einziger Sohn! Bitte! Bitte! …* **Bit-te!**

Mit 0 (null!) Erfolg! ... oder *fast* null Erfolg eben. Weil dann lag letzte Weihnachten immerhin ein neues Handy unterm Baum.

Eins, das moderner und leichter war als mein altes. Was aber kein Kunststück ist, weil mein altes Handy war ein echter Tastenklotz aus der Eisenzeit und wog mindestens einen halben Zentner.

Und sehr wahrscheinlich haben meine Eltern mir das neue Handy auch nur geschenkt, weil sie Angst hatten, dass ihr einziger Sohn – also ich – Rückenprobleme kriegt, wenn er diesen Tastenklotz weiterhin durch die Gegend schleppen muss.

... na ja – und außerdem brauchte mein Herr Vater das Handy eh nicht mehr, weil er ja nun selbst ein neues Handy bekommen hatte, weil er nämlich von der Telekom zu Vodafone gewechselt ist.

Und da hat er sein altes dann eben unter den Weihnachtsbaum geworfen. Für mich, seinen einzigen Sohn.

Wie auch immer: Mein *neues* Handy war alles andere als smart. Saudoof war es und konnte gar nix. ... außer sich platt fahren lassen. Von einem VW-Touran-Antimobil nämlich. Hier in Münster.

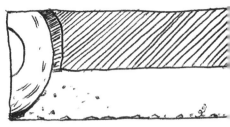

Jedenfalls: Jeder noch so stechende Schmerz, der bis an die extremsten Grenzen dessen ging, was ein einzelner Menschenjunge imstande ist auszuhalten – also *diese Zirkusäffchen-Nummer* war es mir jedenfalls wert, an dieses iPhone zu kommen.

... auch wenn dieses iPhone so was von gar nicht mir gehört.

Ich wollte es einfach nur mal in der Hand halten. Nur so zum Spaß! Und zum Trost auch! Für all mein Leid, das mir heute widerfuhr ...

... und ein bisschen zum Angeben. Weil Aysche, Rebecca und Ronja guckten nun doch *sehr* neidisch aus ihrer Mädchenwäsche, als ich den iPhone-Bildschirm sehr cool mit einem Fingertipp auf die Hometaste zur Erleuchtung brachte.

»Äy, ist neue Wöasch'n, oder-äy?!«, fragt Aysche dann auch ein bisschen ehrfürchtig nach.

»Äääh ... Yep!«, rate ich so cool wie möglich, weil ich's wirklich nicht so ganz genau weiß, ob es die absolut neueste iPhone-Version ist, die ich da in den Händen halte.

»Zeig mal!«, befiehlt Rebecca und schnippt mit den Fingern.

»Geht nicht. Ist kein Zeiger dran!«, mache ich dann einen auf Rettungsarzt Nummer *Heinz*.

»Pfff...!«, macht Rebecca noch mal und vergräbt ihr spitzes Näschen wieder in ihrem *Bravo*-Müll.

Aysche macht es ihr nach und diese Ronja von gegenüber hatte eh wieder angefangen, ihr Buch zu lesen.

Das war mir dann auch sehr recht, dass ich nun *kein* Publikum mehr hatte. Weil nun wollte ich nämlich nur noch eins: Den Spieleordner finden und mir mit all den wundervollen Apps, die in ihm zu finden sind, die Zeit vertreiben. Einfach für eine Weile das ganze kranke Drumherum hier vergessen. Das gebrochene Bein, das Mädchenzimmer, die Mädchen ... Einfach nur zocken, bis der Arzt kommt.

Weil, dem werde ich dann das iPhone ganz offiziell in die Hand drücken. Gleich morgen werde ich es tun. Wenn er denn kommt, der Arzt.

Weil, Kumpel, selbstverständlich habe ich *nicht* vor, dieses göttliche Wunderwerk der Technik zu behalten. Weil es mir nun mal ja auch nicht gehört ... leiderleiderleider!

Ich suche und finde also den iPhone-Spieleordner, öffne ihn mit einem weiteren Tipp und ...

... finde nicht ein Spiel. **Nicht ein einziges!**

Nur eine einzige, trostlose *iPhone-Spieleordner-***Wüste**!

Ich schließe den Ordner wieder und denke darüber nach, was einem das edelste iPhone der neuesten Generation nutzt, wenn nicht mal ein Spiel draufgeladen ist, und will das edle iPhone der neuesten Generation endgültig ausschalten, da ...

… hupt es! Zweimal kurz hintereinander! Wie diese Gummitröten an Kinderfahrrädern.

Ich erschrecke mich tierisch, weil das Gehupe ja auch so tierisch laut ist, und für einen kurzen Moment kann das iPhone der neuesten Generation sogar fliegen. Zusammen mit zwei Bravoheften und einem Buch.

»**Mäuschen, bitte!** Mach das Ding aus. Es nervt!«, sagt Rebecca.

»Äh ja, tut mir leid. Sof… … …«, sage ich, weil mir alle anderen Buchstaben im Hals stecken bleiben, als ich die SMS lese, die mit der Huperei reingekommen sein muss und ganz automatisch in einem Fenster auf dem Bildschirm aufgesprungen ist: »**JAN! DU BIST ECHT KRANK!** ☺«

»Was' los, Mäuschen?«, will Aysche dann wissen. »Hast du in Bätt gepinckelt odder was kuckst du wie Auto doof aus Wäsche!«

Gekicher und Gegacker.

»Blödsinn!«, brummle ich vor mich hin, weil ich allmählich echt *extrem* angenervt von diesem Zickentrio bin.

Und dann ärgere ich mich auch noch über mich selbst, weil ich im ersten Moment wirklich so bescheuert war und geglaubt habe, dass diese SMS tatsächlich für mich wäre. Was natürlich totaler Quatsch ist!

Zufällig heißt der Typ, dem dieses iPhone gehört, eben auch *Jan*. – *Jan Claßen*, wie ich dann wenig später herausgefunden habe.

Und der Typ, der geschrieben hat, dass dieser Jan Claßen eben *echt krank* ist, heißt *Ingo Denner* und beide Jungs – also *Denner* und *Claßen* – sind wirklich sehr witzig!

Das kann ich dir deshalb so genau sagen, weil ich nämlich in den kompletten SMS-Verlauf von den beiden reingeguckt habe.

Weil schließlich wollte ich ja einfach nur mal wissen, warum dieser Denner den Claßen *echt krank* findet, und außerdem tut das ja keinem weh, wenn man mal SMS-Nachrichten liest, die einen ja so was von gar nichts angehen. Merkt ja keiner.

Egal! Dieser Denner schreibt: »**Hey Claßen-Clown – was geht?**«

Und Claßen antwortet: »**Hey Denner-PENNER – wie originell: ›Claßen-Clown‹ – zum Kringeln komisch!**«

Und Denner darauf: »**Nenn mich nicht PENNER! ... Du PENNER!**«

Und Claßen wieder: »**OBERPENNER!**«

Denner: »**Du bist SO witzig! ... also, Atze: Was geht?**«

Claßen: »**Wie denn? Wo denn? Was denn? Was soll wieso wohin gehen ... PENNER!?!?**«

Und darauf schreibt der Denner eben noch mal: »**JAN, DU BIST ECHT KRANK!** ☺«

... okay Kumpel, wenn man das so liest, dann ist das jetzt nicht gerade die *ganz* große Weltliteratur. Aber ich sag dir was: Ich hätte mich wegschmeißen können vor Lachen – weil total flach, total bescheuert – genau mein Niveau!

Und dann flogen *wieder* zwei Hefte und ein Buch durch die Gegend, weil es noch mal gehupt hat.

»**Mäuschen!** Du stellst jetzt **sofort** das Ding aus oder ich komm rüber!«, droht Rebecca mir.

»Äy, das will isch sehn-äy!«, freut sich Aysche über die Vorstellung, dass Rebecca mit ihrem gebrochenen Bein wie ein Zombie quer durchs Zimmer zu mir rüberkriechen wird.

Ronja sagt gar nichts, guckt mich aber an, als würde sie mir gern ein Buch an den Kopf werfen.

»Schon gut! Schon gut! Schon gut! – ich mach ja!«, beruhige ich die Psycho-Hühnchen und mache das iPhone aber gar nicht ganz aus, sondern stell es nur auf stumm, weil ich ja schließlich noch mal die aktuellste SMS von Ingo Denner lesen will, die gerade reingehupt kam ...

*»Also Atze! – Sollen sich die sieben Zwerge nun vermehren oder nicht?!? – WAS GEHT???«*

Und da konnte ich nicht anders, als doof loszuprusten, auch wenn ich nicht so ganz kapiert habe, wie und warum dieser Junge so plötzlich auf *Zwergenvermehrung* gekommen ist. Aber egal. Auch dass diese Gipsziegen mich wieder so dämlich angeglotzt haben.

Ich war jetzt nur noch gespannt, was Jan Claßen seinem Kumpel antworten würde ...

... und ärgere mich im nächsten Moment *schon wieder* über meine eigene Blödheit, weil Jan Claßen natürlich gar nicht antworten kann, weil er ja sein iPhone verloren hat und ich es ja momentan in den Händen halte.

Und dann werden sie auf einmal ganz feucht, die Hände, und ich bin ziemlich aufgeregt, weil ich eine total verrückte, extrem witzige Idee habe! Trotz schwer geprüfter Matschbirne, einem frisch gebrochenen Bein und der feindlichen Umgebung, in die ich hineingeworfen wurde, habe ich sie. ... also die *witzige Idee* jetzt! – **Ich**, Jan *Hensen*, antworte für Jan *Claßen*!

»**YES! Vermehren sollen sich die Zwerge! Alle miteinander! Bis der Arzt kommt! ... Du PENNER!** ☺«, ... tippe ich in das iPhone und drücke auf *Senden*.

Und dann hätte ich vor Aufregung tatsächlich ins Bett pinkeln können, als dann kurz darauf das iPhone anfängt, in meiner Hand zu vibrieren. Zweimal kurz hintereinander. Statt Hupen. Weil ich hatte das iPhone ja auf *Stumm* gestellt. – *Bwwwb Bwwwb.*

*»Null Problemo, Jan-Boy! – ALLE Zwerge sind eingestielt! ... muss jetzt los! Meld mich morgen wieder ...*

*... Du Claßen-CLOWN!*

*(Hammerwortspiel!)* ☺«

Ich schätze mal, dass mein Grinsen von einem Ohr bis zum anderen reichte, als ich diese letzte SMS von Denner gelesen habe. Das war für einen klitzekleinen Augenblick so ein Gefühl, als wäre er *mein eigener* Kumpel. Irgendwie ein bisschen tröstlich – hier in diesem Zimmer mit all diesen ... **totaloperierten Zicken!**

Aber dann habe ich das iPhone in die Lade von meinem Nachtschränkchen gelegt. Weil ich habe natürlich nicht vor, dieses SMS-Spielchen einfach weiterzuspielen. Das wäre auch *echt krank,* so zu tun, als wäre man jemand anderes! Extremste Verarschung wäre das! Nicht schön!

… und außerdem meldet *mein* Kumpel Denner sich ja so wie so erst morgen früh wieder.

Gleich morgen früh gebe ich das iPhone aber wieder ab. Heute noch nicht. Heute will ich das noch ein bisschen genießen, dass dieses Zickentrio denkt, dass es mein iPhone wäre. – Ein bisschen albern, aber auch ega…

### Eintrag 3 – immer noch Mittwoch, 20:00 Uhr

… tut mir echt leid, Kumpel! Aber das sind hier wirklich extrem verschärfte Bedingungen, unter denen ich dir dies alles schreibe. Oder eben versuche, es zu tun. Weil gerade eben stürmte Oberschwester Agneta *noch mal* ins Zimmer und versorgte mich mit weiterer Medizin.

Keine Ahnung, warum. Mir erklärt hier ja auch keiner was. … außer Tante Astrid.

»Ach, Janchen, das tut mir alles **sooooo waaahnsinnig leid!**«, erklärte sie mir nämlich heute Nachmittag dann *noch einmal*! Nach rund zwei Stunden war sie wieder zurückgekommen – zu mir, in *mein* Mädchenzimmer.

Sie hatte mit dem Arzt gesprochen und ist danach noch mal kurz in die Stadt gefahren, um mir etwas *Schönes* zu kaufen. Zum Trost! Weil ich ja nun ein gebrochenes Bein habe! Und – wie Tante Astrid eben vom Arzt erfahren hat – weil ich mit diesem gebrochenen Bein sieben Tage hier im Krankenhaus rumliegen muss.

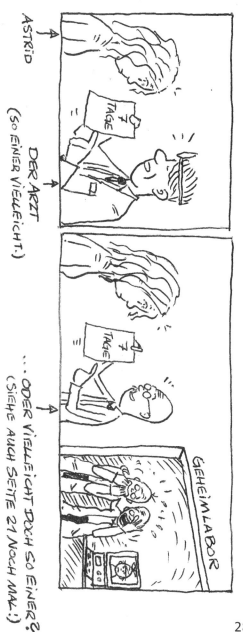

**Sieben Tage!** Zusammen mit diesen Aliens auf einem Zimmer. Das ist **Wahnsinn** ist das!

»**Waaahnsinnig leid** tut mir das alles, Janchen!!!«

»Ach, schon in Ordnung, Astrid!«, belüge ich meine Tante und will dann aber auch noch wissen, wann meine Eltern aus Hamburg endlich kommen und ob das Geschenk da unter ihrem Arm für mich ist.

»Ach, Janchen! – Ich kann Mami und Papi nicht erreichen. Nicht mal über Handy.«

Da wieder: Außerirdisches Gekicher und Gegacker im Hintergrund: **»Mami, Papi ... kicher, gacker, hihihi!«**

»**Mutter** und **Vater** kann man über Handy fast *nie* erreichen!«, kläre ich Astrid auf. »Die haben das eine Handy nur für den Notfall – irgendwie auch witzig, oder?!«

»Ja, saukomisch! – Typisch Thomas«, ärgert sich Astrid über ihren Bruder, also meinen Papa, und drückt mir dann aber endlich das *schöne* Geschenk in die Hand.

Ich reiße das Papier auf und freue mich schon über den teuren Wertgegenstand – was weiß ich – vielleicht ein *iPad* oder so etwas. Weil, wie gesagt, Astrid ist meine Patentante, und dann kommt auch noch als Extrageschenke-Bonus der Unfall in *ihrer* Stadt dazu und der Beinbruch-Faktor und ein mordsmäßig schlechtes Gewissen auch noch obendrauf, weil schließlich hätte sie ja heute Morgen genauso gut zum Bäcker radeln können und sich die Beine brechen lassen – ich also reiße vor lauter Vorfreude auf das extrem wertvolle Geschenk das Papier auf und was sehe ich?

»Ein Buch! ... ... ... toll!«, belüge ich meine Patentante ein zweites Mal.

»Ja, hübsch – nicht wahr?!«, freut sich Astrid. »Hier schau! Es ist noch ganz leer! Du kannst es als Tagebuch benutzen. – Oder vielleicht auch als Poesiealbum, wenn du magst!«

**»Poesiealbum«** – Gequietsche und Gegacker und Gepruste.

Das kriegt Astrid irgendwie aber gar nicht mit, dass diese geisteskranken Hühnchen wegen *ihr* über *mich* lachen. Weil jetzt der Fernseher ja auch die ganze Zeit an ist und gerade irgendeine Daily-Soap läuft. Was weiß ich – *Gute Zeiten, schlechte Zeiten!* – und da denkt Astrid vielleicht, dass die Mädchen über *Gute Zeiten, schlechte Zeiten* lachen, weil Astrid sehr wahrscheinlich einfach auch nicht weiß, dass *Gute Zeiten, schlechte Zeiten* überhaupt nicht zum Lachen ist und eigentlich auch nur zum Heulen, weil alle so grottenschlecht schauspielern und man sich immer nur wundert, dass diese Leute überhaupt drei Wörter hintereinander auswendig aufsagen können.

Und dann – irgendwann – guckt Astrid auf die Uhr: »Oh Gott! Schon so spät. – Jan, ich muss wirklich los. – Ich muss unbedingt noch an den Schreibtisch. Meine Arbeit. Weißt du? Ich krieg sonst wieder einen **Riesenärger**!«

Du musst wissen, Astrid ist nämlich Lehrerin. Für Deutsch … und ein bisschen Kunst, glaube ich.

… also noch keine komplett fertige Lehrerin! Das kommt dann noch. Erst mal muss sie ihr Studium ordentlich fertig machen. Und da hat sie aber gerade anscheinend wohl mächtig Ärger mit ihren Professoren. Was weiß ich – vielleicht hat sie irgendwo abgeschrieben. Keine Ahnung. Auf jeden Fall muss sie da noch mal ran und einen brauchbaren Aufsatz oder so was abliefern. Bis nächste Woche! Sonst war's das mit dem Lehrerjob und Tante Astrid kriegt dann höchstens vielleicht noch einen Job im Aldi, wo sie dann aller Wahrscheinlichkeit nach nur Preisschilder vollschreiben darf … und ein bisschen malen vielleicht auch.

Wie auch immer: Meiner Patentante tut dann noch mal *alles wahnsinnig leid* und dann lässt sie mich ein zweites Mal allein ...

... mit diesen drei Mädchen, die sich dann im nächsten Augenblick wie diese Großkatzen über diesen total behämmerten Zoobesucher hermachen, der sich *irgendwie* in ihren Käfig verirrt hat.

»**ÄY *POESIEALBUM* ÄY! – MÄUSCHEN, SCHMEISS MAL RÜBER! ISCH HAB VOLLKRASSE SPRUCH FÜR DISCH!**«

Der komplette Käfig mit verstrahlten Großkatzen brüllt vor Lachen!

Im ersten Moment überlege ich finster, ob dieses *Poesiealbum* nicht auch als Jagdwaffe zum Erlegen von Großwild taugt ...

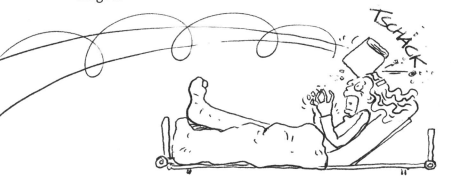

... und überlege dann aber in einem zweiten Moment, dass Gewalt keine Lösung ist.

... und außerdem hat dieses Scheißbuch sowieso nur runde Ecken. Wie soll das gehen?! Das bleibt im Leben nirgendwo hängen!

Daher entschließe ich mich in einem dritten Moment für den einzig richtigen Weg: *Flucht!*

... also nicht in *echt* jetzt. Da kann ich mich grad noch beherrschen, mit einem frisch gebrochenen Bein einen auf Batman zu machen, der in ganz ähnlichen Situationen sehr wahrscheinlich einfach cool aus dem Fenster springen würde.

Nein, ich flüchte in dieses Buch! Fange an, es vollzuschreiben. Für **dich** nämlich!

Dabei habe ich nicht mal eine konkrete Idee, wer du sein könntest.

Vielleicht ein Freund? Oder von mir aus auch eine *Freundin*! Aber dann sehr konkret nicht so eine Vollgips-Zicke wie Aysche oder Rebecca oder Ronja!

Eher so ein Mädchen wie Lena. Das wäre ganz akzeptabel. Eine Lena kenne ich nämlich. Die geht in dieselbe Klasse wie ich und ist ... *ganz akzeptabel*!

Egal alles! Ich schreib und kritzle jetzt hier für **dich** auf jeden Fall so lange weiter, bis mir vor Erschöpfung der Kuli aus der Hand fällt und ich gar nichts mehr hier mitkriege. Weder diese verschärften

Extremzicken noch diesen wirklich ekelhaft stechenden Schmerz im linken, einmal durchgebrochenen Bein, der von Minute zu Minute schlimmer wird, weil Oberschwester Agneta mich den ganzen Tag über mit allen möglichen Spritzen, Pillen, Zäpfchen zugedröhnt hat, nur vernünftige Schmerzmittel waren da garantiert nicht dabei, und wenn doch, waren die vielleicht schon abgelaufen, weil in diesem Saftladen ja auch ohne Ende gespart wird, und da denken die Leute hier vielleicht, dass es bei einem 12-jährigen Jungen ja nicht so drauf ankommt, wenn sein Bein sich so anfühlt, als würde ein komplett durchgedrehter Gorilla drauf rumhüpfen.

Schreiben, schreiben, schreiben! ... bis zur *Wegtretung*!

So gesehen ist dieses total bescheuerte Buch von Astrid hier gerade mal echt Gold wert.

*Echt* **krank alles!**

## Eintrag 4 – Donnerstag, 7:15 Uhr

Kennst du eigentlich *Captain Kirk*? Ich schätze mal, ja.

... aber falls doch *nein*: Das ist so ein Typ aus dieser Ultra-Uraltserie *Star Trek*. Auf jeden Fall ist er da Chef von einem schicken Raumschiff, das *Enterprise* heißt und mit dem er ständig unterwegs ist, um neue Welten zu entdecken, neue Lebensformen ... und Kram.

Weißt du? Genauso fühl ich mich im Moment. Also wie Captain Kirk.

... oder ein bisschen genauer noch: Wie einer seiner Hilfsarbeiter, der die Arschkarte gezogen hat und von Captain Kirk auf einen frisch entdeckten Planeten geschickt wird, um erst mal herauszufinden, ob man da überhaupt ordentlich Luft kriegt. Oder eben, um die Lage abzuchecken, ob die neuen Lebensformen auf diesem Planeten intelligent sind. Also ob sie was draufhaben und man mit ihnen vernünftig reden kann oder ob sie einem zur Begrüßung doch erst mal den Kopf abbeißen oder so was.

In der Serie erkennt man die Typen mit der Arschkarte immer daran, dass sie eine rote Uniform anhaben und allerspätestens nach rund 45 Minuten den Löffel abgeben.

Und haargenau so fühl ich mich hier. Bruchgelandet auf einem fremden Planeten mit lauter bescheuerten Lebensformen, mit denen man nicht vernünftig reden kann ... mangels Intelligenz.

Der einzige Unterschied: Ich habe keine rote Uniform. Nicht mal das!

... na ja – und den Löffel habe ich logischerweise auch noch nicht abgegeben. Immerhin!

Aber ich hätte können! Also den Löffel abgeben! Aus purer Verzweiflung! Gestern Abend zum Beispiel mehrere Male hintereinander! Alle 45 Minuten einen! Mindestens!

Gestern Abend guckten nämlich zwei dieser *Lebensformen* Fernsehen – Aysche und Rebecca. *Die* guckten Fernsehen. Bis zum Erbrechen. Und das kannst du wörtlich nehmen!

Irgendeine Musiksendung lief. Ein Wettbewerb – *Deutschland sucht den Superstar* ... oder ein *Super-Brechmittel*! Irgendwie so was.

Jedenfalls wurde viel und laut und schlecht gesungen. Und Rebecca und Aysche starrten den Fernseher an wie zwei Kaninchen.

Also wie welche, die sehr gebannt beispielsweise eine Schlange anglotzen oder nachts auf der Straße die Scheinwerfer von einem Auto, das sich extrem schnell nähert. – Irgendwie so was. Such dir was aus.

Rebecca und Aysche starrten jedenfalls wie gebannt den voll aufgedrehten Fernseher an und sagten auch nur hin und wieder was.

Wenn nämlich der eine Sänger aufgehört hatte rumzujaulen und die Bühne freigemacht hat für den nächsten Sänger, der dann anfing rumzujaulen. Unzählige Male ging das so.

Und jedes Mal, wenn eins der beiden Girlies meinte, dass der letzte Sänger wirklich *megageil* und *voll süß* war, meinte das andere dann aber, dass der *voll scheiße* war. Und andersrum! Den ganzen Abend ging das so. Bei jeder Nummer. Und ich schwöre dir: **Jede** Nummer war *gleich voll scheiße*!

Aber auch egal! Ich weiß jetzt jedenfalls, warum hier dieser Zickenkrieg läuft. Also speziell zwischen Rebecca und Aysche.

Verstehen muss man das nicht. Weil praktisch gesehen haben beide Mädchen absolut denselben Musikgeschmack. – Voll scheiße eben! ... aber so was von!

Welchen Musikgeschmack die dritte Lebensform hat – also Ronja –, weiß ich nicht. Weil die hatte sich nämlich pfiffigerweise komplett von der Zickenfront zurückgezogen und sich gleich zu Beginn dieser Sendung ganz automatisch MP3-Stöpsel in die Ohren gedreht, um sich sehr wahrscheinlich ihren eigenen ganz persönlichen Lieblingsmüll reinzuziehen.
*Welchen*, kann ich dir, wie gesagt, nicht mal ungefähr sagen. Weil, wie gesagt, der Fernseher lief. Voll laut, voll nervig und – wie gesagt – voll scheiße! ... aber so was von!

Und gerade, als ich dachte, diese ausgestrahlte Fernsehsendung müsste jetzt eigentlich vorbei sein, eben weil der allerletzte Sänger sein Mikrofon gnadenlos vollgejault hatte und die Bühne dann endgültig frei gemacht hat, war die ausgestrahlte und voll *ver*strahlte Fernsehsendung dann aber noch lange nicht vorbei. Weil, dann kam der Schnelldurchlauf. Damit ganz Deutschland noch mal ordentlich darüber nachdenken konnte, wer denn von diesen Spackos *Deutschlands Superspacko Nummer eins* werden soll.

Und dann sollten alle Deutschen dann die *Spacko-Hotline* wählen oder eben per Mail oder SMS mal eben kurz Bescheid geben, wer denn ihrer Meinung nach nun der *Superspacko-König* aller Deutschen werden soll.

Rebecca und Aysche hätten da natürlich allzu gerne mitgemacht. Was dann aber ganz überraschenderweise an der Technik scheiterte. Beide Damen haben nämlich ganz überraschenderweise weder Festnetz noch Handy. Überraschenderweise. Frag mich was Leichteres, warum nicht.

Jedenfalls starrten beide *mich* dann an und ich frag irgendwann: »Was!«

»Dein iPhone! Gib misch dein iPhone … … … **bitte!**«, antwortet Aysche.

Und Rebecca schnell hinterher: »Gib es mir! Gib es mir! **Sofort!** … … … **Bit-te!**

Und ganz genau hier, mein Freund, folgt nun die Stelle, die mich exakt mit sieben Wörtern für einen göttlichen Moment in den siebten Himmel katapultiert hat.

»Das kann ich *leider* nicht machen! – **Nein!**«, waren meine sieben Worte und ich bräuchte nun mindestens noch 53 476 Worte mehr, um dir zu beschreiben, *wie* doof die beiden Oberzicken aus der Wäsche geguckt haben, aber selbst kein einziges Wort mehr rausbringen konnten vor lauter *Doof-aus-der-Wäsche-Gucken*.

Wie gesagt – das war nur ein Moment, aber der war echt göttlich!

Dann, irgendwann, war diese *TV-Spacko-Show* aber auch endgültig vorbei, der Fernseher wurde ausgeschaltet und die Lampen auch.

Alle Lebensformen schliefen. – Nur ich selbst konnte nicht einpennen.

Weil nach *dieser* außerirdischen Hölle folgte noch eine! Wenn du so willst: die amtliche *Original*-Hölle!

Mein linkes, einmal komplett durchgebrochenes Bein wummerte und stach vor Schmerzen von Minute zu Minute immer extremer und extremer ... und extremer!

Ein Gefühl, als hätte sich dieser Gorilla eimerweise Kaffee oder Cola oder Red Bull oder was weiß ich nicht noch alles reingepfiffen, um dann komplett irre, komplett gestört auf meinem linken, einmal durchgebrochenen Bein herumzuturnen.

Nicht schön war das!

Jedenfalls: Die Nacht war die Hölle und jetzt geht's.

... also logisch – mein linkes Bein zwirbelt und zwickt immer noch recht tüchtig, aber nicht mehr so *gorillamäßig*, wenn du verstehst, was ich meine.

Alles in allem: Der Morgen jetzt ist okay ...

### Eintrag 5 – Donnerstag, 9:04 Uhr

… eigentlich sogar fast ein bisschen wie Urlaub hier. Also wie in einem Hotel dann.

… okay – der Unterschied ist, dass man hier schon um sechs Uhr wach gemacht wird. Praktisch gesehen: mitten in der Nacht! – Aber eben nur *wach*! Weil, man darf hier mit einem gebrochenen Bein ganz logischerweise liegen bleiben und alles Weitere dann auch im Bett *machen*!

Versteh mich an dieser Stelle nicht falsch! Die haben da natürlich ordentlich vorgesorgt und stellen einem verschiedene Behälter zur Verfügung, wenn man mal pinkeln muss oder … *Größeres* vorhat.

Jedenfalls – das läuft alles *irgendwie* und dann – dann kriegt man Frühstück! Direkt ans Bett. Und das Frühstück selbst ist dann aber wieder exakt genauso wie im Urlaub: Kakao, Ei, Brötchen. Und auf einem Extrateller liegen dann ein Haufen Marmeladendöschen rum. Mit fünf verschieden Sorten, die alle gleich schmecken – genau wie im Urlaub.

Serviert wurde mir dieses 8-Sterne-Frühstück von Schwester Joana, und *die*, Kumpel, war das erste echte Highlight in 24 Stunden. ... also ziemlich genau von dem Zeitpunkt an gerechnet, als ich gestern Morgen einen *VW Touran* traf ... oder er mich eben.

Jedenfalls: Es klopft an die Tür, die dann wie üblich fast gleichzeitig aufliegt, wenn einer von den Klinikleuten reinkommt. Warum sie dann erst klopfen, wenn sie dann eh ganz sicher reinmarschieren, weiß ich nicht.

Egal! – Schwester Joana kam reinmarschiert.

... aber das ist das maximal falscheste Wort, was man dafür überhaupt nehmen kann! *Reingewippt* kam sie. Oder *reingewackelt*. *Gedanced* passt irgendwie auch ganz gut.

Schwester Joana kam sehr cool *reingedanced*! Mit dem ersten Frühstückstablett. Und das war für mich.

Sie stellte es auf den Ausziehtisch ab und surrt mit einer unglaublich weichen Stimme, die so tief ist wie die von meinem Vater: »Good Morning, little sunshine!«

Und ich sag dann nicht *ganz* so cool zurück: »Öh! Ähm ... yes! Ssänk ju!«

Und sie darauf: »Du kann s-prachen TEUTSCH mit Tschohäna! Ick sähr gudd bestehen!«

Worauf dann diese verstrahlten Lebensformen Ronja, Rebecca und Aysche zum ersten Mal an diesem Tage anfangen, doof zu kichern und zu gackern. – Blöde Zicken! Ausgerechnet über Schwester Joana machten sie sich lustig.

»Sie meinen bestimmt **ver**stehen und nicht **be**stehen, oder?«, belehre ich sie dann so höflich wie möglich.

Und sie dann zurück: »Genau! Ich meinte *verstehen*! Nicht *bestehen*! Da ist ein Unterschied. Nicht wahr, mein kleiner, putziger Sonnenschein?!« Absolut flüssig, höchst deutschsprachig.

Die Weiber liegen am Boden vor Gegacker und Gekicher.

UNGEFÄHR SO LUSTIG WIE DIE EINGESPIELTEN LACHER IN EINER SUPERLUSTIGEN TV-SITCOM! ...HA!HA!...!

Und dann will ich irgendwie antworten, dass ich das eine totale Sauerei finde, wie ich hier selbst vom Klinikpersonal voll verarscht werde, und kann dann aber gar nicht antworten, weil mir das in dem Moment eh nicht eingefallen wäre. Das geht mir immer so. Wenn ich Stress mit jemandem habe, fallen mir die besten Sachen, die ich ihm gern an den Kopf werfen will, garantiert immer dann ein, wenn's zu spät ist. – Was in der Regel heißt, dass derjenige dann einfach schon weggegangen ist und mich doof stehen lässt ... mit meinem Stress!

Joana ging dann aber gar nicht. Sie grinste mich mit den weißesten Zähnen der kompletten Milchstraße an und sagt: »Tut mir leid, Jan-Boy. Ehrlich! Das war ein kleines bisschen blöd von mir.«

Gegacker und Gekicher!

Joana dreht sich langsam und cool um und grinst *sehr, sehr* cool in die Mädchenrunde: »Ladys! Nur noch ein *Piep* und ich spiel Rugby mit euch!«

Die Ladys schmeißen sich in die Ecke vor Piepsen, Gackern, Lachen!

... und ich auch!

Dann grinst sie mich wieder ganz alleine an und fragt: »Wie war die Nacht, Jan-Boy?«

Und ich kann nicht anders, als zurückzugrinsen, und antworte aber trotzdem so genau wie nur irgend möglich: »Scheiße!«

Worauf Joana mich ganz mitleidig und wirklich sehr herzlich anguckt und wieder ganz weich surrt: »Don't worry! Be happy! – Alles wird gut!«

Wie Urlaub! Ehrlich, Kumpel! Man muss das, glaube ich, alles einfach nur ein kleines bisschen so sehen, als hätte man nicht alle Tassen im Schrank, und sich dann immer sagen: Hey! Wow! Ein hammermäßiger *VW Touran* in Action-Braun brach mir das Bein. Und jetzt darf ich meine Ferien in einer megageilen Betonklinik im fernen Münster verbringen. ... Gott sei Dank auf einem Zimmer mit lauter außerirdisch dämlichen Endzeit-Hühnchen! – Gott ... **NEIN** ... dem *Touran* sei Dank!

Gleich kommt übrigens der Arzt, der mich wieder zusammengeschraubt hat. Da darf ich nicht vergessen, dem gleich mal ein paar wichtige Fragen zu stellen. − Vielleicht nicht doof, wenn ich die hier einfach schon mal sammle und notiere ...

*Frage 1: Wann kommt der Gips weg?*
*Frage 2: Wann der Turban?*
... eventuell noch *Frage 3: Wie geht es Ihnen?*
(Vielleicht gar nicht blöd, wenn ich diese Frage als erste stelle. Das ist höflich und dann freut sich der Mann!)

... das war's eigentlich! Mehr fällt mir an wichtigen Fragen für den Moment gar nicht ein.

**Oups!** − Doch! Hätte ich ja fast vergessen ...
*Frage 4: Würden Sie **das** bitte für mich im Fundbüro abgeben?*
... also das iPhone! Das will ich ja gleich abgeben. Direkt dem Doktor in die Hand drücken. Das macht bestimmt mächtig Eindruck auf ihn, weil ich so ein ehrlicher Junge bin.

... und die Weiber gucken dann bestimmt auch noch mal maximaldoof aus der Wäsche. − weil ich so cool bin und sie ordentlich verarsc...

### Eintrag 6 – Donnerstag, 11:05 Uhr

... sorry, mein Freund! Ich wurde wieder mal unterbrochen! ... und jetzt könnte ich brechen! ... pausenlos könnte ich das!

Ich bin so ein Vollidiot! Ein Einzeller! Ein Blödmann! ... ein vollidiotischer, einzelliger Superblödmann! Das weiß ich jetzt.

Wissen tue ich das, seitdem ich eben hier unterbrochen wurde. Also beim Schreiben ...

... es hatte nämlich an der Tür geklopft, die dann wie üblich fast gleichzeitig aufflog, und im nächsten Moment kommen ein Haufen Leute reinmarschiert. – Der Arzt und sein Gefolge. Also seine Assistenzärzte, Ober- und Unterärzte, Medizinstudenten ... Putzfrauen ... was weiß ich. – Alle dackelten sie dem Arzt hinterher und stellten sich dann um ihn herum auf. Direkt vor Rebeccas Bett.

Und dann war Stille. Alle glotzten den Arzt an. – Wie diese bescheuerten Kaninchen die Schlange anglotzen ... oder ein Auto ... oder den Fernseher. – Du weißt schon.

Weil dieser Arzt, der ist nicht *irgendein* Arzt. Er ist der *Chef*arzt.

Jedenfalls haben alle mächtig Respekt vor ihm und glotzten ihn an, als wäre er ein ganz normaler Gott.

»Ja, wen haben wir denn hier?«, spricht Gott.

Worauf die Frau links von ihm wie aus der Pistole geschossen antwortet: »Das ist die rechtsseitige Beinfra...«

»**Kessler!** Ich bin Rebecca **Kessler!**«, schießt Rebecca selbst dann aber einfach ungefragt los und schießt ungefragt weiter: »*Die* Kessler! – Tochter von *Professor Doktor Kessler*!«

»Ah ja«, macht der Chefarzt dann. »Kollege Kessler. ... guter Mann!«

Und dann wendet er sich gleich wieder an die Frau links von ihm und will dann auch noch den ganzen Rest von ihrer unterbrochenen Antwort.

Die kriegt er dann auch und die Krankenakte noch dazu. Und aus der zieht er dann wie ein Profi-Pokerspieler ein Röntgenbild und hält es gegen's Licht.

Alle Assistenzärzte, Ober- und Unterärzte, Medizinstudenten ... Hausmeister drücken sich um den Chefarzt herum, glotzen dann ganz wichtig das Foto an und warten darauf, dass ihr Meister wieder spricht.

»Ich soll Ihnen von meinem Vater **ganz herzliche Grüße** ausrichten, Herr Professor Doktor Baumeister«, plappert Rebecca dann aber einfach weiter. Und da guckt der Chefarzt, also *Herr Professor Doktor Baumeister*, sie an und sagt: »Oh, das ist nett. ... Gruß zurück!« ... und denkt sich vielleicht noch, was das nur für eine ekelhaft eingebildete Schleimziege ist.

Aber das ist nicht sicher. Sicher ist, dass ich das selbst gedacht habe, und sehr wahrscheinlich auch meine Bettnachbarin Aysche. Jedenfalls habe ich gesehen, wie sie sich heimlich einen Finger in den Hals gesteckt und die Augen voll verdreht hat.

Chefgott Baumeister hat dann aber auch noch mal zu seinem Volk gesprochen. Also zu den Ober- und Unterärzten und ... tralala. – Irgendwas über Rebeccas Bein. Und dass das wohl *ziemlich* amtlich gebrochen ist. Rebeccas Vater, den *guten Professor Doktor Kessler*, hat er mit keiner Silbe mehr erwähnt. ... Gott sei Dank!

Dann hat er sich auch irgendwann einfach umgedreht, und sein Gefolge dann natürlich auch im Gleichschritt, und alle zusammen stehen dann vor Aysches Bett.

Und da war ich schon ein bisschen aufgeregt, weil ich nach Aysche sehr wahrscheinlich als Nächster dran war.

Ich gehe noch mal im Kopf all meine Fragen durch, die ich dem Herrn Professor Doktor Baumeister gleich stellen will, und krame auch schon mal das iPhone aus der Lade, um es ihm dann gleich in die Hand zu drücken.

Und dann denke ich aber noch: ›Es kann ja nicht schaden, wenigstens *einmal* noch nachzugucken, ob denn Kumpel Ingo vielleicht doch noch eine witzige SMS geschrieben hat.‹

Denke es, aktiviere den Bildschirm und gucke nach.

Kumpel Ingo hatte geschrieben!

... und nicht nur eine SMS! Einen Haufen SM...*ässe* hatte Ingo Denner geschickt! Und keine davon war witzig! Alles andere als das! Eine einzige Katastrophe! Und ich bin schuld! ... aber so was von!

Die erste SMS, die ich gelesen habe, ging ja noch. Da schreibt Ingo: »*Jan Claßen! Es gibt ein Problemchen! Ruf mich doch mal an!*«

Die zweite SMS war dann sogar fast erst noch ein bisschen witzig, weil da stand drin: »*Claßen! Die sieben Zwerge sind abgeschmiert! DEUTLICH abgeschmiert! RUF MICH AN!*«

Und dann aber folgte SMS Numero drei, mit der mir dann eben klar wurde, was ich doch für ein Superblödmann bin – vollidiotisch, einzellig!

»*Zwergenvermehrung fehlgeschlagen! Die Aktien, die ich von den 7 Zwergen ... SPASS BEISEITE ... von Deinen 7 RIESEN (in Worten: SIEBENTAUSEND EURO!!!) gekauft habe, sind stark gefallen!*«

... ich habe Aktien gekauft! Mit Jan Claßens iPhone! In seinem Namen! Mit seinem Geld! Aktien für 7 *Riesen*! 7000 Euro!

*(Randnotizen: PLURAL VON SMS? SMS'en? SMS!s? SMSITENE SMSAREN? SMSe? NULL AHNUNG, ABER KLINGT GUT! ALSO: SMSe ... UND BASTA! MEIN BUCH – MEINE PLURAL-S!!)*

Die *Zwergennummer?* Ein ganz bescheuerter Witz! Ein superdämliches Wortspiel! – *Sieben Zwerge*, das waren die *sieben Riesen!* – verstehst du? Weil die *ganz, ganz* coolen Typen sprechen immer von *soundso viel Riesen*, wenn sie *soundso viel Tausend Euro* meinen. Das ist nicht wirklich cool. Natürlich nicht. Uncool ist das. Saudämlich sogar!

... der Vater von Gerrit, also der Herr Koopmann, der redet genauso – also so saudämlich!

Der kam beispielsweise mal bei uns zu Hause mit seinem neuen Auto vorgefahren. Ein hammermäßiger *BMW X6 xDrive50i.* Den wollte er mal eben meinem Vater zeigen. Weil Herr Koopmann und mein Vater sind irgendwie Freunde. – Oder sagen wir mal: *Bekannte!*

... also die kennen sich halt irgendwie zwangsläufig, weil Gerrit und ich ziemlich gut befreundet sind. – Daher!

Jedenfalls: Herr Koopmann wollte ein bisschen vor meinem Vater mit seinem neuen Auto angeben und kam dann mal eben bei uns zu Hause vorbei gefahren. Dabei hätte er fast meinen Vater platt gewalzt, weil der war nämlich gerade damit beschäftigt, den Bürgersteig zu fegen.

Herr Koopmann klettert aus seinem blitzneuen BMW X6 und brüllt meinen Vater an: **»Hey Tommy! Guck mal! Mein neuer! Hammer, oder?«**

Und mein Vater dann: »Hallo, Horst.«

Und Horst dann wieder: **»Mein *NEUER*! HAMMER, ODER???«**

Und mein Vater wieder: »Ach so, ja ...ähm ... supi! ... ganz schön groß.«

Das war natürlich komplett falsch, weil mein Vater hätte eigentlich direkt danach fragen müssen, wie viel PS die Kiste hat, wie schnell sie von 0 auf 100 ist, und solche Sachen, aber von solchen Sachen hat mein Vater eben einfach keine Ahnung, weil er sich einfach nicht für Autos interessiert und wir daher auch nur einen Wagen haben, bei dem man froh sein kann, dass der überhaupt *irgendwie* von 0 auf 100 kommt – einen alten Renault Kangoo Diesel nämlich. – Traurig ist das!

... aber das tut hier gar nichts zur Sache!

Die Sache ist nämlich die, dass mein Bürgersteig fegender Vater dann wenigstens noch die Frage hinterhergeschoben hat, wie teuer denn dieser *großer Wagen* war, und Herr Koopmann antwortet: »80 *Riesen*! ... und ein paar *zerquetschte*! ... Höhö!«

Verstehst du jetzt? – Ich meine, die Kiste hat ganze 80 000 Euro gekostet und dann kann man doch auch sagen, dass sie ganze 80 000 Euro gekostet hat, anstatt mit irgendwelchen *Riesen* um die Ecke zu kommen.

Das meine ich mit *uncool*! Saudämlich eben!

... und superuncool und supersaudämlich ist eben, wenn dann so Jungs wie dieser Ingo Denner dann auch noch von *Zwergen* reden, wenn sie *Riesen* meinen und es eigentlich um einen Haufen Geld geht. 7000 Euro nämlich!

›Ein Haufen Geld! 7000 Euro! Aktien! Jungs ...?‹ Ich starrte das iPhone an – doof wie *Rotkäppchen* den *Wolf*. ... also so, wie exakt an der Stelle, wo diese Transuse endlich peilt, dass *Großmutter* nicht *Großmutter* ist, sondern ein ganz normaler, böser *Wolf* ... also so *ganz normal* dann auch wieder nicht, weil immerhin trug er die Klamotten der alten Dame und lag in ihrem Bett rum, das gerade frei geworden war, weil er die alte Dame ja vorher verputzt hatte und den Hals dann aber *immer noch nicht* voll kriegte! ... alles in allem: *Normal* ist was anderes!!!

Aber egal: Ich starrte doof wie *Rotkäppchen*, weil ich endlich gepeilt hatte, dass die *Jungs* keine *Jungs* mehr waren! Weil: **... Jungs? 7000 Euro? Aktien?** – Kein Junge des kompletten Universums und aller benachbarten Sternhaufen käme auf die bescheuerte Idee, für einen anderen Jungen Aktien zu kaufen. Und schon gar nicht für 7000 Euro! Das waren keine *Jungs*! Sondern Männer! **... Wölfe!**

»Ach ... du ... Scheiße!«, rutscht es mir da automatisch aus dem Mund.

Das hatte aber Gott sei Dank keiner mitgekriegt, weil alle voller Bewunderung dabei zusahen, wie ihr göttlicher Chefarzt das Röntgenbild aus Aysches Krankenakte fischte.

›Kann das denn wirklich sein?‹, dachte ich panisch und panisch weiter: ›Kann es denn wirklich sein, dass ich einen so *dermaßen* großen Haufen Scheiße gebaut habe?‹

Baumeister erklärte seiner Truppe gerade, dass Aysches Bein nicht nur *amtlich*, sondern so richtig *eins-a-oberamtlich* gebrochen ist. Also noch eine Idee komplizierter als bei Rebecca.

Mein Glück! Das konnte dauern. Noch also hatte ich Zeit!

Hektisch wischte ich über den iPhone-Bildschirm. Mit nassen Fingern durch die SMS-Flut von diesem Ingo Denner ...

– *»Jan Claßen! Die Lage ist ernst! Hab 10 000 mal versucht, Dich anzurufen!«*

– *»Claßen! Verdammt, wo steckst Du? Geh ans Telefon!!!«*

– *»Atze! Du weißt, ich bin Dein Freund! Aber auch Dein verdammter BANKBERATER!!! Ich brauche von Dir EINE ANTWORT!!! Sonst kann ich NICHTS TUN!!! ... Soll ich die Aktien halten oder verkaufen? ... SAG WAS!!!«*

... was soll ich sagen?! – Der gebaute Haufen war amtlich!

Aber was sollte ich nun tun? – Oder mal andersrum gefragt: Was hättest du an meiner Stelle getan?

Hier was zum Ankreuzen:

    A: ☐ Ich bewahre Ruhe und übergebe das iPhone wie geplant dem Chefarzt.

    B: ☐ Ich lasse das iPhone bei der nächstbesten Gelegenheit verschwinden.

    C: ☐ Keine Ahnung. Mir doch egal.

↑ MÖGE DEINE HAND AUGENBLICKLICH ZU STAUB ZERFALLEN, SOLLTEST DU ES WAGEN, DAS KREUZ HIER ZU MACHEN!

Und? Wie sieht's aus? Hast du *A* angekreuzt? Ehrlich? Dann sag ich dir eins: sehr cool, aber mächtig großer Fehler! – Weil, denk dir nur: dieser Jan Claßen! Dieser ausgewachsene Mann! Dieser *Wolf*! – Wenn der nicht komplett dämlich ist, dann wird der doch hundertprozentig sicher herausfinden, welcher Idiot sein ganzes schönes Geld zum Fenster rausgehauen hat: der Finder seines iPhones! Jan Hensen! **Ich!** – *Unmöglich* konnte ich das iPhone abgeben!

Bleibt ja eigentlich nur *B*. – Bist du für *B*? Ich ja! Jedenfalls im ersten Moment. – Das Ding einfach verschwinden lassen. Im Nachttopf vielleicht. *Plöpp!* Einfach weg damit! Ein bisschen ekelig vielleicht, aber ...

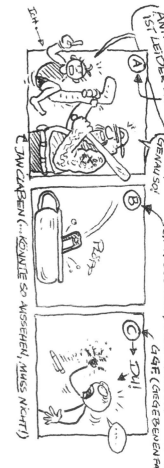

... dann, mein Freund, dachte ich in meiner extrem schwierigen Lage noch einmal verschärft nach. Die Katastrophe war da! Ich hatte sie ausgelöst. Verhindern konnte ich sie also nicht mehr. Aber *stoppen* konnte ich sie wenigstens! Per SMS! Ich warf noch einmal einen Blick zu Aysches Bett rüber.

Baumeister war so gut wie fertig mit ihr. Gerade stopfte er das Röntgenbild in ihre Krankenakte zurück.

Wenig Zeit! Verdammt wenig Zeit!

**»Verkauffnn! Alllless! sofortz!!!!!!!!«**, hämmerte ich die SMS an Denner in das iPhone, drückte auf *Senden* und konnte das iPhone gerade noch unter meine Bettdecke verschwinden lassen, da ...

... stand Herr Professor Doktor Baumeister auch schon vor meinem Bett. Und mit ihm sein ganzer Verein.

»Ja, und wen haben wir denn hier?«, fragt der Chefarzt wieder.

Und die Frau, die immer die Antworten liefern muss, rattert dann auch gleich wieder los: »Beinbruch, die *Tibia links – Typ A2*.«

Da schmunzelt der Mann ein wenig und fragt nach: »Ah ja! – Und? Hat die *Tibia links – Typ A2* denn auch einen Namen, Frau Kollegin?«

»Ähmm... Herr Professor? Ich v... verstehe nicht?«, stammelt die Kollegin.

»Einen *Namen*! Hat das junge Fräulein hier auch einen *Namen*?«, fragt Baumeister und zeigt auf **mich**!

Da konnte der Chefarzt jetzt auch nichts für, weil er sich sehr wahrscheinlich einfach nur verhauen hatte, weil schließlich war er ja nun mal auch auf einem Mädchenzimmer und da hatte er mich eben ganz logisch auch für ein Mädchen gehalten.

Aber: Es war natürlich ein gefundenes Fressen für die verstrahlten Hühnchen Ronja, Rebecca und Aysche. In die Ecke hätten die sich schmeißen können vor lauter Gegacker, wenn sie denn nur gekonnt hätten vor lauter Gipsbeinen.

»*Das junge Fräulein!* – Gacker, gacker!!!«

»Oh! Das tut mir leid, *junger Mann*!«, entschuldigt er sich dann bei mir und fragt: »Wer bist du denn?«

*Bwwwb Bwwwb*, vibriert es da unter meiner Bettdecke. – Das iPhone! Eine SMS! Sehr wahrscheinlich eine Antwort von Ingo Denner.

»Ich bin Ingo!«, antworte ich total bescheuert, weil komplett aufgeregt, maximal nervös.

**»INGO! FRÄULEIN INGO! – GACKER, GACKER!!!«** – Die Hühnchen sind außer sich! Außer Kontrolle!

»Ähm ... da muss wohl ein Irrtum vorliegen, Herr Professor!«, sagt dann die Frau Kollegin, kramt nervös in meiner Akte rum und erklärt:

»... ähm, hier sollte eigentlich der Patient Jan Hensen liegen ... Herr Professor.«

»Ein **Irrtum**? Hier? In **meiner** Klinik? – Erklären Sie mir das bitte, Frau Doktor Wagner«, bittet der Herr Professor sie ... komplett schmunzelfrei!

»Ich ... ... ... ich kann nicht!«, erklärt sie extrem nervös und ein wenig verschwitzt.

»Äh...«, erkläre ich dann extrem nervös, komplett verschwitzt. »... ich bin ein Fehler! .... ähm, ich meine: *Mein* Fehler! Ich bin Jan! Jan Claßen ... äh ... **Hensen!** – Das bin ich ... Herr! ... äh Meister! ... ühmm ... Chefgott ... öh ...arzt!«

Und da war's komplett aus! Der ganze Saal tobt. – Ronja, Rebecca, Aysche, Ober- und Unterärzte, Medizinstudenten, … Kollegin Wagner – *alle* liegen sie am Boden vor Lachen. Einschließlich des Herrn Professor Doktor Baumeister.

Irgendwann kriegt aber auch der sich wieder ein und lässt sich von Frau Doktor Wagner meine Krankenakte geben.

Er prüft kurz mein Röntgenbild und murmelt zufrieden »Sehr schön!«, stopft es zurück in meine Akte, guckt mich an und erklärt mir was.

*Was* genau er mir erklärt, kann ich dir, mein Freund, beim besten Willen nicht mehr sagen.

Ich stand komplett neben mir. – Mit meinen Gedanken ganz woanders – *Denner, Claßen, Aktien, 7000 Euro, sieben Riesen … sieben Zwerge, Rotkäppchen und der böse Wolf …* – komplett woanders war ich.

Und dann fragt der Baumeister mich plötzlich was, und weil ich nicht mitgekriegt hatte, was er mich gerade gefragt hat, frage ich zurück: »Was?«

»*Fragen*, junger Mann! Hast du noch eine Frage an mich?«, wiederholt der Chefarzt.

**Bwwwb Bwwwb**, vibriert es wieder unter meiner Bettdecke und ich – komplett aus der Spur, maximal daneben – antworte: »W... ... wie geht es Ihnen?«

Herr Baumeister guckt mich erst verdutzt an und lacht dann noch mal herzlich. Und mit ihm wieder das ganze Zimmer.

»Mir geht es gut, junger Mann! Mir geht es gut!«, grinst er mich dann noch mal an.

Und dann dreht er sich endlich um, und im Gleichschritt auch sein ganzer Trupp, und alle stehen vor Ronjas Bett. – Endlich!

Und als er mit ihr dann auch fertig ist, rauscht Professor Doktor Baumeister mit seiner Truppe wieder aus dem Zimmer raus, wie er reingerauscht kam, und ich bin wieder allein ...

... mit *meiner* Mädchentruppe.

»Wie geht es Ihnen, ... **Fräulein Ingo?**«, grinst Ronja mich doof an und alle zusammen hätten sich dann die Gipsbeine vollpinkeln können vor lauter Gepruste und Gegacker.

»*Haa, haa! Sehr witzig!*«, sag ich und dann aber einfach gar nichts mehr.

Obwohl mir auf Anhieb sogar gleich zwei Fragen einfielen, die ich mir dann aber selber stellte.

*Wie bringt man diese kranken Hühnchen zum Schweigen?*

... und Frage Numero zwei: *Wie komme ich aus dieser bescheuerten Aktien-Nummer wieder raus?*

... auf beide Fragen hatte ich keine gute Antwort.

### Eintrag 7 – Donnerstag, 17:05 Uhr

Und nun, also ganze sechs Stunden später, kann ich dir, Kumpel, immer noch keine vernünftigen Antworten liefern.

... also eine vielleicht schon. Nämlich die auf die Frage, wie man diese kranken Hühnchen hier zum Schweigen bringt. – Die Antwort lautet: *praktisch gesehen: gar nicht!*

Jedenfalls nicht, wenn diese Hühnchen pausenlos Besuch bekommen. Von anderen Hühnchen nämlich. Also beste Freundinnen, zweitbeste Freundinnen, drittbeste Freundinnen ... und die besten, zweitbesten, drittbesten Freundinnen von *allen* Freundinnen insgesamt.

Es war – nein! – es *ist* echt nervig. Weil der Tag ist ja auch noch längst nicht gelaufen.

... angenommen – *Krankenbesuch* wäre eine olympische Kampfsportart, dann würde ich sagen, Rebecca liegt da ganz weit vorne. – Nach meiner Einschätzung war bereits die komplette Schule von ihr da.

Nur – Aysche und Ronja darf man da nicht unterschätzen. Weil mengenmäßig liegen sie zwar klar hinter Rebecca, aber dafür hält ihr Krankenbesuch länger durch – also er bleibt länger! Ist irgendwie zäher! – Ganz klare Punkte in der B-Note sind das!

Ich selber liege weit abgeschlagen auf dem letzten Platz. – Logisch, hier im fernen, fremden Münster. – In Hamburg sähe die Sache natürlich anders aus. Da habe ich ganz klar auch einen Haufen Freunde und die kämen dann auch garantiert vorbei. Gerrit, Cemal, Sebastian ... und Lena vielleicht sogar auch. – *Lena!* ... okay! Die zählt jetzt nicht *unbedingt* zu der Top Ten meiner Freunde, weil wir ja auch verdammt wenig Gelegenheiten haben, uns mal vernünftig zu unterhalten.

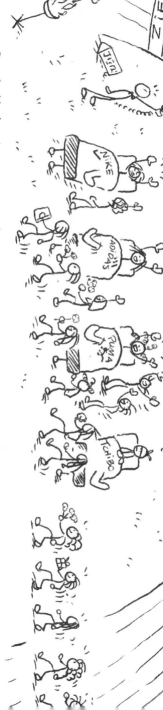

Aber nur mal so angenommen, dass ich in einem Hamburger Krankenhaus liegen würde, würde Lena mich *vielleicht* sogar auch besuchen kommen.

... Scheiß Touran! Der hätte mich genauso gut in Hamburg umnieten können. Das wäre besser gewesen. *Viel* besser! – Len... **Alle** würden mich besuchen kommen!

... und Mama und Papa sowieso. Und das *Ding*. Also meine Extremschwester Hannah, die würde vielleicht auch mal vorbeidackeln.

Irgendwie seltsam, dass von denen noch keiner da war. Ich muss da echt mal nachhaken, wenn Tante Astrid gleich kommt. ... *wenn* sie kommt!

Wenn du so willst, habe ich eigentlich nur *dich*! Und das ist ja auch irgendwie *echt krank*! Also versteh mich nicht miss! Du bist mit Sicherheit ein Hammertyp! Aber unser Gespräch hier verläuft ja doch irgendwie echt ziemlich einseitig.

... ich wünschte mir, du könntest hier sein. Hier bei mir. Du hättest vielleicht einen brauchbaren Tipp. Vielleicht sogar die perfekten Antworten auf meine Fragen.

Weil ich persönlich habe nun mal keine! – Und das ist schlecht! Verdammt schlecht ist das.

Null Ahnung, wie ich aus dieser elenden iPhone-Nummer wieder rauskommen soll. Wie ich die Sache mit den abgeschmierten Aktien wieder gradebiegen kann. **Nullkommanull** Ahnung!

... und ganz ehrlich, mein Freund? Als der Herr Baumeister mit seiner Gurkentruppe heute Mittag wieder abgerauscht ist, hätte ich mich beinah doch für Lösung *B* entschieden. – Also das iPhone, das hätte ich da gern direkt entsorgt.

Weil die beiden SMS'e, die während der Chefvisite reingeflattert kamen, waren tatsächlich von diesem Denner ...

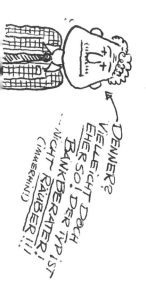

»*Hallo Atze! Die gute Nachricht: Habe die Aktien nach Deiner Anweisung sofort wieder vertickt.*«

Da hatte ich gleich schon so ein *komisches Gefühl*. Weil die Nummer kenne ich! Weil, wenn jemand schon mit einer *guten Nachricht* anfängt, dann haut er dir mit Sicherheit noch eine *schlechte* um die Ohren!

Und so war es dann auch ...

»*Und hier folgt die schlechte Nachricht: Du hast bei dieser Nummer 5498 Euro verloren, versägt, verbrannt!!! ... Du Penner!*«

## FÜNF-TAUSEND-VIER-HUNDERT-ACHT-UND-NEUNZIG EURO!!!

So viel Geld ...

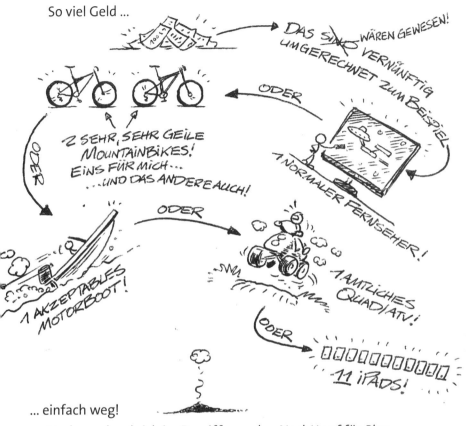

... einfach weg!

Und gerade, als ich im Begriff war, den Nachttopf für *Plan B* unter meinem Bett hervorzukramen, machte es noch einmal **Bwwwb Bwwwb** und es folgte eine dritte SMS von *Atze* Denner:

*»Aber – Atze – sieh das alles mal positiv: Von Deinen 7000 Eiern bleiben ja noch 1502 über. ☺«*

Und da dachte ich nur noch: ›Du Arschloch! Rechnen kann ich selber!‹

Stinksauer war ich! Erstens auf diesen Denner, weil schließlich war es seine bescheuerte Idee, so viel Geld aufs Spiel zu setzen.

... na ja – und zweitens hätte ich mir da selbst noch mal ordentlich in den Hintern beißen können. Weil *ich* bin der Depp, der am Ende schuld ist, dass so viel Geld vernichtet wurde. Geld, das so was von gar nicht meines ist. ... *war!*

Alles in allem: Ich ließ *Plan B* wieder fallen und fing an, ernsthaft darüber nachzugrübeln, woher ich auf die Schnelle mal eben 5498 Euro herkriegen könnte.

Kumpel, du musst mir glauben, dass ich in den letzten Stunden wirklich hart daran gearbeitet habe, dieses fette Problem zu lösen.

Aber: **Ich – kann – so – einfach – nicht – arbeiten!** Weil selbst, wenn hier mal für fünf Minuten Ruhe ist, kommt garantiert Oberschwester Agneta reingestürmt und stopft dir Thermometer, Tabletten, Zäpfchen ... sonst wo rein. Und da soll man sich noch auf Finanzgeschäfte konzentrieren?!

... und außerdem werde ich auch immer abgelenkt! Weil ständig jemand anruft oder SMS'e schickt. Für Jan Claßen natürlich. Nicht für mich. Klar!

... aber gelesen habe ich sie dann trotzdem.

Zum einen, weil vielleicht war ja irgendwas dabei, was mein Problem von ganz alleine lösen würde. Was weiß ich – vielleicht so was in der Art wie: ***Herzlichen Glückwunsch, lieber Herr Claßen! Soeben ist Ihre Patentante verstorben und hat Ihnen 5498 Euro vermacht!***
***Viel Spaß damit! – Ihr Notar!***

In der Art – absolute Fehlanzeige!

… na ja, und *zum anderen* hab ich die SMS'e auch aus purer Neugierde gelesen!

Wann kriegt man denn schon mal die Gelegenheit, das zu lesen, was Erwachsene sich so untereinander schreiben?! Also jetzt mal abgesehen von diesem *Spaten* Denner.

Ich sag dir, es ist *sooo* langweilig!

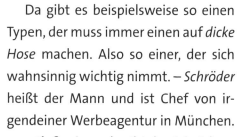

Da gibt es beispielsweise so einen Typen, der muss immer einen auf *dicke Hose* machen. Also so einer, der sich wahnsinnig wichtig nimmt. – *Schröder* heißt der Mann und ist Chef von irgendeiner Werbeagentur in München.

*»Claßen!«* – schreibt der Schröder – *»Wo waren Sie? Wir hatten einen wichtigen Termin hier in München!«* – und – *»Wo bleibt Ihre Arbeit?«* – und – *»Wir brauchen JETZT die Texte, Claßen!!!«* … und so weiter und so fort.

Fakt ist: Jan Claßen hat ein mächtig fettes Problem, weil anscheinend ist der so was wie ein Werbetexter und kommt mit seinen Hausaufgaben aber einfach nicht rüber.

Da kann ich den Claßen sogar verstehen, weil der soll für diesen Obermax in München superoriginelle Ideen für irgendeine Bioladenkette abliefern. *Öko-Strunz* heißt die. Da würd mir auch nix zu einfallen.

Na ja, nicht mein Problem!

*... ist aber So ... ganz okay!)*

Aber, mein Freund, der absoluter Knaller ist *Valerie*!

Valerie ist die Freundin von Jan Claßen. Die ist noch ganz neu. ... also die Geschichte, die da zwischen den beiden läuft. Weiß ich jetzt alles! Weil schließlich habe ich dann auch noch mal den *kompletten* SMS-Verlauf von den beiden Turteltäubchen durchgelesen.

Ich sag dir, Kumpel: Valerie ist schräg! *Echt* schräg! Aber so was von!!!

Und ich sage dir noch was: Ich habe eine Deutschlehrerin. Die Frau Kaulingfrecks nämlich. Der Name klingt vielleicht ein bisschen so, als hätte sich den eine Kinderbuchautorin ausgedacht, weil *Kaulingfrecks* ja auch nun mal so lustig klingt, aber ich versichere dir: Frau Kaulingfrecks ist nicht lustig. Sie ist meine Deutschlehrerin!

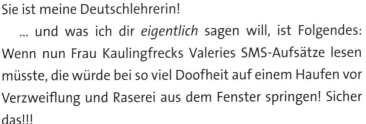

Frau Kaulingfrecks (verlangt das alles!)

... und was ich dir *eigentlich* sagen will, ist Folgendes: Wenn nun Frau Kaulingfrecks Valeries SMS-Aufsätze lesen müsste, die würde bei so viel Doofheit auf einem Haufen vor Verzweiflung und Raserei aus dem Fenster springen! Sicher das!!!

*»Mein Löwenherz!«* – heißt es da bei Valerie – *»Ich fühle mich wie ein Fisch auf dem Trockenen. Ich sehne mich nach Wasser! Ich sehne mich nach DIR!«*

Worauf einem so schnell erst mal nix mehr einfällt, aber der Claßen antwortet: »*Ach, meine Liebe! Das geht mir ›ähnlich‹! – Ich denk an Dich! ... Ein Kuss, Dein Jan*«

Und sie darauf: »*ICH denke an DICH, mein kleiner Prinz! – Und ich träume! Wie ein Vogel träume ich von unseren himmlischen Moments in magic-hohen Lüften auf Wolke 7. – 1001 Küsse, Deine Fee*«

... spätestens hier, Kumpel, hätte meine Deutschlehrerin Frau Kaulingfrecks in die Tischkante vom Pult gebissen. – *Fische, die über Wasser und Löwen nachdenken. Verträumte Vögel, die Wolken abzählen ...*

Das ist alles nicht sehr logisch und überhaupt alles ziemlich am Thema vorbeigeschrieben und du kannst einen drauf lassen, dass Frau Kaulingfrecks genau *das* auch mordsmäßig rot an den Rand geschrieben hätte! – *Denkfehler! Ausdrucksfehler! Thema verfehlt!* – hätte sie drangeschrieben. Mit Sicherheit!

Egal! Diese Valerie jedenfalls fing an, mir mächtig auf die Nerven zu gehen. Weil sie hörte einfach nicht auf, Jan Claßens iPhone mit ihren SMS-Aufsätzen zuzumüllen. ... auch dann nicht, als Jan Claßen logischerweise gar nicht mehr darauf antworten konnte. – Weil das iPhone ja dann auch irgendwann den Besitzer wechselte. ... also als mir es dann eben dooferweise in die Jacke gestopft wurde.

*Löwenherz* hier, *kleiner Prinz* da, *Denkfehler* dort ...

... bis dann vor einer halben Stunde endlich die letzte SMS reingeflattert kam.

»***Dein Schweigen erfüllt mein Herz mit Kummer und Schmerz!***

***Tschau!***

***Deine Valerie von Wolke 7***

***PS: Ich weine! Tränen weine ich – in aller Stille!***«

Und da dachte ich: prima! Soll sie flennen, die Kuh! Da hat sie was zu tun und ich hab Ruhe!

Weil – ich habe Probleme! **5498** Probleme habe ich! Und auf die würde ich mich jetzt zu gern konzentrieren, wenn ...

... ich doch nur könnte!

... weil, mein Freund: Soeben kommt die komplette Türkei ins Zimmer gestiefelt!

### Eintrag 8 – Donnerstag, 18:55 Uhr

Aysches Familie! – Familie *Yilmaz*, wie ich jetzt weiß. – Die war da! Komplett! Inklusive *Bruder*! Aysches Bruder! Der Typ, vor dem Aysche mich ganz klar gewarnt hatte.

Und deshalb gingen bei mir auch sämtliche Alarmglocken an, als ein Yilmaz nach dem anderen ins Zimmer reingestiefelt kam. – Mama Yilmaz, Papa Yilmaz, Oma Yilmaz, Tanten, Onkels, Schwestern ...

... fehlte nur noch einer! Der *Bruder*! Der *Killer*! Einer, der Karate kann. ... und alle anderen Nahkampftechniken noch dazu. Eine tödliche Waffe auf zwei Beinen. – Gleich würde er ins Zimmer kommen, mich entdecken und mir stumpf sämtliche Finger brechen. Und wenn ich *ganz* großes Pech hätte, das Genick noch dazu! ... ohne Vorwarnung! Einfach so!

Ohne den Blick von der Tür abzuwenden, lasse ich meine linke Hand unauffällig nach unten gleiten. Wie ein Cowboy in einem Duell. Den Colt griffbereit. ... also in meinem Fall dann der Griff vom Nachttopf. Immerhin. Besser als nichts.

Und dann war er da! Aysches Bruder! Er kam ins Zimmer gestampft, entdeckte mich, baute sich vor meinem Bett auf, glotzte mich stumpf an ...

... und fing an in seiner Nase rumzubohren. Wie Jungs das halt so machen ... in dem Alter ... von *vier* Jahren oder so!

›Aysche Yilmaz! Du bist ja *sooo witzig*!‹, denke ich müde und gucke dann auch noch mal müde zu Aysche Yilmaz rüber, die ausgerechnet im selben Moment zu mir rüberguckt. Dämlich grinsend, als würde sie meine Gedanken lesen können.

Ich habe dann aber so cool wie möglich so getan, als wüsste ich gar nicht, warum sie mich so dämlich angrinst. ... also, dass diese blöde Kuh es geschafft hatte, mich mit ihrem kleinen Bruder voll zu verarschen ...

... was dann aber sowieso komplett egal war, weil Aysche sich eh wieder längst um ihren Besuch gekümmert hat.

**Riesenstimmung**, sag ich dir. – Die Yilmaz' freuten sich und lachten und drückten Aysche superherzlich und einen Haufen Obst, Gebäck und Zeitschriften drückten sie ihr dann in die Hand. Und der kleinste aller Yilmaz', Aysches Bruder eben, der knallte ihr ein selbst gemaltes Bild aufs Gipsbein.

Worauf Aysche kurz aufbrüllte wie eine angeschossene Kuh und zu dem Kurzen meint: »Äy Kenan äy! Pass doch auf äy du ...«

Was alles noch hinter ›Äy du ...‹ kam, kann ich nicht sagen, weil das war komplett alles auf Türkisch, worauf Kenan aber zu Aysche dann meint: »Selber!«

Worauf Mama Yilmaz dann aber zu Aysche *und* Kenan meint, dass sie *beiden* den Kopf abreißen werde, wenn sie sich nicht benehmen könnten.

Das fand der kleine Kenan ziemlich ungerecht und brüllte und weinte dann volles Rohr und trat volles Rohr gegen Omas Schienbein. ... aus Versehen!!!

Oma Yilmaz stöhnte kurz auf, packte sich dann aber den Kurzen und setzte ihn sich einfach auf den Schoß ...

... und dann lachten alle wieder und freuten sich und drückten Aysche noch ein paar Blumen und T-Shirts und noch mehr Gebäck in die Hand.

Ehrlich! *Riesenstimmung!* ... in der Lautstärke einer Fußballstadion-Fankurve.

Da war an verschärftes Nachgrübeln über mein Aktienproblem natürlich gar nicht mehr zu denken.

Also machte ich das, was ich am allerbesten kann. Nämlich: *Gar nichts denken!* ... oder *so gut wie* gar nichts. – Weil: Ich guckte dann nämlich zu Ronja rüber und dachte so darüber nach, dass die echt schräge Eltern hat. Weil Ronja hatte nämlich auch gerade Familienbesuch.

Also von ihren Eltern. Und die sind irgendwie *echt schräg*.

Aber das muss ja auch jeder selber wissen, wie er rumlaufen möchte. – Fakt ist, dass meine Mutter beispielsweise sich eher erschießen würde, als mit den Klamotten von Ronjas Mutter vor die Tür zu gehen. ... zu Recht, wie ich finde!

Und Rebecca hatte auch Familienbesuch. Aber nur die Minimalbesetzung. Die Mutter nämlich. Frau *Kessler*. Die Gattin von *Herrn Professor Doktor Kessler*.

Und bei der dachte ich im direkten Vergleich: Das ist die Vollversion von Rebecca.

Und dann guckte ich aber auch mal wieder zufällig zu dem Yilmaz-Klan rüber und da guckte diesmal gerade zufällig Oma Yilmaz zu mir rüber. Ein bisschen überrascht vielleicht. Und streng auch. Weil sie vielleicht gerade erst entdeckt hatte, dass ich ein Junge bin. Ein *deutscher Junge*, der neben ihrer *türkischen Enkelin* liegt. – Seite an Seite! *Bett* an *Bett*!

Vielleicht blaffte sie deshalb auch plötzlich ihren Sohn so an. Also den Vater von Aysche. Auf Türkisch, versteht sich. – Kein Wort davon verstand ich natürlich. Aber gut möglich, dass sie Aysches Vater gerade ordent-

lich langgemacht hat, weil er nichts gegen mich unternahm.

Also, was weiß ich – vielleicht mal zum Chefarzt Baumeister rüberstiefeln und sich über mich beschweren. ... oder Nägel mit Köpfen machen und gleich nach Hamburg hochbrettern. Zu meinen Eltern. Mit denen die Hochzeit planen. ... von Aysche und mir. – Wegen der *Familienehre* und solcher Sachen. Da sind gerade türkische Omas, glaube ich, *ziemlich* empfindlich.

Aber dann war die Sache für den Moment jedenfalls sowieso wieder vom Tisch, weil der kleine Kenan wieder rumbrüllte. Um Punkt 18:00 Uhr tat er dieses. Weil da nämlich fing gerade seine Lieblingsserie auf *ProSieben* an. – Und deswegen wurde dann auch der Fernseher angeworfen und bis zum letzten Balkenstrich voll aufgedreht, damit der kleine Prinz wieder glücklich war.

*Cars* heißt die Lieblingsserie von Kenan. Und die habe ich mir dann eben auch angeguckt. ... also mehr so nebenbei, weil ich guck ja so was schon lange nicht mehr. Weil ich bin ja schon zwölf und mit zwölf guckt man ja so was auch nicht mehr.

... also hin und wieder schon noch. Weil danach kommen ja auch immer *Die Simpsons*. ... also direkt nach *Sandmännchen* auf *KiKA*, was ich mir dann natürlich auch noch immer reinziehen muss. Weil – wenn der Fernseher läuft, dann läuft er eben.

Klein Kenan und ich guckten also *Cars* und dann ...

... dann wurde ich erleuchtet! Alles war auf einmal ganz klar! Die Lösung meines Aktienproblems! Sie war direkt vor meinen Augen! Im Fernsehen! Die Erleuchtung! – Klein Kenan wurde mir ganz klar *direkt* von Gott ins Krankenhaus geschickt, um mich voll zu erleuchten! ... oder eben von *Allah*! Je nachdem. Such dir einen aus.

Nun war die Serie *Cars* natürlich nicht die *direkte* Erleuchtung. ... obwohl die natürlich auch echt top ist. ... also ganz nett gemacht irgendwie ... für kleine Jungs eben.

Die amtliche, maximal volle Erleuchtung folgte in der Werbepause! Da wurde nämlich ein neuer Kinofilm angekündigt:

›Wow!‹, dachte ich da erst nur. ›*Matchbox!* Ein Film mit den *echten* Autos.‹

... also *so* echt natürlich auch wieder nicht, weil *Matchboxautos* sind eben auch nur Spielzeugautos. Aber eben ohne Mund und Augen und so was. *Echte* Autos eben, wenn du verstehst, was ich meine.

Ich dachte also erst nur ›Wow!‹ und dann machte es plötzlich **FLASH!** – *Die Erleuchtung!* Ich wusste, was zu tun ist: Ich, Jan Hensen, kaufe mit dem restlichen Geld von Jan Claßen Aktien! *Mattel*-Aktien!

Kann gut sein, dass du dir nun denkst: ›Aktien kaufen! Hat der sie noch alle? Der Typ hat doch überhaupt keinen Plan von Aktien!‹

Worauf ich dir ganz klar antworten müsste: Yep! *Null* Plan davon! ... aber ich hab sie noch alle! ... Blödmann!

Man muss nicht Dagobert Duck heißen, um zu peilen, dass das ein bombensicheres Geschäft ist!

Weil, jetzt mal logisch: Wenn *Mattel* – also diese Firma, die seit zwei Millionen Jahren Matchboxautos im halben Universum vertickt, wenn die jetzt hingeht und einen Kinofilm rausbringt, dann wird sie sich doch auch irgendwas dabei denken. – An Kenan wird sie denken! ... also an mich nicht mehr ganz so doll, weil ich ja auch schon so alt bin.

Jedenfalls wird die Firma *Mattel* an all die Jungs denken, die für ihre Matchboxautos Tag für Tag Straßenteppiche ausrollen ...

... ICH ... MIT SIEBEN FÜNF ... ODER SO.

... und weil Straßenteppiche *immer* zu klein sind, muss man da ja auch immer noch Straßen anbauen. – Mit den langen Legosteinen beispielsweise. Und weil man von denen aber sowieso *immer* viel zu wenig hat, schnappt man sich beispielsweise einen schwarzen *Edding*, mit dem man die perfekte Autobahn liebevoll in den Teppichboden reinmalt ... bis aus dem Kinderzimmer raus bis zum Wohnzimmerparkett ... und weiter! – Für eine vernünftige Strecke! Für ein vernünftiges Ziel! Für Matchboxautos!

Alles, was ich hier versuche, dir *eigentlich* die ganze Zeit schon zu erklären, ist Folgendes: Diese Firma ist nicht doof! Die bringt einen *Matchbox*-Film raus, weil sie ganz genau weiß, dass Milliarden von Jungs ihn sehen wollen. Und dafür werden sie ganz normal die Kinosäle stürmen, die Milliarden von Jungs. – Für ordentlich Eintritt!

Verstehst du? – *Milliarden Jungs* mal *ordentlich Eintritt* macht: einen *Riesenhaufen Geld*! ... Euros! Dollars! ... **Riesen!** Einen **Haufen Riesen** wird *Mattel* machen, wenn der Film rauskommt. Ein bombensicheres Geschäft!

Komplett erleuchtet, guckte ich vor lauter Dankbarkeit den göttlichen Kenan an und dachte laut: »Genau mein Film! Riesen ohne Ende! Alles wird gut!«

Alles, was ich dafür nur noch tun musste, war: ebendiese Aktien kaufen. In Jan Claßens Namen. Von seiner restlichen Kohle.

Und da hatte ich ja nun schon Übung drin. Ich schnappte mir das iPhone und tippte fix eine SMS an Bankberater Ingo Denner, dass er das für mich – also für *Jan Claßen* natürlich – erledigen sollte.

SMS verschickt – Problem gelöst! So einfach war das. *Nichts* muss ich mehr tun.

... außer *warten*! Bis nächsten Dienstag nämlich. Bis zum Filmstart. Dann wird die Aktie von *Mattel* steigen ... – was rede ich: Nach oben wird sie schießen und dann – **Zack** – komme ich und schreib dem Denner, dass er sie wieder verkaufen darf. – Mit extremstem Gewinn!

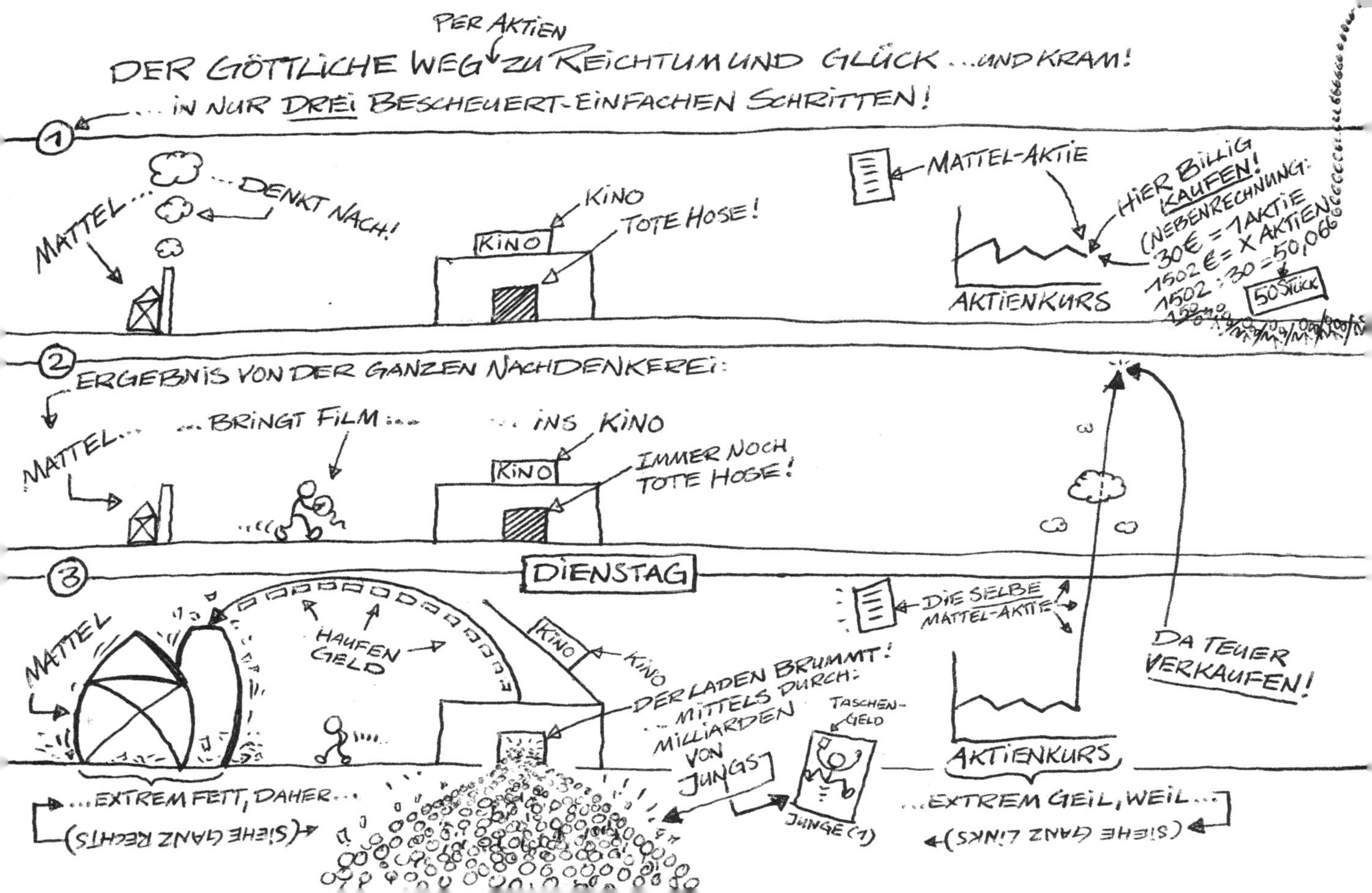

PER AKTIEN
DER GÖTTLICHE WEG ZU REICHTUM UND GLÜCK ...UND KRAM!
... IN NUR DREI BESCHEUERT-EINFACHEN SCHRITTEN!
1
MATTEL ... DENKT NACH!
KINO
KINO
TOTE HOSE!
MATTEL-AKTIE
HIER BILLIG KAUFEN!
(NEBENRECHNUNG: 30€ = 1 AKTIE 1502 € = X AKTIEN 1502 : 30 = 50,066
50 STÜCK
AKTIENKURS
2
ERGEBNIS VON DER GANZEN NACHDENKEREI:
MATTEL... ... BRINGT FILM ... ... INS KINO
KINO
IMMER NOCH TOTE HOSE!
DIENSTAG
3
MATTEL
HAUFEN GELD
KINO
KINO
DER LADEN BRUMMT! ... MITTELS DURCH: MILLIARDEN VON JUNGS
TASCHEN-GELD
JUNGE (1)
DIE SELBE MATTEL-AKTIE
DA TEUER VERKAUFEN!
AKTIENKURS
... EXTREM FETT, DAHER ...
(SIEHE GANZ RECHTS)
... EXTREM GEIL, WEIL ...
(SIEHE GANZ LINKS)

Kenan und ich haben *Cars* noch zu Ende geguckt und dann kam Oberschwester Agneta rein und hat ihn rausgeschmissen.

... und alle anderen Yilmaz' natürlich auch. Also jetzt auch nicht direkt rausgeschmissen, weil sie hatte eigentlich nur höflich gebrüllt, dass doch alle mal kurz vor die Tür gehen sollten.

**»Die jungen Damen haben nun ihre Katzenwäsche!«**, brüllte sie fröhlich und musste dann unbedingt auch noch mal fröhlich hinterherbrüllen: **»Und das Janny-Mäuschen hier muss vielleicht auch mal in Ruhe pullern.«**

Worauf Ronja, Rebecca und Aysche sich natürlich hätten *bepullern* können vor Lachen. Und auch Großfamilie Yilmaz hatte ihren ganz großen Spaß.

Jedenfalls wollten die Yilmaz' dann sowieso gerade aufbrechen und sind dann ganz raus.

### Eintrag 9 – Freitag, 9:30 Uhr

Heute Morgen habe ich für dich, mein Freund, eine echte Denksportaufgabe!
  Bist du bereit?
  Okay!
  Was ist das?

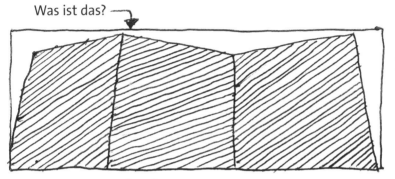

Und? Kommst du drauf?
  *Das*, mein Freund, ist meine neue Aussicht *ins* Zimmer!
  ... eine Trennwand! In einem hübschen Betongrau.
  ... *zwei* betongraue Trennwände sogar! Weil nach rechts hin, in Richtung Aysche, habe ich nun denselben Ausblick.

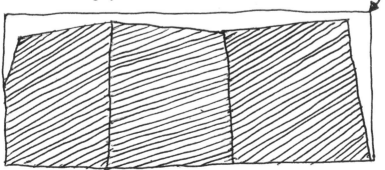

Schwester Joana kam heute Morgen damit reingewackelt. Vorm Frühstück noch. Sie mauerte die Dinger um mich herum und meinte dann zu mir: »Sorry, Jan-Boy! Aber das muss sein! Es gab da eine Beschwerde.«

›Oma Yilmaz! ... na toll!‹, denke ich und sage aber zu Joana: »Ach, is ja nicht so schlimm. – Ich kann ja noch aus dem Fenster gucken.«

»**Das** ist die richtige Einstellung!«, grinst Joana dann wieder über beide Backen. »*Always look on the bright side of life.* – Immer die Sonnenseite im Leben sehen, Sweety!«

Und dann bückte sie sich zu mir runter, um genau das zu sehen, was ich sah, wenn ich von meinem Bett aus nach draußen guckte: den *betongrauen* Himmel! Danach warf sie noch mal einen nachdenklichen Blick auf meine Trennwände, die *betongrauen*. ... und danach dann noch mal einen mitleidigen Blick auf mich – und verschwand dann stumm hinter den Wänden, um das Frühstück zu holen.

»**Super! Unser Janny-Mäuschen hat nun ein eigenes Terrarium!**«, hörte ich hinter meiner neuen Aussicht eine quietschvergnügte Rebecca rufen.

»**Yooo-äy! – Mäuschen! Machst du piep, schmeiss isch Käse für disch in deine schicke Käfig!**«

»**Hiarch! Hiarch! Hiarch!**«, hörte ich Aysche und Rebecca geiern. – Im schönsten Duett. ... ganz erstaunlicherweise!

Weil gestern Abend sah die Sache nämlich noch ganz anders aus. Da guckten die beiden kranken *Vögelchen* nämlich wieder ihre Spacko-Singsang-Sendung und hätten sich im Laufe des Abends vor lauter Giftspritzerei mit Sicherheit gegenseitig gern die Augen ausgehackt. Was aber, rein gipstechnisch gesehen, natürlich nicht möglich war. Was möglich war, dass die beiden Krähen sich gegen Ende der Sendung dann aber so dermaßen laut ankreischten, dass schließlich sogar eine von den Nachtschwestern reingefegt kam und den Stecker zog. Also den vom Fernseher. Aber danach war dann auch bei Aysche und Rebecca endlich Ruhe!

GANZ GROSSER BASTELSPASS: DIE POSTKARTE ZUM AUSSCHNEIDEN

**»HIARCH! HIARCH! HIARCH!«** – Echt krank, die beiden! Total unberechenbar!

Was fehlte, war die dritte Stimme, die von Ronja. Die konnte ich jedenfalls nicht raushören hinter meinen betongrauen Trennwänden.

Bombenurlaub! *Geiles Wetter! Riesenaussicht!* ... ich weiß ehrlich nicht, wann ich zum letzten Mal so einen **echt abgefahrenen Ferienspaß** hatte.

DANN AN SICH SELBST

›Aber egal!‹, dachte ich, als Joana mein *Futter* durch die Trennwände schob. ›**ALLES! GANZ! EGAL!** – Das sitz ich doch mit einer Arschbacke ab! – Vier Tage noch und der Rest von heute! Und dann: *Adios Münster!* – und: *Hamburg, hier bin ich!*‹

ADRESSIEREN UND → AB DIE POST!   FREU!

Mich kann hier *gar nichts* mehr aus der Bahn werfen! Mich kriegt hier keiner klein. – Die Weiber nicht. Riesen, Zwerge, Wölfe nicht ... und Oma Yilmaz erst recht nicht.

Weil: Ich hab's drauf! Ich bleibe cool! ... weil ich's eben draufhab! – Weil ich der coole Typ bin, der locker einen Riesenhaufen Scheiße baut und den mal aber so was von **ganz** locker in Gold verwandeln kann!

Und die Verwandlung läuft! Ganz amtlich jetzt! Ingo Denner hat meine Anweisung befolgt und für 1500 Euro die Aktien von *Mattel* gekauft. Das hatte er mir gestern Abend noch geschrieben. Er hat sich zwar ein bisschen gewundert, warum gerade *Mattel*-Aktien, aber egal: Er hat die *eineinhalb Riesen* eingestielt. – Also die 1500 Euro eben.

Eigentlich hätte ich ja sogar noch *viel mehr* Geld setzen können. Also die komplett übrig gebliebene Summe. ... also genau genommen die *Differenz* eigentlich. ... also die restliche Kohle nach dieser bescheuerten *Sieben-Zwergen*-Nummer eben. ... 150**2** Euro also! Aber da dachte ich: ›Es ist nicht verkehrt, wenn man nicht auf volles Risiko geht und ein kleines *Finanzpolster* als Reserve zurückbehält.‹

Die zwei Euro eben. Da kann sich der Jan Claßen dann ja noch eine Tafel Schokolade von kaufen, wenn die Aktiengeschäfte vielleicht doch nicht *ganz* so laufen, wie von mir berechnet.

SÄULENGRAFIK (1)
(REINE THEORIE!!!)

1500 EURO     0 (NULL) EURO

Aber das wird nicht passieren!
— Also das Geschäft wird laufen! Brummen wird es! Ab nächsten Dienstag wird es laufen und brummen!
— **Matchbox! — Now and forever!**
Ich, King Jan, werde Scheiße in Gold verwandeln! — **Keiner** kriegt mich mehr klein!

... außer Valerie vielleicht. Du weißt schon: dieser durchgeknallte Zierfisch von Wolke 7. *Die* kriegt mich vielleicht noch klein. Gestern Nacht hat sie es jedenfalls noch versucht. Mit Schlafentzug!

Die Sache war die: Spätabends — das komplette Mädchenzimmer war längst im maximalen Schlafmodus — und ich, von diesem pangalaktischen Spacko-Singsang-Zickenkrieg nervlich ziemlich mitgenommen, *ich* also dämmerte gerade auch stumpf weg, da machte es **Bwwwb Bwwwb**. Das iPhone in der Schublade von meinem Nachtschränkchen. Nicht besonders laut, aber so nervig wie ein tropfender Wasserhahn. **Bwwwb Bwwwb ... Bwwwb Bwwwb ... Bwwwb Bwwwb ...**

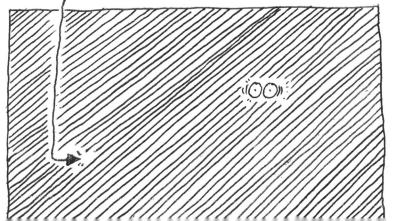

*... Bwwwb Bwwwb ... Bwwwb Bwwwb ...*

Ich will das hier jetzt auch nicht unnötig in die Länge ziehen, weil das stundenlang so weiterging, daher nun die Kurzfassung: Irgendwann riss ich komplett sauer die Schublade auf, um nachzugucken, wer da ohne Ende rumnervt. – **Valerie!** 43 Anrufe und 113 ganze SMS-Nachrichten! Und in diesen hatte sie sich wie ein Pitbull eigentlich immer nur in ein und dieselbe Frage festgebissen: »*Wo bist Du, Jan?*«

›*Ich befinde mich am Rande des Wahnsinns, Du Kuh!*‹, hätte ich ihr prompt drauf antworten können, wenn sie mich denn persönlich gemeint hätte. Meinte sie aber natürlich nicht. Weil sie meinte natürlich den Jan *Claßen*.

Und weil dieser aber – aus mir komplett unbekannten Gründen – persönlich wahnsinnig schlecht erreichbar ist, habe *ich* ihr dann mit einer SMS geantwortet. Also höchstpersönlich für Jan Claßen eben.

»*Bitte keine Anrufe mehr!*
*... und auch keine SMS'e! – Das stört!*
*Schöne Grüße,*
*Jan Claßen!*«

Und siehe da: Danach hatte ich Ruhe vor der Kuh. ... und vor *Atze* Denner und dem Schröder aus München übrigens auch. Weil von denen war zwischen dem ganzen SMS-Müll von Valerie auch noch irgendein Nervkram dazwischen. Und da habe ich den beiden eben exakt dieselbe Nachricht geschickt. In einer Sammel-SMS. – Alles in einem Abwasch!

›Ich bin *sehr* clever!‹, dachte ich dann gestern Nacht noch einmal stolz und bin dann auch sofort weggeratzt.

... okay, Kumpel! Ich mach mir da natürlich auch so meine Gedanken. Ich weiß auch, dass das alles insgesamt gesehen nicht *ganz* so korrekt ist, was ich da mache. – Also die Leute voll zu verarschen und so zu tun, als wäre man der, für den sie einen halten.

… und die Sache mit den Aktien erst! – Total genial! Da gibt es nichts! – Aber könnte sein, dass das *möglicherweise, ganz vielleicht* sogar *ein klitzekleines bisschen* strafbar ist …

… und dass man dafür in den Bau wandern kann, *könnte* eventuell auch sein. … hinter Trennwänden … aus Originalbeton! *Könnte* sein, *muss* aber nicht! – Weil dafür müssten Ingo und die anderen erst mal peilen, dass ich derjenige bin, der hier die geilen Ideen für Jan Claßen liefert.

Ich meine, wie bescheuert groß müsste der Zufall sein, dass die das herauskriegen?

### Eintrag 10 – Freitag, 11:30 Uhr

Die Polizei war da!

**... ENDE!**

... also ich jetzt! *Ich* bin jetzt echt am Ende! – Völlig fertig bin ich! Die Nerven liegen blank!

... es war grad 10 Uhr und ich dachte darüber nach, ob ich nicht vielleicht doch ein kleines Nickerchen bis zum Mittagessen machen sollte, da bollert es wie bescheuert an der Tür.

»**Moin Mädels!**«, brüllte kurz darauf eine fremde Männerstimme hinter meinen Trennwänden. »**Jan Hensen? Liegt der hier?**«

»**Dahintert!**«, hörte ich die *Mädels*. – Verdattert, ängstlich irgendwie, aber wie aus einem Schnellfeuergewehr geschossen kam die Antwort.

Dann schwere Schritte. Eine Trennwand wurde kurz aufgeschoben. Und dann stand sie vor meinem Bett. – Die Polizei! ... zwei Stück! ... also zwei Polizisten! ... ein Mann und eine Frau.

»**Jan Hensen?**«

Die Frage, die der Polizeimann mir stellte, war extrem simpel, aber ich habe ihn erst nur anglotzen können, wie ein komplett gestörtes Kaninchen die Schlange anglotzt ... oder ein Auto, einen Fernseher, einen Gott.

»... ... ... ... j ... ... ... ja«, konnte ich dann aber schließlich herauswürgen.

Und der Polizeimann wieder: »**Jan Hensen! – Du bist verhaftet!**«

Ich glotzte! Wie ein Kaninchen! ... und dann dachte ich auch noch wie eines. Also ziemlich *schlicht* irgendwie. Also praktisch gesehen, dachte ich gar nichts mehr. Außer, dass mir jetzt das Fell über die Löffel gezogen wird. Und das extrem amtlich sogar. Mittels Polizei! Sie hatte mich am Haken! Alles war aufgeflogen! Irgendwie! – Das Spiel war aus!

Aber: Ich blieb cool!

... also so cool wie ein Kaninchen, das über Fell und Löffel nachdenkt und mümmelte: »Tut ... tut ... tut ...«, und mümmelte weiter: »... tut mir leid! Alles! ... Herr Oberst!«

Und dann, Kumpel – **das bleibt unter uns** – fing ich an zu flennen. Aber das wenigstens so leise, dass es diese dämlichen Gips-Chics hinter meinen Trennwänden nicht mitbekamen.

Ich flennte und wimmerte und schluchzte, und während ich das tat, drehte ich mich zu der Schublade von meinem Nachtschränkchen, um das iPhone rauszuholen und es den Polizisten zu übergeben.

Ich hatte die Schublade schon halb geöffnet und wollte gerade reingreifen, da ...

... konnte ich dann aber gar nicht mehr reingreifen, weil die Polizeifrau mich davon abhielt. Mit einem ganz amtlichen *Polizei-Handgelenk-Klammergriff.* So schnell kannst du gar nicht gucken, so schnell, wie sie das tat. So dermaßen schnell, als wollte sie verhindern, dass ich nach einer Panzergranate greife.

Ich flennte, ich wimmerte, ich schluchzte.

... aber dann – plötzlich und unerwartet – pflaumte die Polizeifrau ihren *Kollegen* an – nicht *mich!*

**»GOTT, RALF! DU BIST JA SO EIN ARSCHLOCH!«**

Kollege Ralf sagte gar nichts. Total erschrocken starrte er mich an. – Kaninchentechnisch gesehen: ganz weit vorne!

»Tut mir leid, mein Kleiner!«, sagt die Polizeifrau dann zu mir und streichelt auf meiner umklammerten Hand rum. »Mein Kollege meint das nicht so! Der hat nur **Spaß** gemacht! Dieser, dieser ...«, sagt sie und sagt dann aber nicht zu Ende, was sie über ihren Kollegen denkt, und funkelt ihn einfach nur noch mal mächtig böse an.

»*Schluchz* ... Wie ›*nur Spaß!*‹? Was soll das heißen ›*nur Spaß!*‹? – ... *Schluchz*«, schluchze ich extrem verwundert.

»Tut ... tut mir echt leid, ... K... **Kumpel!**«, stammelt Kollege Ralf und stammelt weiter: »Ich ... ich weiß auch nicht! ... ich hab wirklich nur Sch... Spaß gemacht. Ich ... ich weiß auch nicht! ... manchmal ... da ...«, stammelt Ralf zu Ende und versteht sich selbst nicht mehr.

Und ich gucke doof aus der Wäsche, weil ich Ralf auch nicht verstehe.

»Also … ähm … **lieber** Jan! Ich bin die Jutta«, spricht die Polizisten wieder zu mir. »Und **das** hier ist mein Kollege Ralf!«, spricht sie und klopft dabei auf Kollege Ralf rum. Extra feste.

Und dann sagt sie noch: »Wir sind hier, weil wir deine Hilfe brauchen.«

»*Hilfe* …«, wiederhole ich doof.

»Ähm … exakt, … ähm **Kumpel**!«, kann der Ralf dann auch wieder fast ganz normal sprechen. »**Deine** Hilfe! … als Zeuge!«

»*Zeuge* …«, wiederhole ich – maximal doof.

»Ja, richtig, lieber Jan. Eine *Zeugenaussage* möchten wir gern von dir«, sagt Jutta dann noch mal. »Alles, was dir zum Unfallhergang einfällt. Das ist wichtig. Damit wir den Autofahrer finden, der dich angefahren hat. Den *Fahrerflüchtigen*! Verstehst du?«

»… … … verstehe!«, verstehe ich endlich. Die beiden sind gar nicht wegen meiner *krummen Geschäfte* hier. Ich bin hier *nur* Zeuge! *Nicht* Täter!

Ein Haufen Steine fiel mir vom Herzen.

»Also, **Kumpel!**«, kumpelt Ralf dann wieder rum und zieht einen Notizblock aus der Uniform. »Woran kannst du dich erinnern? … du **Detektiv**, du! *Ha ha ha*!«

Ich rotzte noch mal komplett erleichtert das Tempotaschentuch voll, das mir Jutta gerade geschenkt hat, und diktiere *Kumpel* Ralf dann alles, woran ich mich erinnern konnte. – Marke: *VW*, Typ: *Touran*, Farbe: *braun-metallic*, Kennzeichen: *MS* …

»Ämmmm Ässsss ...«, buchstabiert sich Ralf eifrig auf seinen Notizblock. »Sehr gut, *Kumpel*! ... **echt kuuul!** – MS ... und weiter?«

»Weiter weiß ich nicht«, sage ich. »... ein Aufkleber war noch hintendrauf«, fällt mir dann nur noch ein.

»Fuck!«

»**Ralf! Bitte!** – Reiß dich zusammen!«, ermahnt Kollegin Jutta den Ralf und dann lobt sie mich: »Das hast du *seeehr gut* gemacht, Jan! – Aber weißt du? Es gibt halt sehr, sehr viele Tourans in Braun-Metallic mit Münsteraner Kennzei...«

»**Äy! Mäuschen! Aufkleba! Was stand drauf auf Aufkleba?**«, brüllt plötzlich jemand über meine Trennwand rüber. Aysche!

Und da reckt sich Jutta mal kurz um die Ecke und meint zu ihr ein bisschen streng: »Junge Dame! – Wir sind hier gleich fertig und dann ...«

»Äy-kla, Jutta äy! Aber gehört zu Fall! – Tuuuran is keine geile Spasss-Auto, äy! Is Fämmily-Kiste! Verstehstu?! – Ümma mit Aufkleba mit Scheißspruch drauf. – Äy, was weiß isch: *Scheißkind mit Scheißname an Bord!* – Verstehstu?!«

»Ähm ... nein, junges Fräulein. Ich weiß jetzt wirklich nicht, was du ...«

»**JA KLAR! – LOGISCH!**«, ruft dann plötzlich jemand über die andere Trennwand. – Ronja! »Aysche meint, wenn da ein Aufkleber mit dem Vornamen von irgendeinem Kind drauf war, dann ist das doch für Sie ein Klacks, herauszufinden, wer der Schlingel war, der unser *Janny-Mäuschen* platt gefahren

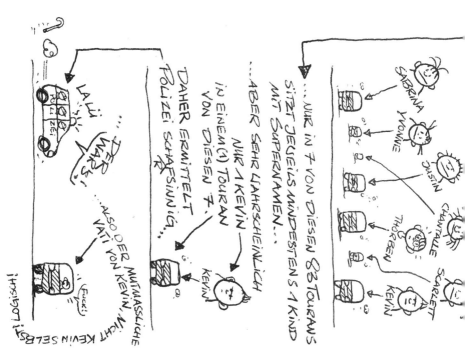

hat. – Polizei-Staatsrechner an und dann zählt man mal eins und eins zusammen: *soundso viele Typen*, die mit braunen Tourans durch die Gegend fahren. Aber nur *soundso viele Typen*, die auch **amtlich gemeldete Kinder** haben, die sie damit durch die Gegend fahren. – Und sehr wahrscheinlich aber nur *ein Typ* darunter, der ein amtliches Kind hat, das er beispielsweise *Kevin* getauft hat. Und mit ein bisschen Glück hat dieser *eine Typ* dann auch noch eben so einen Aufkleber auf die Touran-Heckklappe gepappt. Damit jeder Mensch weiß, dass es *Kevin* ist, den der Typ da durch die Gegend fährt. – **Richtig, Aysche?«**

**»Äääyyyy – Risch-tisch, Ronnie-Baby – Äy! Voll krass korreckte Antwort!«**

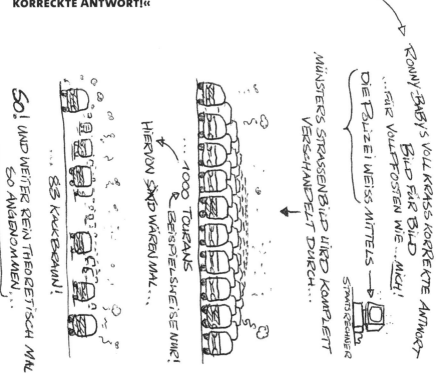

Jutta und Ralf gucken sich ein bisschen nachdenklich an und Ralf fragt noch mal nach: »Öhm ... tja ... was stand denn drauf auf dem Aufkleber?«

»Ein Spruch«, antworte ich. »... *on Tour! – **Kevin** on Tour!* Zum Beispiel jetzt. Aber *Kevin* war's nicht. ... *soundso on Tour!*«

**»Namen, Mäuschen!«**, meckert dann noch jemand aus der allerletzten Ecke. – Rebecca! **»Namen! Wie heisst das Kind?«**

»Ich weiß nicht mehr!«, sage ich über meine Trennwände. »Ich weiß nur noch ... *on Tour! – Soundso on Tour!*«

»Na *großartig*, Mäuschen!«, stöhnt Rebecca. »Das nützt uns gar nichts. Wir brauchen den Namen. – Pass auf! Ich erklär dir das mal **richtig** ...«

Und dann will die Jutta auch mal endlich wieder was sagen und dann sagt Aysche aber vor ihr: **»Äy Repussy äy! – Ist hier das Sendung mit scheiss Maus oder was, äy?!? Mach einfach Kopf zu! – Ronnja hat mein Idee geil erklärt, äy!«**

»Anscheinend nicht *geil* genug ... **A-Ische!**«, schnippt Rebecca zurück.

**»Nicht geil genug? Das ist doch wohl ein Witz, Fräulein *Schussler*!«**, empört sich Ronja.

»*Kessler*, nicht *Schussler*, du ... **Ding!**«, korrigiert Rebecca.

»Ich ...«, sage ich.

»**Eingebildete *Pussy!* – Duuuäyyyyyyy ...**«, brüllt Aysche.

»***Duuuäyyyyyyy***«, äfft Rebecca sie nach, »wo lernt man eigentlich, *so* zu sprechen?«

»**Boah äy! *Eyvallah* – Ischwörre äy – Isch mach disch Krankenhaus!**«, schwört Aysche.

»**Ruhe jetzt!!! Verdammt noch mal!!!**«, brüllt Jutta – komplett entnervt.

Und dann war tatsächlich Ruhe. Und als auch Jutta sich wieder einigermaßen unter Kontrolle hat, meint sie zu mir: »Also ... ähm ... Jan, mein Lieber. – Wenn du dich jetzt nicht an den Namen erinnern kannst, dann macht das gar nichts. – Aber vielleicht fällt er dir ja doch noch ein. Dann rufst du mich einfach an.«

Sagt es und drückt mir eine Karte in die Hand, mit ihrer Nummer drauf.

»Ähm ... genau!«, schiebt dann Ralf noch mal wichtig nach. »Weil – richtig! Wenn wir den Namen dann auch noch hätten, dann ...«

»Äy Ralf äy! Hat Ronnja mein Idee geil erklärt oder geil erklärt – oder was, äy?!«

»Hmpf!«, machen Ralf und Jutta dann fast gleichzeitig.

Dann stehen sie auf, verabschieden sich von mir und wollen grad durch meine Trennwände raus, da ...

... brummt es aus meiner halb offenen Schublade.

– *Bwwwb Bwwwb* – Das iPhone! *Jan Claßens* iPhone!

»Ja, was war denn *das*?«, fragt Jutta.

»Weißnich!«, antworte ich schnell.

»Das war ein Handy!«, weiß dann der Ralf aber.

»**Ach – was!**«, pflaumt Jutta wieder den Ralf an ... und dann *mich*!

»Jan! Handys sind im Krankenhaus verboten. Das weißt du doch bestimmt!«

»Ja?«, antworte ich total bescheuert.

»Ja! Natürlich sind sie das«, sagt Jutta und dann ...

... dann sieht sie zufällig das iPhone in der halb offenen Schublade rumliegen und hat es im nächsten Moment auch schon in der Hand und guckt dabei zufällig auch auf den Bildschirm. – Auf den Bildschirm und auf die SMS, die da ja immer blöderweise automatisch in einem Fenster aufspringt, wenn denn eine reinkommt, und dann ...

... kriegt sie einen roten Kopf.

... und ich auch. Und bei mir mit Schweißperlen noch dazu!

›Das war er!‹, denke ich schweißperlenüberströmt. ›Das war der *bescheuert große Zufall*!‹

Wie ferngesteuert strecke ich schon meine beiden Handgelenke aus. – Für die Handschellen!

Polizeibeamtin Jutta guckt mich an. – Ernst! Rot!

»Was 'n los, Jutta?«, fragt Polizeibeamter Ralf dann ein bisschen gelangweilt nach.

Jutta sagt erst nichts! – Und dann aber ...

... drückt sie mir das iPhone in die Hand. – Einfach so!

»Ähm ... nichts! – Das ist *privat!* ... **sehr** *privat!*«, sagt sie dann zu Ralf und schiebt ihn durch die Trennwände raus. Einfach so!

Dann dreht sie sich aber noch mal kurz zu mir um und sagt ein wenig vorwurfsvoll: »Regel das! – Antworte drauf! ... und danach machst du das Ding aus! ... weil Handys sind hier verboten! – Kapiert?«

Und dann verschwand Jutta. Hinter der Trennwand. Mit Kollege Ralf. – Einfach so!

Ich kapierte überhaupt gar nichts mehr und glotzte dann aber auf den iPhone-Bildschirm und auf die SMS, die da in dem Extrafenster stand ...

**»*Jan! Du bist so gemein! So hart! – Ich liebe Dich doch! – Sag mir, dass Du mich auch noch liebst! BITTE! – Deine Valerie! .... verzweifelt! ... viel weinend!!!!!*«**

›Scheiße! ... die schon wieder!‹, dachte ich.

... und ich dachte außerdem: ›Das war haarscharf! Das war der *bescheuert große Zufall*! ... Glück gehabt!‹

Einfach nur *verdammt großes Glück*, das ich hatte. – Ein Tipp von Polizeibeamtin Jutta auf das iPhone und die ganze Sache wäre aufgeflogen!

... aber so was von!!!

### Eintrag 11 – Freitag, 13:00 Uhr

Oma Yilmaz ist unberechenbar!

Dachte ich jedenfalls, dass sie es wäre. Mein Fehler! Falsch eingeschätzt hatte ich sie. Komplett *unterschätzt* auch! *Jetzt* weiß ich: Leg dich niemals mit Oma Yilmaz an. Den Kampf verlierst du! – Ganz berechenbar, ganz deutlich: knallharte Niederlage!

Seit heute Mittag weiß ich das.

... ich hatte gerade die letzte Nudel von meinem Teller gekurbelt, da kam auch schon Oberschwester Agneta durch meine Trennwände gedonnert und räumte den Teller weg.

**»Aaaaaah – Braves Janny-Mäuschen!«**, brüllt sie mich an. **»Alles aufgegessen! – Und was ist mit dem Pudding? Magst du denn den Pudding nicht? Der ist lecker! Den lass ich dir mal hier!«**

Brüllt es, knallt mir den Pudding auf das Nachtschränkchen und donnert wieder raus durch meine Trennwände.

Und dann ...

... dann passierte erst mal gar nichts!

Weil so ein Krankenhausaufenthalt ist nun mal kein Abenteuerurlaub. Man liegt einfach nur doof im Bett rum und tut nichts! Außer rumdösen.

Ich döste also extrem rum und überlegte hierbei, was ich eigentlich öder finde: meine betongraue Aussicht oder das eintönige Geblubber von Ronjas Eltern.

Die waren nämlich auch gerade da und texteten ihre Tochter zu.

»Du, Ronja, du! Den Pudding isst du aber nicht, du«, und »Da ist Milch drin. Und das ist unheimlich doof, Ronja, du«, und »Für die armen Kühe, weißt du ... du?«, und ...

... gerade, als ich im Begriff war, vor lauter *Extrem-Dösing* mein Bewusstsein zu verlieren, da ...

... schiebt sich langsam ein Kopf durch meine Trennwände. – Der von Oma Yilmaz.

Dass die überhaupt ins Zimmer gekommen war, das hatte ich nicht mal mitbekommen.

Die alte Dame checkt die Lage. – Und als sie sieht, dass ich wach bin, klappt sie einfach die Trennwände komplett zusammen und beiseite.

»So! Das besser! Nicht wahr, Junge?!«, lächelt sie.

Sie drückt mir noch ein Paket mit türkischem Honig in die Hand, kneift mir herzhaft in die Backe und setzt sich dann einfach wieder zu Aysche ans Bett.

Extrem wach war ich. Und extrem überrascht auch.

»V... vielen Dank!«, bedankte ich mich superhöflich und dachte aber gleichzeitig: ›Total unberechenbar, die Alte! – Erst lässt sie mich einmauern und dann macht sie einen auf *Weltfrieden*.‹

Aber egal erst mal! Die Dinger waren weg und darüber war ich nicht unglücklich. Ich meine, klar – einerseits verlor ich damit meine Schutzschilde* ...

... andererseits hatte ich wieder die Kontrolle über mein kleines, krankes Universum. Und das war gut! Ich konnte wieder sehen! – Aysche und Oma Yilmaz, Rebecca mit *Bravo*, Ronja und ihre Eltern. Und die wiederum hatten ihr Geblubber eingestellt und lächelten nun Oma Yilmaz an. Dann steckten die beiden ihre Köpfe zusammen und tuschelten irgendwas und Ronjas Vater stand dann auf und ging raus ...

… und kommt kurze Zeit später mit Oberschwester Agneta wieder rein.

**»Hallo, Frau Tschillmass!«**, brüllt die Oberschwester die alte Dame höflich an. **»Das geht leider nicht!«**

»Bitte? Was geht nicht?«, fragt Oma Yilmaz höflich zurück.

**»Die Trennwände! Jannys Trennwände! Die müssen leider, leider, leider da stehen bleiben. – Beschwerde! Von den Schmidts! – Verstehen Sie?«**, brüllt Oberschwester Agneta freundlich und nicht *ganz* so freundlich wirft sie noch mal einen Blick auf die Ronja-Eltern – die *Schmidts*.

Ich persönlich verstand die komplette Welt nicht mehr. – *Nicht* Oma Yilmaz hat mich einmauern lassen, sondern die Eltern von Ronja – die *Schmidts*.

Dann zog ein Gewitter auf.

Also Oma Yilmaz blitzte direkt Ronjas Vater an und donnerte los: **»Das daff doch wircklich wohl nich wahr sein, mein Härr! – Was sind Sie für Mann?! Machen Ärger bei Frau Aknätta und haben nicht die Mumm, die Mut, die … was Ihnen sonns noch alles fehlt, misch selbst anzusprechn?«**

Herrn Schmidt fehlten neben allem anderen auch noch ein paar Worte und deshalb sagt Frau Schmidt dann auch für ihn: »Ich find das unheimlich schade, dass Sie so *aggro* sind. Und dann auch noch vor den *Kids*.«

Und da tickte Oma Yilmaz komplett aus und machte die Ronja-Eltern jetzt so richtig lang.

Den *Kids* gefiel das. – Also mir, Aysche und Rebecca. Und selbst Ronja grinste heimlich, als Oma Yilmaz zum Schluss noch mal raushaut: »... UND DANN MACHEN SIE SISCH VIEL GUTTE GEDANKEN UM MILCHPUDDING UND ARME TIERE, ABER DIE ARME JUNGE HIER LASSEN SIE IN TRENNWAND STECKEN WIE IN STALL!«

Dann war Oma Yilmaz fertig! ... und die Ronja-Eltern auch. – Aber so was von.

### Eintrag 12 – Freitag, 20:05 Uhr

Aysche Yilmaz ist eine Kuh! Eine blöde, dämliche ... gefährlich bescheuerte Extremkuh ist sie!

Gerade grinst sie wieder zu mir rüber ...

... so *hinterlistig* irgendwie.

Dass ich dir, mein Freund, überhaupt beschreiben kann, dass Aysche gerade hinterlistig zu mir rübergrinst, liegt ganz klar daran, dass ich immer noch klare Sicht habe. – Also die Trennwände sind ganz klar immer noch da. Aber die bleiben jetzt immer zusammengeklappt.

... also nicht immer. – Also immer dann, wenn hier mal einer – wie soll ich sagen – *pullern* muss ... oder eben *Größeres* vorhat, *dann* werden sie wieder aufgeklappt*.

Oberschwester Agneta hat das so geregelt. Das hatte sie den Schmidts vorgeschlagen. Und damit konnten sie dann auch leben, die Schmidts. ... und die gute Oma Yilmaz auch.

*TECHNISCH GESEHEN: VOM PRINZIP HER GENAU WIE AUF DER ENTERPRISE.

... Aysche Yilmaz! Sie ist so eine ... **Kuh!**

Es war gerade irgendwas um zwei und im kompletten Mädchenzimmer absolute Windstille. Die Schmidts und Oma Yilmaz waren schon vor einer Stunde raus. ... also nacheinander, *nicht* zusammen! – Und Rebecca kriegte heute anscheinend überhaupt gar keinen Besuch.

Was mich in der neuen olympischen Kampfsportart *Krankenbesuching* ziemlich weit nach vorne bringt! – Weil, mein Freund, ich hatte heute schon Besuch von *drei* Leuten!

Tante Astrid war da und sie hatte noch zwei Freundinnen mit angeschleppt. – Tanja und Ruth.

Tanja und Ruth kenne ich überhaupt nicht. Aber wurscht!

Was zählt, ist, dass das zusammen *drei* macht und dass ich damit im offiziellen Tages-Ranking auf Platz *eins* vorgerückt bin. – Blöderweise aber ich nicht alleine. Weil Ronja legte quasi im Endspurt noch mal nach, weil die bekam vor einer halben Stunde Besuch von ihrer Freundin Edith. – Ärgerlich!

... und ärgerlich auch, dass meine Eltern und das *Ding* hier immer noch nicht aufgelaufen sind. – Das hätte ordentlich Punkte gebracht.

... und gefreut hätte ich mich auch. – Also über Mama und Papa ...

... und über das Ding auch ein bisschen ... also über Hannah.

Echt seltsam, dass Astrid die noch nicht erreicht hat. ... *echt* seltsam.

→ ... ODER EHER LOGISCH?

Aber egal erst mal alles! Es war zwei Uhr. Ronja und Rebecca dösten rum. Aysche las ihre *Bravo*. – Absolute Windstille.

Und dann – plötzlich, mit einem Mal, ganz unerwartet ... machte es **Bwwwb Bwwwb**.

»Och nö?! Nich' schon wieder!«, rutschte es mir aus Versehen halblaut heraus.

Das hatte aber nur Aysche mitbekommen, die darauf mal kurz über ihre *Bravo* zu mir rüberschielte und dabei zusah, wie ich das iPhone genervt aus meiner Schublade kramte.

Ich tippte den Bildschirm an und ...

... tippte ihn gleich wieder aus, als ich sah, dass cirka eine Million neue SMS'e reingekommen waren. Während einer meiner *Extrem-Dösing*-Phasen wahrscheinlich. – Von Atze Ingo, Obermax Schröder und von Nervkuh Valerie natürlich auch.

Da war ich echt sauer, weil ich hatte ja allen klar und deutlich geschrieben, dass ich keine weiteren Nachrichten mehr wünsche. – *Wie* doof sind die eigentlich? *Erwachsene Menschen!* Ich verstehe sie nicht. – Erwachsene im Allgemeinen verstehe ich sehr oft nicht. – Ich meine, durch Hamburg fließt ein Fluss und der heißt Elbe.

... also worauf ich hinauswill, ist ein Beispiel. – Meine Eltern zwingen mich und meine Schwester Hannah oft, mit ihnen spazieren zu gehen. Sonntags meist. Eben am Ufer der *Elbe* entlang. Ätzend! – Worauf ich aber hinauswill, ist, dass wir eines Sonntags auf einem dieser Spaziergänge Herrn und Frau Koopmann getroffen haben. Also die Eltern von meinem Kumpel Gerrit, *die* kamen uns zufällig entgegen. Mein Vater hatte sie zuerst entdeckt und nuschelte zu meiner Mutter rüber: »Scheiße, Petra, da kommen die Koopmanns. Lass uns umdrehen!«

»Pscht!«, ermahnte Mama Papa und stieß ihm dann auch noch mal unauffällig mit ihrem Ellbogen voll in die Rippen.

Eine Flucht wäre eh zwecklos gewesen, weil die Koopmanns hatten uns ebenfalls entdeckt und kamen freudestrahlend auf uns zu.

»**Hey *Tommy*, hey *Pitty*!**«, brüllt Herr Koopmann meine Eltern an.

»So ein schöner Zufall«, piepst Frau Koopmann hinterher.

»Ja, *sehr* schön, Susanne!«, antwortet Mama.

»Hallo, Horst! Wie geht's?«, fragt Papa.

»Gestern ging's noch! **Hähähähähä**«, lacht sich Herr Koopmann einen ab.

»Lasst uns doch mal wieder treffen!«, schlägt Frau Koopmann vor.

»Sehr gute Idee, *Hase*!«, lobt Herr Koopmann seine Frau.

»Ja, finde ich auch! Wann habt ihr denn mal Zeit?«, fragt Mama.

»Wie wär's mit morgen Abend?«, schlägt Herr Koopmann vor.

»Sehr gern!«, freut sich Mama.

»Ich freu mich!«, freut sich Papa.

Und dann haben sich alle voneinander wieder verabschiedet, und als Horst und Hase Koopmann außer Hörreichweite waren, nuschelt Papa wieder: »Scheiße!«

... worauf Mama ihm wieder voll in die Rippen stieß.

Verstehst du, worauf ich hinauswill? Ich will darauf hinaus, dass mein Vater die Koopmanns echt nicht ausstehen kann. Und – verlass dich drauf – meine Mutter auch nicht. Und daher hätten beide ganz logischerweise doch eigentlich den Koopmanns klar antworten müssen: »Ach nö, lass mal! Echt keinen Bock auf Treffen mit euch!«

Und, wer weiß, vielleicht hätten die Koopmanns darauf gesagt: »Sehn wir ähnlich! Also – schüss!«, weil die Koopmanns meine Eltern vielleicht genauso wenig ausstehen können wie meine Eltern die Koopmanns. Aber das ist nicht sicher! *Nichts ist sicher bei Erwachsenen! Darauf* will ich hinaus! – Sie sagen etwas zueinander und du kannst dir einfach *nie* sicher sein, ob sie denn auch meinen, was sie sagen.

... so gesehen war meine SMS an Denner, Schröder und Valerie vielleicht einfach falsch formuliert. Vielleicht hätte ich eher schreiben sollen: *Super! Ruft mich an! Simst mich zu! Geht mir bitte weiterhin voll auf die Eier!*

»Ihr geht mir echt auf die Eier!«, rutschte mir dann blöderweise noch mal halblaut raus.

Aber auch dieses Mal kriegte das nur Aysche wieder mit, die ein zweites Mal über ihre *Bravo* schielte und dabei zusah, wie ich das iPhone einfach wieder in die Schublade zurücklegte.

Dann dachte ich verschärft nach: ›Ist es eigentlich clever, gar nicht mehr auf die SMS'e von Claßens Leuten zu reagieren?‹

›Ja, ist es! Sehr clever sogar! Ihr könnt mich alle mal!‹, fiel eine Millisekunde später meine Antwort aus.

Weil – warum sollte ich mir mehr Stress als nötig machen? Ich hatte mein Problem gelöst. Also bis Dienstag eben. Wenn die *Mattel*-Aktien raketenartig in den Himmel schießen.

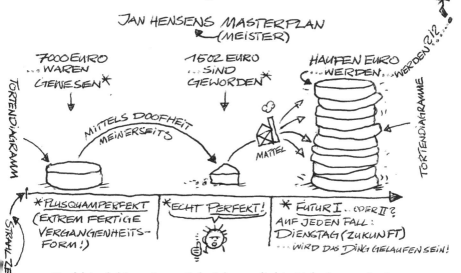

›Und bis dahin – Ingo, Schröder, *geliebte* Valerie – müsst ihr eben ohne mich klarkommen. Ihr schafft das! Ihr seid ja schon groß!‹, war mein vorletzter Gedanke und: ›Es ist eine sehr gute Idee, bis zum Kaffee und Kuchen noch ein Ründelchen zu schlafen!‹, lautete mein amtlich letzter Gedanke und dann ratzte ich auf der Stelle ein ...

... und wachte ein volles Ründelchen später langsam wieder auf.

Ich guckte dösig zum Fenster raus und dachte über Münsters betongrauen Himmel nach, dann schaute ich mal dösig zur anderen Seite rüber und dachte darüber nach, warum meine Schublade eigentlich auf ist und warum Aysche ein iPhone in der Hand hat, und dann ...

... war ich hellwach!

Die Kuh Aysche hatte natürlich *mein* iPhone in der Hand. Sie hatte es sich während meiner extremsten Schlafphase einfach aus der Schublade gegrapscht und tippte und wischte nun seelenruhig auf dem Bildschirm herum.

»Mäuschen! Du bist ja *echt krank*!«, sagt sie zu mir, als sie sieht, wie ich sie hellwach angucke. »*Echt krank!* ... aber voll krass, äy!«

»Gib es sofort wieder her! Das ist **meins**!«, sage ich.

»Ist es nisch!«, weiß Aysche blöderweise und weiß blöderweise außerdem: »Gehört Jan *Claßen*, nicht *Hensen*! **Alles** gehört ihm! – iPhone, Freunde, Freundin, **Geld** ...«

Aysche fingert sich überraschend schnell durch die SMS-Ordner und hält mir dann grinsend das iPhone vor die Nase.

*»YES! Vermehren sollen sich die Zwerge! Alle miteinander! Bis der Arzt kommt! ... Du PENNER!* ☺«

Meine Antwort!
– Meine *total bescheuerte* Antwort an Ingo Denner!
– Der Aktienkauf!

»War ich nicht!«, lüge ich schnell und doof.

»*Tz tz tz tz tz*«, schnalzt Aysche so ekelhaft überheblich mit der Zunge und zeigt auf die Datums- und Uhrzeitangabe, die fett über der SMS steht: **Mittwoch, 16:37 Uhr** – also haargenau der Zeitpunkt, als ich hier schon ganz klar rumlag. – Im Mädchenzimmer, im Bett neben Aysche, mit dem iPhone, SMS-schreibend.

»Äy, Janny-Mäuschen! Musst du fruher aufstehn, wenn du Aysche verasch'n willst«, grinst Aysche.

»Das war ein Versehen! Das wollte ich nicht schreiben!«, sage ich.

»Ja ja! Nä nä, schon kla-äy! Hast du aus Versehen disch draufgesetzt mit Asch auf die geklaute iPhone und dann aus Versehen SMS getippt mit deine Asch auf geklaute iPhone! – Nä nä, schon kla-äy, Mäuschen! Versteh isch«, versteht Aysche gar nichts.

»Du verstehst *gar nichts*, du ... **Kuh!** – Und außerdem hab ich das iPhone gar nicht geklaut. Es wurde mir in die Jacke gesteckt ... aus Versehen!«

»*In die Jacke gesteckt ...* **aus Versehen!** – Alles kla-äy!«, grinst Aysche.

»Ja! **Aus Versehen!** – Im Rettungswagen! Von den Rettungsheinzis! – Es lag da rum und dann haben sie's mir zugesteckt, weil sie dachten, dass es mir gehör... – Aber das geht dich auch echt einen **Scheiß** an. Und jetzt GIB ES HER!«, quieke ich los und schnappe gleichzeitig nach dem iPhone.

Aber da ist Aysche einen Tick schneller und zieht es weg ... immer wieder. Weil ich dooferweise auch immer wieder versuche, danach zu schnappen.

Bis Aysche einfach keine Lust mehr auf *Spielen* hat und das iPhone komplett zurückzieht.

»Mäuschen, Mäuschen, Mäuschen! – In deine Fell möscht isch nisch stecken, wenn Scheiße auffliegt. – Und Scheiße fliegt auf! Aber hundatprrozentisch, äy!«

»Tut sie gar nicht!«, kontere ich superkindisch.

»Tut sie! Verlass disch drauf!«, kontert Aysche superselbstsicher.

Und dann nimmt sie mich *Oma-Yilmaz-technisch* komplett auseinander. – Fragt mich, ob *ich* mich denn schon mal gefragt habe, wo dieser Jan Claßen eigentlich steckt. Und wieso sein iPhone in einem Rettungswagen lag. Und warum er das iPhone immer noch nicht hat stilllegen lassen. Und überhaupt: Warum hat der sich nicht längst schon mal gemeldet? Per E-Mail, per Postkarte, per Buschtrommel ... – Tausend Möglichkeiten hätte er! Aber warum meldet der Claßen sich nicht bei Denner, dem Schröder, der Valerie?

»... und diese *Knallerie*!«, legt Aysche zum Schluss noch mal nach. »Die Pussy ist doof wie Stuhl, aber Mäuschen-äy, isch sack dir: Wenn die nisch bald was von *Prinz Claßen* hört, dann steht die ratzfatz bei *Örnie und Bert* auf Matte!«

Da konnte ich erst mal gar nix drauf sagen, weil ich auch echt ziemlich genervt war. – Weil ich auf Aysches nervige Fragen einfach auch keine Antworten hatte!

... und weil sie mir selbst nie eingefallen waren, die Fragen – zu blöd!

Und daher wiederhole ich dann einfach nur blöd: »*Ernie und Bert* ...?«

»*Örnie und Bert! – Jutta und Ralf! –* **Po-li-zei!**«, erklärt Aysche und dann ...

... dann dreht sie sich total plötzlich zu Rebecca rüber und ballert los: **»Äy – Was kucks' du? Binn isch Kino, oder was?!«**

Rebecca und auch Ronja – beide waren, Gott weiß, wie lange schon – ebenfalls hellwach und glotzten komplett baff zu Aysche rüber.

Und dann passierte ein Wunder: Rebecca sagte *nichts*!

Sie zog übertrieben deutlich ihre Augenbrauen hoch und sank mit ihrem Kopf superübertrieben deutlich ins Kissen zurück und schloss einfach die Augen. – Wie eine Schauspielerin von *Gute Zeiten, schlechte Zeiten*.

Und auch Ronja steckte ihre Nase einfach in irgendein Buch.

Aysche selbst drehte sich darauf sehr zufrieden wieder zu mir rüber und ...

... macht dann so eine bescheuert wichtige Denkpause mit Finger am Kinn.

**»Was!«**, frage ich genervt.

Und Aysche fragt schließlich zurück: »Willst du gutte Rat von misch, Mäuschen?«

»**Nein!** Will ich nicht! Ich weiß, was ich tue! Ich hab die Aktien ja nicht zum Spaß gekauft. Ich krieg das wieder hin! Nächste Woche! Und jetzt gib mir einfach das iPhone zurück!«, antworte ich.

»Isch gib disch gutte Rat! – Deine Aktiengeschäft, vielleischt nisch doof. Keine Ahnung von die Scheiße. Aber: Mäuschen! Bis *nächste* Woche! Das ist lang! Da musst du die Leute hinhalten! – Einzige Schonggs!«

»Ich muss gar nix! – Gib mir einfach das Ding zurück und gut is!«

Als hätte ich gerade gar nichts gesagt, redet Aysche einfach weiter: »Mäuschen! Du schreibst jetzt allen, dass du in Urlaub bist. Also *Traumprinz Claßen* nattürlisch. *Der* ist in Urlaub! Muss sisch vielleicht voll krass entspannen! – Was weiß isch-äy: Wegen Scheißstress in Job! *Börn-aut!* Irgendwie so was schreibst du jetzt! – Dann wissen alle: *Kumpel Claßen tschillt voll korreckt aus und will voll korreckt sein Scheißruhe haben.* – Verstehst-du?! Weil macht sisch dann auch keiner mehr voll krass die Sorgen, äy! – Hast du erst mal Ruhe vor Örnie und Bert!«

»Lass **du** mich in Ruhe! – Total bescheuerte Idee! – Gib jetzt her!«, fuchtle ich dann echt sauer und echt doof mit meiner Hand zu ihr rüber.

»Isch gib disch iPhone! – Aber nur, wenn isch es misch hin und wieder ausleih'n daff, ja?!«

»Pfff! Vergiss es! Never!«

»Ach schade!«, sagt sie darauf ...

... und drückt mir das iPhone in die Hand. – Einfach so!

**»???«**, mache ich, weil ich ganz klar nicht verstehe.

Ich gucke nur noch doof zu, wie Aysche sich lässig ihre *Bravo* schnappt, ihren Kopf lässig wieder hineinsteckt und dann aber noch mal ganz kurz und lässig über den Heftrand zu mir rüberschielt und mich angrinst ... so *hinterlistig* irgendwie.

### Eintrag 13 – Samstag, 13:30 Uhr

Aysche Yilmaz ist eine hinterlistige Kuh!
… und Rebecca auch!
… und Ronja ist auch nicht viel besser! Ausgerechnet Ronja! Für die hatte ich vor eineinhalb Stunden sogar noch so was wie ein Gefühl! – Ich meine *Mitleid*! Weil sie nämlich Eltern hat, die wirklich ordentlich einen an der Waffel haben.

Die waren nämlich vor eineinhalb Stunden auch wieder da und ich sag dir, Kumpel, die Schmidts sind die totalen Öko-Nazis!

… okay! Der Vergleich passt jetzt vielleicht nicht *ganz* so gut. Weil, wie ein jeder weiß, haben Nazis nicht nur ordentlich einen an der Waffel, da kommt ja auch noch ein mörderbrauner Haufen obendrauf. – Praktisch gesehen haben Nazis die *totale* Waffel!

Also ich nehm das mal mit den *Öko-Nazis* zurück! Besser ist das.

… aber einen an der Waffel haben sie trotzdem, die Ronja-Eltern!

Ich freute mich gerade sehr, weil Oberschwester Agneta nämlich mit dem Mittagessen reingestürmt kam und es mir liebevoll auf das Betttischchen knallte. *Hähnchen mit Pommes!* Genau mein Geschmack!

Ich wollte gerade meine Zähne in die saftige Keule hauen, da habe ich gemerkt, dass ich dabei beobachtet werde. – Von den Schmidts.

Irgendwie angewidert guckten sie abwechselnd auf mich und mein Hähnchen. Und weil ich irgendwie fragend zurückgucke, sagt Herr Schmidt: »Das ist nicht gut, was du da isst.«

»Es ist ein Hähnchen«, sage ich.

»Es ist *Tierquälerei*«, sagt Frau Schmidt.

»Es ist tot. Da merkt es nicht mehr so viel«, witzle ich ein bisschen und will dann auch endlich das tote Hähnchen verputzen, da ...

... sagt Herr Schmidt noch mal: »Es wurde für *dich* getötet!«

Und Frau Schmidt sagt noch mal: »Und vorher wurde es gequält! – **Für dich!**«

»Aber es ist *Bio*!«, verteidige ich mich und mein Hähnchen. »Das stand auf der Karte zum Essen-Ankreuzen. Ganz sicher!«

**»Es ist *Mord*!«**, sagen Herr und Frau Schmidt fast gleichzeitig und extra angewidert.

Und dann drehten sie sich einfach wieder zu ihrer Tochter um. Zu Ronja. Die hatte die ganze Zeit gar nichts gesagt und würgte ihren trockenen Grünkern-Burger runter.

Ich sah nachdenklich auf meinen Teller und dachte darüber nach, was die Schmidts mir gerade alles gesagt hatten, und sagte selbst dann ganz leise zu dem Hähnchen: »Tut mir echt leid!«

... und verputzte es mit vollem Genuss.

Wenig später verabschiedeten sich die *Einen-an-der-Waffel*-Schmidts von der armen Ronja und schlurften zur Tür raus.

Dann holte ich das iPhone aus der Schublade.

Ich wollte nämlich nachgucken, ob Ingo Denner und die anderen auf meine ziemlich geile SMS noch mal geantwortet hatten. *Wenn* sie denn überhaupt noch mal geantwortet hatten auf meine ziemlich geile SMS! – Die ist mir gestern Abend noch eingefallen und ich hatte sie dann gleich an alle rausgeschickt. – Mächtig stolz, weil die SMS wirklich *sehr* geil, *sehr* clever war.

Ich tippe also den Bildschirm an und ...

... und glotze im nächsten Moment maximal *unclever* aus der Wäsche. Ein blaues Infofenster hatte sich automatisch geöffnet.

**Batterie fast leer**
*10 % Batterieladezustand*
*OK*

Das *OK* stand auf einem Extrabutton, den man extra drücken muss, damit das Infofenster wieder verschwindet und den Bildschirm wieder freigibt. Ein echter Witz!

Weil: Nichts war *OK*! Rein gar nichts war *OK*! Der Akku war fast leer, das iPhone am Ende. *Ich* war am Ende!

*Zehn Prozent*! **Zehn!** Keine Ahnung, wie weit man mit zehn Prozent kommt. Eine Stunde? Zwei? ... vielleicht sogar einen ganzen Tag! Ich weiß es nicht.

Ich wusste nur, dass ich damit nicht weit genug komme. Ich brauchte das iPhone ja bis nächsten Dienstag. Dann, wenn der Matchbox-Film starten würde und die Matchbox-Aktien extrem nach oben schießen. Dann brauchte ich das iPhone *unbedingt*. Damit ich Ingo Denner im entscheidenden Moment die entscheidende SMS schreiben konnte. Damit er die Aktien wieder vertickt. Damit Jan Claßen seine sieben Riesen wiederhatte. Damit ich die Sache wieder geradebiegen konnte.

*Dienstag!* Vier ganze Tage! – Ich war am Ende!

»Scheiße!«, sagte ich zu dem iPhone. »Scheiße, Scheiße ... **Scheiße!!!**«

»*Tz tz tz tz tz*«, schnalzte es da plötzlich rechts von mir. – Aysche. »*Scheiße* sackt man nicht!«, sagt sie und sagt weiter: »*Scheiße ist man!* ... oder wie Scheißspruch heißt!«

Da war ich echt genervt von Aysche. ... und ganz ehrlich, Kumpel? – Von mir selbst am allermeisten. – Weil ich nie nachdenke! Weil mir nicht ein Mal der Gedanke gekommen war, dass so ein iPhone natürlich auch Strom braucht, damit es läuft. Und dass es eben nicht mehr läuft, wenn man es nicht hin und wieder auflädt. Mit einem Aufladekabel! Nur, das hatten die Rettungsheinzis blöderweise nicht mitgeliefert, als sie mir das iPhone in die Jacke stopften.

Und jetzt hatte ich ein echtes Energieproblem.

»Äy, Mäuschen! Hast du Problemm, oder was?!«

Und als Aysche *das* sagte, war ich echt total genervt. Konnte die Kuh jetzt auch noch meine Gedanken lesen, oder was?!

**»Das geht dich einen echten Scheiß...«**, hole ich aus, gucke zu ihr rüber und sage nichts mehr.

Aysche Yilmaz! Sie grinste mich an und wedelte dabei super-ekelhaft-maximal-oberlässig mit einem Aufladekabel herum. – Einem Original-*iPhone*-Aufladekabel!

Mit Gepruste und Gegacker startete von gegenüber natürlich wieder mal ein neues Hühnchenkonzert. Aber nur aus der linken Hühnchenbox! – Ronjas. Rebecca blieb stumm und starrte.

»Mäuschen! Du *hast* Problemm! Hab isch gestern schon gecheckt!«, grinst Aysche und macht dann gleich darauf so ein bescheuert-niedliches Kindergärtnerinnen-Gesicht und sagt dann auch mit so einem bescheuert-niedlichen Kindergärtnerinnen-Stimmchen: »Abba muss das Janny-Mäuschen nisch traurisch sein. Die liebe Aysche lädt das iPhone wieder auf, wenn Janny-Mäuschen will. – *Will* Janny-Mäuschen? Hmmmm?«

Irres Gegacker nur von Ronja. Rebecca macht nur große Augen und sonst nichts.

»Grmpf!«, mache ich.

Im ersten Moment hätte ich Aysche am liebsten mein komplettes Gipsbein um die Ohren gehauen, so sauer war ich. – Aysche Yilmaz! Voll verarscht hatte sie mich. Und sie hatte mich in der Hand, die Kuh, die hinterlistige.

»Aber nur leihen!«, sage ich daher im zweiten Moment ganz logisch. »*Nur* leihen! Ich krieg es wieder! Versprochen?«

»Äy Mäuschen! Versprochen! *Eyvallah!* – Ischwörre!«, sagt sie und hält grinsend ihre Hand auf.

»**Tu's nicht!**«, dreht mit einem Mal dann doch noch die rechte Hühnchenbox voll auf. – Rebecca! »**Tu's nicht, Mäuschen! Sie benutzt dich! – Dich und das iPhone!**«

Da sagte Rebecca mir nichts Neues. Aber dann wurde mir klar, dass Aysche nun eine Möglichkeit hat, bei diesem Spacko-Singsang-Contest heute Abend mit abzustimmen. Per iPhone. Für ihren ganz persönlichen Lieblings-Spacko. – *Aysche* hatte nun die Möglichkeit. *Nicht* aber Rebecca.

»Grmpf!«, machte sie daher nur noch, als sie mitansehen musste, wie ich Aysche das iPhone in die Hand drückte.

Und während ich dabei zusah, wie Aysche das iPhone mit dem Original-iPhone-Aufladekabel mit der Steckdose verstöpselte, ging mir wieder eine Frage durch den Kopf, die ich eigentlich die ganze Zeit schon stellen wollte: »Woher hast du eigentlich das Kabel? – Ich meine, das macht irgendwie keinen Sinn, weil ...«

»Äy, da frackst du am besten mal Oberförster Akneta, äy!«, antwortet Aysche kurz und knapp.

»???«, frag ich mich wieder.

»*Oberschwester Agneta*, Mäuschen!«, antwortet da Ronja schadenfroh. »Die hat Aysches iPhone eingesackt. – Ihr's und das *Samsung-Dings* von Becca-Prinzesschen auch hier.«

»Grmpf!«, macht Rebecca wieder.

Und Ronja fröhlich weiter: »Die beiden haben nämlich pausenlos mit dem halben Universum gesimst, getwittert und gequatscht. **Pausenlos!** Und da hat die gute Agneta sie dann ein paarmal bei erwischt und ihnen die Dinger irgendwann endlich weggenommen.«

Und wie Ronja dann noch fröhlich weitererklärte, ist der Witz nämlich, dass die beiden auch kein *Festnetz* dürfen. – Weil da haben die Eltern von Rebecca und Aysche gleich einen Riegel vorgeschoben. Aus reinem Selbstschutz! Vor dem halben Universum! Und vor den galaktischen Telefonrechnungen, wenn die beiden Flatrate-Junkies mit dem halben Universum über Festnetz quatschen.

Da kriegte die Ronja sich gar nicht mehr ein vor lauter Fröhlichkeit und verstellte die Stimme wie für eine Filmankündigung auf Sat1: **»*Rebecca und Aysche! – Lautlos im Weltraum!*«**

»Du bist ja nur neidisch!«, schnippelt Rebecca. »Weil du nämlich *gar nichts* hast! – Außer bescheuerte Eltern, die dir *alles* verbieten! Festnetz, Handys ... Milchpuddings!«

»Grmpf!«, macht Ronja da nun und steckt ihre Nase einfach wieder in ein Buch.

»Äy Mäuschen äy!«, quatscht mich Aysche dann wieder von der Seite an.

»Hast du coole Rat von coole Aysche befolgt! Sehr cool! *Seeehr, seeehr cool!*«, lobt sie mich superdämlich und zeigt auf den Bildschirm und die SMS, die ich gestern Abend stolz an Denner und die anderen verschickt habe.

»Das stimmt überhaupt nicht! Nix habe ich befolgt! ... also *fast* nix!«, sage ich angenervt. »Und *überhaupt* geht dich das alles überhaupt *gar nichts* an, was da alles steht. Also **lass es!**«

Da hört Aysche natürlich überhaupt gar nicht drauf und liest mir meine eigene SMS noch mal laut vor.

*»Hallo!*

*Ich bin dann mal weg! Ganz spontan!*

*Brauchte dringend Urlaub!*

*Sonnige Grüße, Jan Claßen*

*PS: Melde mich, wenn ich wieder da bin.«*

»Nischt schlecht, äy Mäuschen! Willst du wissen, was Ingo-Bingo und die andere auf coole Sammel-Simmse gebeantwortet haben?«

»Nein! Ich kann selber lesen!«

»Aaah – Mäuschen! Aysche liest für disch vor.«

Sagt es und liest vor. – Valeries Antwort:

*»Mein Liebster! Mein Schönster! Mein Alles!*

*Warum tust Du mir das an? Wir wollten doch nach Indien!* **GEMEINSAM!** *Wo bist Du?*

*Deine Valerie ... mein Herz versinkt in Tränen!!!«*

*»Mein Hääärz versiiiinkt in Trääänen! – Bei Allah! Diese Schnallerie hat ja ächt den Schuss nisch gehört, äy!«*

»Aber Aysche! Das ist **Po-esie**!«, meldet sich da plötzlich Ronja wieder in fröhlichster Bestform zurück.

»**Äy! Der is gutt, äy! Po-esie! Voll fürs Klo, äy!**«, lacht Aysche sich scheckig.

»**Und die anderen? Was schreiben die anderen?**«, freut sich Ronja, dass sie gleich vielleicht noch eines ihrer Wortspielchen raushauen kann.

»Aysche! **Lass – es!**«, wiederhole ich angenervt.

»Äy, watte, äy! – Ja! Hier! Nur eine! – Die Ingo!«, antwortet Aysche, als wäre ich nur ein Haufen Luft, und liest Ronja Ingo Denners Antwort vor.

*»Alter Schwede! Du hast Nerven! – Dachte, Du hast 'nen wichtigen Job am Start. Das Öko-Ding in München. – Na ja! Kann mir ja auch egal sein!*

*ABER NICHT EGAL IST MIR – ERSTENS: Was, zum Henker, willst Du mit dieser bekloppten Spielzeug-Aktie? Die taugt nicht! Verkauf sie endlich!*

*ZWEITENS: Ich will wissen, wohin Du Dich verpisst hast! – Antwort mit Foto will ich sehen!*

*... oder ich lass Dich von den Bullen suchen!* ☺«

... las Aysche der Ronja vor und bei beiden war dann erst mal die Luft raus.

»Nicht gut! Gar nicht gut!«, kommentiert Ronja Ingos Antwort knapp und vergräbt ihre Nase wieder in ihr Buch.

»Die *Bullen* ...«, wiederhole ich *leicht* panisch.

»Tjaaaa... Mäuschen!«, antwortet Aysche nachdenklich. »Das *könnte* Problemm sein. *Muss* aber nisch! – Isch meine, isch glaub nisch, das Ingo zu den Bull...«

»Was ihr braucht, ist ein Beweis!«, schneidet Rebecca Aysche überraschend das Wort ab.

»**ÄY! – WENN AYSCHE SPRICHT, HAT KUH PAUSE!**«, ballert Aysche sie an.

Und darauf sagt Rebecca erst mal nichts, zeigt aber mit dem Finger auf die Wand direkt neben sich.

Ein Foto! Ein eingerahmtes Foto mit einer Stadt drauf. Und mit Meer und ein paar Palmen.

»Ein *Urlaubsfoto*! Mäuschen, das ist der Beweis, den du brauchst!«, erklärt Rebecca mir.

»Na toll!«, sage ich müde. »Soll ich den Denner anrufen, dass er mal eben hier vorbeikommt, damit *ich* ihm zeigen kann, wo sein Kumpel sein *könnte*, oder was?!?«

»**RISCH-TISCH, MÄUSCHEN! MACH SIE FERTISCH, DIESE DUMME PUT...**«

»Quatsch!«, quatscht Rebecca Aysche einfach wieder ins Wort. »Du musst es einfach nur abknipsen. Mit dem iPhone. Das geht. Man muss nur ganz nah rangehen ans Foto. Dann geht das. Sieht aus wie echt.«

»ÄY RE-*BARBIE*, ÄY!«, haut Aysche raus. »Schon mal von *Wee-Wee-Wee-Punkt* gehört? Urlaubsfottos krick isch auch bei Guggl, äy. Da stellt jede Voll-Spaten sein scheißenlangweilige Ferien-Geknipse rein.«

»OH?! Nein?! Wirklich ... *äy*?!«, stichelt Rebecca zurück und stichelt weiter: »Und was, bitte schön, Fräulein *Einstein*, passiert, wenn der Herr Denner *dasselbe scheißenlangweilige Ferien-Geknipse* ebenfalls bei Google findet? Oder es womöglich rein zufällig *vollspatentechnisch* selber reingestellt hat, weil er womöglich dachte, dass es die Welt interessieren würde, wo er seine *scheißenlangweiligen* Urlaube verbringt? Hmmm?«

VOLLSPATEN DENNER? ... MÖGLICH!

Kumpel, ich sag dir, das war *volle Breitseite*. Aysche fehlten die Worte. – Treffer! Versenkt!

Tief getroffen und versenkt knirscht Aysche daher nach einer Weile: »Dann platzt die ganze Geschichte wie Luftballon mit Scheiße drin!«

»*Seeehr* richtig!«, triumphiert Rebecca und dann hakt sie bei mir noch mal nach: »Also, Mäuschen! Wie sieht's aus? Willst du das Foto nun abknipsen oder nicht?«

»Na lo... ... ...gisch!«, antworte ich blöd, weil mir da erstens klar wird, dass ich selber, rein gipstechnisch gesehen, gar nicht dazu in der Lage wäre, nahe genug an das Foto neben Rebeccas Bett heranzukommen, um es abzuknipsen.

Und weil Rebecca *irgendwie hinterlistig* grinst, wird mir zweitens ziemlich klar, dass sie über *erstens* voll im Bilde ist und dass *sie* es aber kann ... also es abknipsen. – Nur zu welchem Preis?

»Was willst du dafür?«, frage ich.

»**Das iPhone!** Ich will das iPhone! Leihweise nur, versteht sich! Nur hin und wieder! Heute Abend zum Beispiel! Beim Song-Contest! Da will ich es!«

»Äy Mäuschen äy, tu's nisch, äy!«, brüllt Aysche. »Du kannst der nisch trau'n, äy! Sie ist böse! Eine Schlange ist sie!«

Was blieb mir übrig? – Nichts blieb mir übrig! Ich brauchte ein ordentliches Urlaubsfoto. Einen ordentlichen Beweis.

»Aysche, wirf bitte das iPhone zu Rebecca rüber!«, bitte ich daher Aysche müde.

Worauf Aysche dann aber wieder so tut, als wäre ich ein müder Haufen Luft, und gar nichts weiter tut – außer gelangweilt Löcher in die Luft zu glotzen.

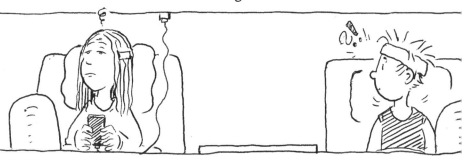

Da wird mir *drittens* extrem klar, dass Aysche sich eher den rechten Arm *eins-a-amtlich* brechen lassen würde, als das iPhone Rebecca zu überlassen.

Aber dann fiel mir eine alte Überredungstechnik ein, die mir schon so manches Mal bei meiner Schwester Hannah gute Dienste geleistet hatte: *Erpressung!*

Also im Fall *Hannah* lautete diese Technik, als wir beispielsweise mal abends allein zu Hause waren: *Du lässt mich sofort ziehen, sonst sag ich Mama und Papa, dass du geraucht hast!*

Das zog! Hannah ließ mich tatsächlich an der Zigarette ziehen, die Mama auf dem Küchenschrank **supergenial** vor uns versteckt hielt.

Dass wir danach im Duett das Klo vollkotzen mussten, weil uns speiübel war, ist eine komplett andere Geschichte.

... auch, dass Mama und Papa dann eh spitzgekriegt haben, dass wir geraucht hatten, und uns beiden eine amtliche Bergpredigt über die Gefahr des Rauchens hielten. – Was sie sich echt hätten sparen können, weil sowohl Hannah als auch mir nach dieser elenden Kotznummer ganz klar war: **Nie – Nie – Nie – Nie wieder!**

Jedenfalls: Diese Überredungstechnik fiel mir wieder ein und ich sagte im Fall *Aysche*: »Aysche, du wirfst jetzt *sofort* das iPhone zu Rebecca rüber, sonst sag ich's Oberschwester Agneta, dass du mein iPhone hast, und dann sackt sie es ein!«

Das war verdammt hoch gepokert, weil ich nicht einschätzen konnte, wie diese unberechenbare Kuh von Aysche darauf reagieren würde.

Noch mal Treffer! Noch mal versenkt! Aysche guckte doof wie eine Fregatte mit Loch drin und warf das iPhone schließlich zu Rebecca rüber.

Rebecca schnappte das iPhone und knipste dann tatsächlich brav das Urlaubsfoto ab.

»Versprochen, Mäuschen?«, fragt sie dann.

»Jaaa, jaaa! – Versprochen!«, antworte ich.

»Grmpf!«, macht Aysche.

Dann wirft Rebecca das iPhone direkt zu mir rüber.

Ich gucke mir das abgeknipste Ergebnis an und – wirklich wahr – es war perfekt.

»Und? Was schreib ich dem Denner jetzt, wo ich bin? ... äh, ich meine: Wo *Jan Claßen* ist?«, frage ich Aysche und Rebecca.

»Ach, is doch scheißegal, äy! Schreib ürgendwas«, meint Aysche.

»Wie wär's mit *Barcelona*? Sieht ein bisschen ähnlich aus«, meint Rebecca.

»Schwachsinn!«, meint Ronja hinter ihren Buchdeckeln.

**»???«**, fragen Rebecca, Aysche und ich.

»Das ist nicht Barcelona!«, sagt Ronja oberlässig über das Buch weg und dann ...

... sagt sie gar nichts mehr.

**»???«**

»**Uuund?** Welche Stadt ist es?«, frage ich irgendwann genervt nach.

Ronja klappt ihr Buch oberlässig cool nach unten, guckt mich an und sagt: »Es ist eine Stadt, die jeder Depp kennt! Auch Ingo Denner! — Schreib *Barcelona* oder ***ürgendwas*** und *die Geschichte platzt wie Luftballon mit Scheiße drin.* Verlass dich drauf!«

Sagt es und grinst mich dann so an — **so *hinterlistig* irgendwie!!!**

»Was willst *du* dafür?«, frage ich also, weil ich ganz genau weiß, dass Ronja irgendwas will, bevor sie den korrekten Namen von dieser Stadt rausrückt.

»Einmal Mittagessen tauschen!«, sagt sie.

»Hä? Was willst du?«, frage ich baff.

»Dein Mittagessen will ich! Das von morgen! *Rinderroulade mit Kartoffelpüree*! Steht auf der Karte!«

»???« Rebecca, Aysche und ich gucken Ronja extrem erstaunt an. – Ronja Schmidt, die *Veganerin*! Ein *reiner Pflanzenesser*! Mittels verschärfter *Einen-an-der-Waffel*-Eltern.

»Was denn?!«, sagt Ronja und weiter: »Wenn Gott gewollt hätte, dass wir keine Tiere essen sollen, dann hätte er sie einfach weniger schmackhaft erschaffen müssen. Nicht *mein* Problem!«

Da gucken wir sie alle noch mal *extrem* mächtig erstaunt an und ich überleg kurz und angenervt, ob es das alles wert ist, und sag dann: »Ja, ja, ja! – *Deal*! – Einmal Essen tauschen! ... *ein* Mal!!!

»*Palma!*«, rückt Ronja sofort raus und zeigt auf das Wandbild. »*Palma de Mallorca!* – Da! An der Kirche sieht man's ganz deutlich. *Kathedrale La Seu* heißt das Teil. – Kennt jeder Depp!«

Ich ließ mir den Namen von Ronja noch mal ordentlich buchstabieren. – Aysche und Rebecca hatten noch ein paar pfiffige Ideen, was ich dem Ingo und ganz besonders der Valerie dazu noch schreiben könnte, und dann ...

... dann drückte ich auf *Senden*!

... Kühe! Hinterlistige, verschlagene Kühe!!! – Das *ganze* Mädchenzimmer voll davon!

**EINTRAG 14 – SONNTAG, 10:36 UHR**

Totenstille!

... auf Mädchenzimmer 411 der Uniklinik Münster herrscht *Totenstille*!

Rebecca guckt nervös alle fünf Minuten auf ihre *ICE-Watch*.

Aysche spielt nervös mit einem Kettchen rum.

Ich überlege, ob das der geeignete Zeitpunkt ist, nervös mit *Nägelkauen* anzufangen.

Und Ronja ...

... Ronja ist weg!

... Totenstille!

Und wenn ich dir jetzt sage, dass hier gestern Abend noch echt die Party war, dann kann ich das selbst kaum glauben. – War aber so!

Den ganzen Abend über lief der Fernseher auf maximalsten Hochtouren. – Der Spacko-Song-Contest! Das Viertelfinale! – *Michi, Josy, Bianca* und *August* waren noch im Rennen.

Eigentlich sollte man ja annehmen, dass so eine Sendung mit nur noch *vier Spackos* am Start nach einer Viertelstunde komplett durch sein müsste.

Aber es dauerte tatsächlich wieder ganze unerklärliche zwei Stunden, bis der letzte Kandidat die allerletzte Note ins Mikrofon gequält hatte.

Und dann war es so weit! Der Moderator gab den Startschuss und ganz Deutschland durfte *jetzt* abstimmen ...

**»Ronja, verdammt! Schmeiss das iPhone rüber! – Jetzt!«**, brüllten Aysche und Rebecca gleichzeitig.

»Warte! Sofort!«, sagte Ronja ruhig. »Ein Wort noch … und … *Senden* … und fertig!«

Und dann guckt sie mich an und fragt: »Wer kriegt das Ding zuerst, Mäuschen?«

**»Ich! Ich! Ich! Ich!«**, kreischten Rebecca und Aysche.

»Öhmm … ich weiß nicht … entscheide du!«, antwortete ich unsicher.

Ronja machte *ene-mene-muh* und warf das iPhone dann schließlich zu Rebecca rüber.

Dass Ronja überhaupt das iPhone hatte, hatte mit dem Schröder zu tun. Du weißt schon: der *Werbefuzzi* aus München.

Irgendwann gestern Nachmittag kam von dem nämlich doch noch eine SMS reingetrudelt.

Und weil Aysche gerade das iPhone hatte, als die SMS reintrudelte, sagte sie: »Äy, Mäuschen! SMS! Von Schröder! Soll isch vorlesen?«, und ich antworte: **»Nein!«** ... und Aysche liest vor:

*»Sehr geehrter Herr Claßen!*

*Ihr ganzes Benehmen überrascht uns sehr! – Erst das verpatzte Meeting – unser Treffen in München! Und nun muss ich lesen, dass Sie einfach Urlaub machen!*

*Wir erwarten von Ihnen bis morgen früh brauchbare Ergebnisse für die Werbekampagne ›Öko-Strunz‹. (Sie erinnern sich? Unser WICHTIGSTER Kunde!) Andernfalls müssen wir die Zusammenarbeit mit Ihnen beenden!«*

»Äy, klare Ansage von *Schäff*-Schröder!«, meinte Aysche dann noch. »*Zusammenarbeit beenden!* – Kenn isch von Schule. Hat misch mein Deutschlehrerin Frau Meyer-Ruprecht auch schon mal geschrieben. ... also mein Mama hat sie geschrieben, die Scheißkuh, die alte, und ...«

»Zeig mal!«, unterbrach Ronja sie da ganz überraschenderweise.

Aysche guckte erst noch fragend zu mir rüber, aber als ich nickte, hat sie das iPhone zu Ronja rübergeworfen.

»*Öko-Strunz*. Kenn ich: Die Bioladenkette. Riesenladen, deutschlandweit!«, meinte Ronja und las sehr aufmerksam die kompletten SMS'e von Schröder und Claßen durch.

»Das ist der totale Müll!«

»Wie?«, frage ich doof nach.

»*Müll!*«, wiederholt sie, »*Öko-Strunz* will moderne Werbung mit *coolen* Sprüchen, aber ihren alten Slogan wollen sie behalten. ***Bewusst mit uns – Öko-Strunz!*** ... das ist doch der totale Müll!« Und dann guckt sie mich an und fragt: »Darf ich das machen? Also dem Schröder antworten?«

»**Nein**, darfst du nicht!«, antworte ich ganz klar und dachte auch noch mal ganz klar: ›Das fehlt mir grade noch! Diesem Öko-Alien erlauben, mich durch bescheuerte Antworten noch tiefer in die Scheiße zu reiten‹, dachte ich ganz klar und dachte dann aber noch weiter: ›Bescheuerterweise habe *ich* aber ganz *persönlich* **null** Ahnung von diesem ganzen Öko-Krempel und *ich persönlich* muss aber irgendwann diesem Schröder *irgendwas* antworten, damit der aufhört rumzuquengeln.‹

Es ist aber nicht klug, persönlich auf etwas zu antworten, wovon man persönlich **null** Ahnung hat, und daher dachte ich logisch zu Ende: ›Der Öko-Alien aber! *Ronja* hat Ahnung! Mehr als ich jedenfalls. Und wenn sie's vermasselt, kann ich mir am Ende immerhin noch sagen: *Ich habe einen Haufen Scheiße gebaut, aber der kleine Haufen da – rechts daneben –, der ist ausnahmsweise mal nicht von mir! Der ist von Ronja!*‹

»Ähm ... «, sage ich daher zu Ronja noch mal. »Hab's mir überlegt. – Wenn du denn **unbedingt** antworten willst, dann mach!«

Und Ronja wollte! Unbedingt! – Und deshalb, mein Freund, hatte *Öko-Expertin* Ronja auch spätabends noch das iPhone und konnte es daher – *ene-mene-muh* – dann zu Rebecca rüberwerfen.

Rebecca brauchte wirklich verdammt lang, um den Buchstaben *B* für *ihren Michi* ins iPhone reinzudrücken und wegzusimsen, warf es dann aber endlich zu Aysche rüber, die fix für ihren Top-Favoriten das *A* reintippte. – A wie *Arschloch*! ... also *Josy* eigentlich!

... aber ein eingebildetes *Arschloch* ist er trotzdem, dieser Josy! ... genau wie *Michi* eigentlich auch.

Dann warf Aysche das iPhone wieder zurück zu mir, und weil ich eh grad nix Besseres zu tun hatte, habe ich auch abgestimmt. – Für *August*! So eine Knalltüte mit Panflöte!

Und dann musste ich das iPhone doch noch mal zu Ronja rüberwerfen, weil die wollte ganz überraschenderweise auch mit abstimmen.

»Für wen?«, frage ich sie.

»*Pfeifen-August*! Diesen kranken Freak mit der Panflöte!«, grinst Ronja.

**»Yes!«**, grinse ich zurück, »*Pfeifen-August*! Für den hab ich auch gestimmt!«

Aysche und Rebecca schüttelten verständnislos die Köpfe. Fanden's dann aber auch irgendwie ganz witzig und mussten dann auch lachen. – Zusammen mit mir und ...

... Ronja!

Ronja ist weg!

Und das, Kumpel, ist exakt der Grund, warum es hier so extrem *totenstill* ist, im Mädchenzimmer 411 der Uniklinik Münster um exakt ... warte ... 10:56 Uhr!

»Wo bleibt die nur?«, fragt Rebecca gerade in die extreme Totenstille rein.

Da kriegt sie aber von Aysche und mir gerade keine Antwort drauf. – Weil wir es ja auch nicht wissen, wo Ronja bleibt.

Vor rund einer Stunde hatte sie sich ihre Krücken geschnappt und ist aus dem Zimmer rausgehumpelt. – Für *mich*!

**Freund!** Du musst mir glauben! – Wenn ich gekonnt hätte, wäre ich selbst losgegangen, aber ich konnte ja nicht.

Aber Ronja konnte. – Weil sie jetzt einen Gehgips hat. Seit gestern Nachmittag hat sie den. Da haben sie ihr den verpasst.

... und nun ist sie weg, die Ronja!

... und wenn ihr nun was passiert ist, bin *ich* schuld!

... und Aysche auch ein bisschen. Sie kam überhaupt erst auf den Gedanken.

Heute Morgen war das. Irgendwas um halb sechs. Inmitten der extremtiefsten Nacht also.

Da gingen plötzlich die Lampen an und Aysche verkündet: »Jan Claßen ist tot!«

Und da war ich hellwach. – Und Rebecca und Ronja dann auch.

»Wie, *Jan Claßen ist tot!* …? Woher willst du wissen, dass er tot ist?«, frage ich total erschrocken.

»Er *muss* tot sein! – Das ist einzigste Moglischkeit!«, antwortet Aysche.

»Blödsinn!«, knuttert Rebecca und will, dass Aysche das Licht wieder ausmacht.

»Wie kommst du darauf?«, fragt Ronja.

»Äy – durch **Logick**, Mann!«, erklärt Aysche und fragt mich: »Mäuschen! Wo hast du iPhone geklaut?«

»Ich hab's **nicht geklaut**, verdammt! Wie oft soll ich das noch s…«, sage ich und Aysche dann wieder: »Ja, ja, schon kla, äy! – Aber wa' im *Krankenwagen*!«

Und dann erklärte Aysche uns ihre komplette Logik! Die einzige Möglichkeit, wie das iPhone in den Rettungswagen gekommen sein konnte, war die, dass Jan Claßen es persönlich genau da verloren hatte. Im Rettungswagen! *Vor* mir! Er muss auf derselben Bahre gelegen haben. Als Patient! Als Unfallopfer ...

»... als *voll totes Opfer*, äy! Sonss hätte er bei *Schnallerie und Co* ja längst schon mal ürgendwie **Piep! – Hier binn isch!** gemacht«, erklärt Aysche.

Ronja, Rebecca und ganz besonders mir fehlen da erst einmal ein paar Worte, die man hätte sagen können.

Und dann war's Rebecca, die als Erste welche fand: »Das macht Sinn! Der Herr ist Geschichte. ... verstorben! – Muss ja!«

»M... ...mümm... muss gar nicht!«, stottere ich dann dagegen. »Vielleicht hat er sich ja auch nur den kleinen Finger gebrochen und ist längst wieder zu Hause ... oder auf Mallorca und ...«

»Mäuschen!«, sagt Ronja. »Das glaubst du doch wohl jetzt selbst nicht?!«

»Nein!«

»Das ist echt krank, Mann!«, schüttelt Ronja noch mal den Kopf. »Du schreibst seit Tagen für einen Typen SMS'e, der längst den Löffel abgegeben hat und als Leiche vier Stockwerke unter uns im Keller rumliegt. – Das ist *echt krank*!«

»Stimmt!«, stimmt Rebecca zu. »Dafür geht er ins Heim! Das ist sicher!«

»Nünn... nünn... nichts ist sicher. Wie sollten die herauskriegen, dass ich ...?! ... ich meine ...«, meine ich noch mal irgendwas, und dann musste ich aber wieder an Jutta und Ralf denken, an *bescheuerte Zufälle* auch und dass ich bisher einfach nur *verdammt großes Glück* hatte, dass die Polizei mich bisher *noch nicht* gekriegt hatte.

»Stell dich, Mäuschen!«, rät Ronja mir. »Ruf die Polizei an und sag, dass es dir leidtut. Vielleicht wird's dann nicht ganz so schlimm und die stecken dich erst mal nur in die Klapse.«
*Heim! Klapse! Irrenhaus!* – Ich malte mir aus, wie das wäre ...

... und nahm das iPhone aus der Lade und wählte die Nummer der Polizei. Es war die einzig richtige Entscheidung.

»**Äy Mäuschen, watte!**«, sagt dann Aysche aber plötzlich, »War-te mit Bullerei! – Hab isch nachgedacht! – Prinz Claßen is tot, äy! Hundertprozentisch! – Aber ... **vielleischt ...** *ganz vielleischt* ist vielleischt nisch ganz tot oder vielleischt sogar quieklebendisch und hat Spass für zehn, äy! – Was weiß isch, äy – hat vielleischt wirklisch voll krass stabil sein Rissätt-Taste gedruckt und sisch verpisst. – Isch glaub nisch dran, aber *wenn* lebt, dann is totaler Quatsch, bei Örnie und Bert anzurufen. Weil, da kanns-du genauso gudd weitermachen mit deine krranke Aktienspielschen. – Versuchst du, Scheiße eben wieder geradezubiegen ... und *dann* gehst du ins Heim oder Klapse!«

»Hmmm ... vielleicht nicht *ganz* doof«, sagt Rebecca, »Mäuschen sollte die Chance nutzen, die es eigentlich nicht hat.«

»Und wie, bitte schön, sollten wir wohl herausfinden können, ob der Claßen nun den Löffel abgegeben hat oder *ganz vielleischt* eben nicht?«, fragt Ronja und meint dann noch: »Ich meine, da müsste ja einer von uns schon in den Keller gehen und nachsehen, ob er da ...«

Und dann meinte sie plötzlich gar nichts mehr, weil sie dann nämlich ziemlich nachdenklich in die Runde guckte, weil die Runde die Ronja nämlich auch ziemlich nachdenklich anguckte – sie und ihren neuen *Geh*gips!

»**No way! Never! Niemals!**«, sagt Ronja.

»Putenschnitzel!«, sage ich.

»Wie bitte?«, fragt Ronja.

»*Putenschnitzel!* Mein Mittagessen! Du kriegst es dafür!«, sage ich wieder.

Und Ronja darauf: »Nein, Mäuschen! Das ist die Sache nicht wert!«

»Und das Rindergulasch vom Montag noch dazu!«, lege ich nach.

»Ach, ich weiß nicht …«, sagt Ronja.

»Mittagessenstausch für immer!«, sage ich.

»… und alle Milchpuddings extra!«, legt Ronja nach.

Da überlege ich selbst noch mal kurz, ob es die Sache *wirklich* wert ist, und sage dann aber: »Deal!«

»Deal!«, sagte Ronja dann auch noch mal und machte sich nach dem Frühstück auf den Weg …

… und ist jetzt, um 11:17 Uhr, immer noch nicht wieder da! Irgendetwas ist passiert! … *Ronja* ist etwas passiert! Und ich bin schul…

### Eintrag 15 – Sonntag, 14:07 Uhr

Es hatte geklopft! Um 11:17 hatte es das! – Ronja! Endlich!

... dachten wir jedenfalls. Wir wunderten uns nur, dass sie überhaupt geklopft hatte, und dann auch noch so *albern* irgendwie. – **Tock-tocke-tock-tock Tock Tock!**

... und dann kam sie auch gar nicht von selbst rein.

»**Herein!**«, brüllten Rebecca, Aysche und ich dann gleichzeitig.

Die Tür sprang auf und reingehüpft kam: der Krankenhausclown!

»**Gutään Morgäääääänn, Kiddies!**«, quäkt er los und bläst Rebecca mit einer Papiertröte voll ins Gesicht.

»**Ich bin der Clown Fantasticoooo – und mache alle Kinder froooooOH!**«

»Ha, ha!«, lacht Rebecca müde.

Da ist Fantastico leicht verdutzt, zieht dann aber eine extralustige Grimasse und hüpft zum nächsten Bett. – Dem von Aysche!

**»Hoho, Hihi, Haha – Wen haben wir denn daaA?!«**, quäkt er Aysche voll und fummelt eine große Spaßspritze aus seinem Kittel.

»Äy, Klaunn! – Isch warne disch, äy! Ein Sch-pritzer und ...«

Aber Clown Fantastico will irgendwie nicht drauf hören und drückt die Spritze über Aysches Bett voll durch und dann regnet's kein Wasser, sondern Konfetti. Auf Aysches Bett und ihren Kopf.

**»Hihihi, hahaha, hohoho! – Lachmedizin von Fantas**...ti... ...«, stammelt Fantastico und verstummt, als er sieht, dass seine Lachmedizin null Wirkung bei Aysche hat.

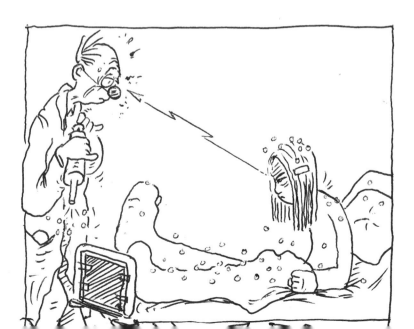

»Tja ... ähm ...«, druckst er herum und dann entdeckt er *mich*! Und zieht ein meterlanges Spaßthermometer aus seinem Schlabberkittel und hüpft damit auf mich zu.

»**Hihi, haha, hoho! – Das kommt in deinen P...**«

»**Was ist denn hier los?!**«, unterbricht plötzlich jemand Fantasticos Reimerei.

*Ronja!* Endlich!

Auf Krücken stand sie da. Im Türrahmen. Abgekämpft, müde ... und mächtig angenervt!

Clown Fantastico guckt sich verwundert nach ihr um. Mit vier extralustigen Hüpfern hoppelt er auf sie zu und quäkt wieder voll los: »**Ich bin der Clown FantasticoooO – und ...**«

»Ich weiß, wer Sie sind!«, knurrt Ronja.

Krankenhausclown Fantastico guckt erst wieder ein wenig verdutzt, zieht dann aber eine extralustige *Trauriger-Clown*-Grimasse.

Danach quält er noch mal das superextralustigste Clown-Gegrinse in sein Gesicht, kramt drei Stoffbälle aus seinen Schlabbertaschen und fängt an zu jonglieren. – Ein Fehler!

»Och nööö! Das jetzt auch noch!«, jammert Ronja. »Das ist ja wohl das *Letzte*, Mann! – Bitte gehen Sie jetzt!«

Da fallen dem *Staune*-Clown die Stoffbälle auf den Boden und sein Gegrinse fällt ihm endgültig aus dem Gesicht.

»Junges Fräulein«, zickt er Ronja an, »ich bin da, um den Kids hier ein wenig Spaß zu bringen, und du ...«

»*KITTSSS!!!* – **ÄY, BINN ISCH BAMBI, ODER WAS?!**«, ballert Aysche ihn an. »**HAST DU *JUNGES FRÄULEIN* GEHÖRT! – VERPISS DISCH ENDLISCH!**«

»Das ist doch wohl ...«, sagt der Clown.

»**RAUS!**«, sagt Rebecca. »Oder ich werde mich über Sie beschweren! Bei meinem Vater! Herrn Professor Doktor Kessler!«

Schwer zu sagen, ob Fantastico der Name *Kessler* was sagte, aber er sammelte fluchend seine Stoffbällchen ein. Dann stampfte er an Ronja vorbei zur Tür hinaus, brummelte »*Arschloch-Kinder*« und war endlich weg.

»*Tz ... Clowns!* Ich *liebe* sie!«, meinte Ronja, humpelte zu ihrem Bett, zog ihre Tarnklamotten aus ... also ihren Anorak und die Jogginghose, die sie sich eigens für diese Mission schlau übergezogen hatte ... zog das alles aus, warf es in die Ecke und warf sich selbst ins Bett. – Völlig fertig!

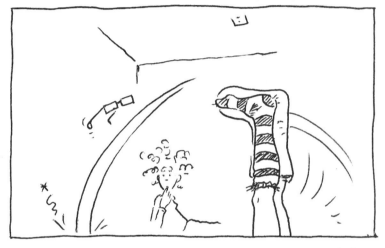

»Und?«, frage ich total gespannt. »Ist er tot? Ist Jan Claßen tot? Hast du ihn gefunden?«

Ronja setzt sich auf und antwortet auf die Frage, die ich dooferweise vergessen hatte, ihr zu stellen: »Danke, Mäuschen – **Mir geht's gut!** – und: Ja! Ich hab ihn gefunden! – und: Nein! Er ist nicht tot!«

»**Yes!**«, balle ich erleichtert meine Faust und auch Rebecca und Aysche klatschen ganz aufgeregt in die Hände.

»Jan Claßen lebt!«, sagt Ronja müde. »... oder was man halt so *leben* nennt!«

Dann warf sie ihren Kopf einfach wieder ins Kissen und stöhnte die Zimmerdecke an: »Was für ein Laden! Echt irre! – *Irre* groß auch! Bis ich erst mal den Keller gefunden hab ... Da sollte man ja denken: Ab in den Fahrstuhl, drückt auf *K* wie *Keller* und fertig! Aber falsch gedacht! Da geht's nämlich nur bis *U* runter. *U* wie *Unterirdisch*! – Aber egal! Weil, ich bin ja nicht blöd und hab einfach den Personalaufzug genommen und der ging dann bis *ganz* unten. Bis zum amtlichen Keller runter! Mit den amtlichen Leichen! – Ich humple also so durch den sehr gruseligen Leichenkellergang an den echt gruseligen Leichenkühlfächern vorbei und da ...

... **packt** mich plötzlich voll kalt, voll gruselig eine Hand an die Schulter.

Ich dreh mich um und da war's dann aber nur irgendein Medizinstudent, wo *Gregor* draufstand. Da hab ich voll einen auf Heul-Pussy gemacht: *Ach bitte, lieber Gregor! Ich fürcht mich so! Wimmer, wimmer!* – Die totale Erniedrigung, sag ich euch! Aber egal: Gregor kriegt dann jedenfalls ganz feuchte Augen und fragt: ›*Kind, was suchst du denn hier unten?*‹ – und ich überleg nicht lang und sag: ›Meinen **Vati** suche ich! Jan Claßen! ... schnief‹ – Und da nimmt Gregor mich mit in den Aufzug und fährt mit mir ins Erdgeschoss hoch. – *Na toll!*, denk ich erst. Aber dann war's genau richtig, weil er mich direkt zum Infoschalter geschleppt hat, und die wussten da ziemlich genau, wo **mein Vati** rumliegt! – Nicht im Keller! – Aber auf der *Intensivstation*! Da hat mich der gute Gregor dann auch noch hingebracht und ...

... *da* stehen wir dann zusammen vor einer Glasscheibe, durch die man in das Zimmer von Claßen gucken konnte. Wie im Zoo. Davon kriegte aber der Claßen garantiert nichts mit. Schläuche hier, Kabel da, einen Haufen Maschinen dort – *Amtlich* fertig ist der! **Aber, Mädels und Mäuschen:** Er war nicht alleine da! Eine Frau war bei ihm! Die saß da und hielt seine Hand. Und da will der gute Gregor gerade an die Scheibe klopfen, da schalte ich schnell und sage oberdoof-niedlich: ›**Mami!** *Das ist meine Mami, lieber Gregor! – Ich möchte sie so gern überraschen! Ach bitte, darf ich?*‹ – Da guckt er mich total gerührt an, reibt irgendwie in seinem Auge rum, sagt: ›*Aber natürlich, Kind!*‹ und ›*Ich wünsche dir und deiner Familie alles, alles Gute!*‹, und dann haut er endlich ab. – Gott sei Dank, sag ich euch!

Weil gerade als Gregor weg ist, guckt diese Tussi hoch und sieht mich, wie ich dastehe, mit der Nase platt an die Zooscheibe gedrückt. – Und da runzelt sie aber nur noch mal die Stirn, weil ich dann voll kleinkindmäßig, voll süß, voll doof zu ihr rüberwinke und dann aber so was von schnell meine Krücken in die Hand genommen hab und abgehauen bin!«

Rebecca, Aysche und ich gucken komplett sprachlos zu, wie Ronja noch mal die Zimmerdecke ordentlich anstöhnt und sich dann aber wieder aufsetzt.

»Mäuschen!«, sagt Ronja dann direkt zu mir. »Nach diesem Höllentrip – jedes einzelne, verdammte Mittagessen hab ich mir *echt – voll – fett* verdient!«

»Jau! – und mein Frühstück noch dazu!«, sage ich.

»Deal?«

»Deal!«

## Eintrag 16 – Sonntag, 20:01 Uhr

Willst du wissen, was ich witzig finde?

Ich sag dir, was ich witzig finde: Gleich kommt *Tatort*! Der aus Münster!

Das ist nicht *wirklich* witzig. Weil *Tatort* läuft hier bei mir persönlich schon seit rund fünf Tagen. Die *Real-Life-Version* sozusagen.

Und jetzt kommt auch noch einer am Fernsehen. Und dann auch noch der aus *Münster – zum Schießen komisch*!

Aber gut! Ronja will den Tatort sehen, also darf sie auch. Da gab's auch überhaupt keine Diskussion. Der *Spacko-Song-Contest* läuft heut eh nicht und da hat Rebecca ihr gleich die Macht rübergeworfen und das war dann auch für Aysche okay … und für mich sowieso! – Ronja ist eine Heldin!

Wobei ich ganz klar sagen muss, dass mich ihr Aufklärungsbericht nach ihrem Himmelfahrtskommando nicht unbedingt gelassener macht.

Klar – Die gute Nachricht war: Jan Claßen lebt! ... ein bisschen jedenfalls noch.

Die eindeutig schlechte: Jan Claßen lebt, aber tut dieses unter dem selben Dach! *Hier* in der Uniklinik. In meiner unmittelbaren Nähe! – *rotkäppchen*technisch gesehen: *Der Wolf ist im Haus!* ... und er kann jeden Moment aufwachen, der Wolf. – Unheimlich ist das. *Sehr* unheimlich.

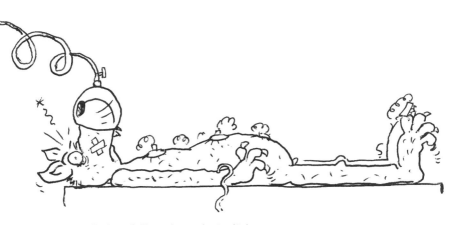

Und ebenfalls sehr unheimlich und *unheimlich doof* ist, dass da ein weiteres Problem aufgetaucht ist: die Frau an dem Bett von dem *Wolf* ... also von Claßen. – Wer ist sie?

»Wer ist die Frutte, äy?«, fragte dann auch Aysche heute Mittag, als Ronja mit ihrem Aufklärungsbericht durch war.

»Valerie!«, meinte Rebecca. »Sie *muss* es sein. In Claßens iPhone kommt keine andere Frau außer Valerie vor.«

»Das *kann nicht* Valerie gewesen sein!«, meinte darauf aber Ronja und weiter: »Valerie kann vielleicht nicht bis drei zählen, aber in dem Fall würde es ja schon reichen, wenn sie eins und eins zusammenkriegt. Weil – keine Ahnung – ich mein: Die soll da am Bett von ihrem bewusstlosen Prinzen sitzen und dann kriegt sie *gleichzeitig* von ihm quicklebendige SMS-Nachrichten aus Mallorca? So dämlich kann selbst Valerie nicht sein, um zu peilen, dass da ganz ordentlich etwas nicht zusammenpasst.«

»Äh...«, meine ich darauf und Ronja meint dann aber noch mal: »Außerdem ist die Frau, die ich da gesehen hab, deutlich älter als der Claßen.«

»Alter schützt vor Torheit nicht!«, weiß Rebecca.

»Wie alt?«, fragt Aysche.

»Keine Ahnung. *Steinalt* eben!«, antwortet Ronja. »Um die 40 oder so. Vielleicht auch 60. Das kann man ja manchmal schlecht schätzen.«

»M...«, will ich was Wichtiges sagen und Rebecca sagt dann aber: »Okay! Die Dame ist also *irgendwer*. Vielleicht eine versprengte Tante aus Amerika oder – was weiß ich – eine Putzfrau mit Herz. Jedenfalls keine, die unserem Janny-Mäuschen gefährlich werden kann. Sie ist nicht im *Programm*, hat keinen Kontakt zu Claßens Leuten. Sonst hätte sie diese doch schon längst darüber informiert, dass es um ihren *Filou* nicht gerade zum Besten steht.«

»Das sehe ich ...«, will ich sagen, dass ich das *anders* sehe, und Aysche sagt dann aber: »Korreckt, äy. Das seh isch ähnlisch.«

Und Ronja noch mal: »*Dito!* Ich auch! Also: *Weitermachen!* Wer hat das iPhone? Ich muss meine E-Mails checken.«

Aysche hatte es und warf es zu Ronja rüber.

Es geht also weiter. Das haben wir dann eben so entschieden. Also Rebecca, Ronja, Aysche ... und ich auch ein bisschen. Auch wenn ich dabei ein wirklich *komisches Gefühl* habe. So dermaßen *komisch* wie das Gefühl, das ich kenne, wenn dir jemand eine *gute Nachricht* überbringt ... und dir darauf meist noch eine *schlechte* um die Ohren haut.

Aber egal alles. Ronja schnappte das iPhone, checkte *ihre* Mails und fing dann irgendwann an, selbst eine meterlange Nachricht zu texten, die sie vor rund einer Stunde schließlich an diesen Schröder rausgeschickt hat. – Per *E-Mail*, wie gesagt. **Nicht** per SMS!

»So machen das die Profis!«, erklärte sie uns.

Da waren Rebecca, Aysche und ich ziemlich baff. Keiner von uns hätte gedacht, dass ein Mädchen, das dank schräger Eltern im tiefsten Mittelalter aufwachsen muss – *keiner* von uns hätte gedacht, dass sie das könnte. Was soll ich sagen: Sie *konnte*!

Sie schickte die E-Mail raus und dann warf sie das iPhone zu Rebecca rüber.

»Hier!«, meinte sie zu ihr und auch zu Aysche. »Neue SMS! Von *Schnallerie*. Die will eine Antwort von *Prinz Koma*! – Das habt ihr besser drauf!«

Da war ich erst schon ein bisschen beleidigt, weil Ronja damit auch ganz klar zum Ausdruck brachte, dass ich, Jan Hensen, nix von Weibern verstehe.

Weil, mein Freund, immerhin habe ich sogar schon mal so was wie einen *echten* Liebesbrief geschrieben ... an Lena! Das *akzeptable* Mädchen aus meiner Klasse.

Mächtig viel Mühe hatte ich mir damit gegeben. Im Deutschunterricht! Unter den Adleraugen von Frau Kaulingfrecks.

Nur, da hatte ich dooferweise für einen Moment vergessen, dass Frau Kaulingfrecks Adleraugen hat, und da hat sie mich eben naturgemäß dabei erwischt, beim Liebesbriefschreiben ... im Deutschunterricht, vor versammelter Mannschaft.

Und da muss ich jetzt echt sagen: Frau Kaulingfrecks ist **wirklich** fair! Weil, sie hat dann ganz klar meinen Liebesbrief an Lena durchgelesen, aber *nicht* laut.

Sie gab mir den Zettel einfach wieder zurück, hat dann nur noch mal mit dem Finger draufgetippt und ein bisschen rumgebrummelt: »***Da*** kommt ein Komma hin und ›**dass**‹ mit einfachem ›s‹! ... *dieses, jenes, welches mir durch den Kopf geht, wenn ich an dich denke!*‹ – **Klar?**«

Wie auch immer – Jedenfalls war ich erst ein bisschen beleidigt, als Ronja das iPhone zu Rebecca rüberwarf, und dann aber eigentlich auch ganz froh, weil ich hatte eh keine Zeit, mich um solche Pupsgeschichten zu kümmern.

Weil ich musste Fernsehen gucken. – Den Börsenticker auf *Phoenix*! Aktien-Profis machen das so! – Aber jetzt ist *Feierabend*. Weil jetzt wird eh umgeschaltet. Weil der *Tatort* kommt. Der aus Münster. Und da weiß ich einfach wirklich nicht, ob ich den unbedingt sehen muss.

... ach so: Rate, wer heute *nicht* gekommen ist!

**Bingo!** – Meine Eltern!

... allmählich mache ich mir *wirklich* Sorgen! ... *noch mehr* Sorgen!!!

### Eintrag 17 – Montag, 7:23 Uhr

Heute, mein Freund, habe ich etwas ganz Besonderes für dich!

Eine superfantasievolle Aufgabe, wie man sie sonst nur aus dem Kunstunterricht kennt.

Toll, was?!

… und hier die Aufgabe: *Wie stellst du dir die Hölle vor?*

*Male in fantasievollen Farben ein spannendes Bild hiervon in den hierfür vorgesehen Kasten unten. Du hast eine Dreiviertelstunde Zeit!*

So! Stopp! Zeit ist um!

Jetzt ist das natürlich ein bisschen schwierig für mich, weil ich mir jetzt nur vorstellen kann, was du da für ein spannendes Höllenbild in fantasievollen Farben reingemalt hast.

Vielleicht hast du viel Rot genommen, damit deine Hölle schön heiß aussieht. Und dann hast du vielleicht ein niedliches Teufelchen in die Mitte gesetzt, das vielleicht gerade lustig pupst, weil es ja auch immer ordentlich müffelt in so einer Hölle.

Hast du? Falls ja, muss ich dir leider sagen: **Alles – total – falsch!**

Die amtliche Hölle ist betongrau und arschkalt ... und sie riecht ein wenig wie diese blauen Steine in den Pissbecken vom Jungsklo an unserer Schule. ... und das niedliche Teufelchen kannst du natürlich komplett in die Tonne hauen ... falls du *wirklich* eins gemalt haben solltest!

Das kann ich dir deshalb alles so *ganz* genau sagen, weil ich nämlich persönlich da war in der Hölle. Heute Nacht war ich da. In einem Traum. – Und ich sag dir: Es war **die Hölle!**

... und was ich dir auch noch sagen kann: Man kommt mit einem Fahrstuhl dorthin. – *Mit dem Fahrstuhl zur Hölle!*

... auch *echt* krank, was man sich so alles zusammenträumt. Hat vielleicht was mit dem *Tatort* von gestern Abend zu tun. Echt spannend war der. Und auch so überraschend.

Also ich mein natürlich nicht den *TV-Tatort*! Der war öde.

Da wusste ich schon nach fünf Minuten, wer's war. Die Schwester nämlich. Also die vom Mordopfer. Also dem Bauern, der auf einem Stoppelfeld rumlag. Ziemlich *zerstreut* irgendwie. Also ich meine mehr so *puzzlemäßig*.

... zerstückelt und gut verteilt eben.

– Echt öde!

Nein, ich rede hier von meinem *eigenen Tatort*. Du weißt schon, der mit Überlänge.

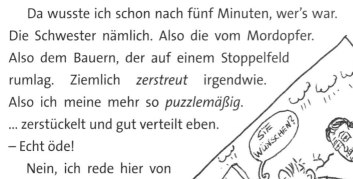

SCHWESTER (SIE WAR'S!)

PATHOLOGE GERICHTSMEDIZINER! (PFIFFIG.)

KOMMISSAR (TAPPT GERN UND LANG IM DUNKELN.) (...90 MINUTEN!!!)

SIE WÜNSCHEN?

Der *TV-Tatort* lief gerade fünf Minuten und ich überlegte erst noch, ob ich den Chics verraten sollte, wer der Mörder war.

›Besser nicht!‹, entschied ich.

Und weil mir aber echt langweilig war und das iPhone *ausnahmsweise* mal wieder bei mir, entschied ich außerdem, meinen *freien Abend* damit zu verbringen.

Ich versuchte zum x-ten Mal, ein vernünftiges Spiel herunterzuladen, was aber auch nach dem x-ten Mal einfach nicht klappte. Ohne Kennwort – keine Chance.

Irgendwann gab ich's auf und fummelte mich gelangweilt durch die Standard-Apps, die sowieso auf *jedem* iPhone geladen sind. Apps, die kein Mensch braucht. Eine App öder als die andere. – *Kalender, Wetter, Rechner, Aktien* ...

›... **Aktien?!** – Ich *Depp*!‹, dachte ich da plötzlich, weil ich Depp nach **fünf ganzen Tagen** zum ersten Mal gepeilt habe, dass auf dem iPhone eine *Aktien*-App drauf ist.

Und dann machte ich halt noch ein paar Überstunden, weil der Aktien-Profi von *heute* checkt selbstverständlich seine Geschäfte mit dem iPhone ... mit *Aktien-App*! *Phoenix* war gestern! ... ich Ober-Depp!!!

›Ich **Ober-Ober-Ober-Depp!**‹, dachte ich dann ... rund eine Stunde später.

Rund eine Stunde später war ich nämlich schlau! Schlau wie *Aktien-App*. ... na ja, jedenfalls *so schlau*, um zu peilen, dass ich der King aller Deppen bin: Die **Spielzeug-Aktie** taugt nicht!

Also klar – *Mattel* – die Matchboxfirma! Superladen! Ehrlich! – Aber die *Mattel*-Aktie wird mein Problem nicht lösen. Jedenfalls nicht bis zum Filmstart am Dienstag. Sehr wahrscheinlich wird sie da nämlich *nicht* so raketentechnisch nach oben schießen, wie von mir berechnet.

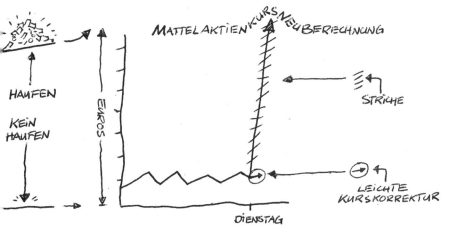

Das Ding ist nämlich, dass *Mattel* laut *Aktien-App* schon einen Haufen Filme an den Start gebracht hat. – Jetzt nicht mit den Autos! – Aber, jetzt halt dich fest: Mit **Barbie**! Dieser bescheuerten Plastikpuppe, mit ihrem noch bescheuerteren Freund *Ken* an ihrer Seite.

Diese *Barbie*puppen werden nämlich auch schon seit zwei Millionen Jahren von *Mattel* verkloppt … also verkauft eben! An Mädchen meist!

*Milliarden* von Mädchen, die Tag für Tag doof in ihren Puppenecken rumhocken und *Barbie* kämmen, *Barbie* anziehen, *Barbie* ausziehen und den *Ken* vielleicht dann auch mal, nur um mal zu gucken, ob er nun einen Pimmel hat oder eben nicht.

… ich weiß nicht, ob Ken einen Pimmel hat oder eben nicht, aber ich weiß hundertprozentig, dass diese Firma mit ihren *Barbie*-Filmen nicht reich geworden ist, trotz der Milliarden von Mädchen, die dafür höchstwahrscheinlich ins Kino gestürmt sind.

Also *reich* schon irgendwie. Aber eben nicht so *Dagobert-Duck-geisteskrank-mäßig-reich*!

**So!** – Sehr wahrscheinlicher Fakt ist daher: Wenn der *Matchbox*-Film nächsten Dienstag für Milliarden von Jungs in die Kinos kommt, dann wird deshalb die *Mattel*-Aktie nicht unbedingt bombig nach oben schießen! *Klettern* vielleicht, aber *schießen*? Sicher nicht.

›*Klettern* reicht nicht‹, dachte ich mächtig enttäuscht und glotzte blöde den Fernseher an, in dem gerade die Schwester vom zerteilten *Puzzle*-Bauern ihr Geständnis ablegte.

»Boah-äy! *Die* war's? Hätt isch niiiie gedacht«, kommentierte Aysche die Szene.

»Ich auch nicht!« und »Im *Leben* nicht!«, sagten Ronja und Rebecca.

Und ich selbst dachte wieder: ›Die Aktie wird klettern, aber *klettern* reicht einfach nicht‹, und weiterhin dachte ich: ›Es *würde* vielleicht reichen, wenn ich *noch mehr* Geld drauf setzen könnte. *Dann* vielleicht.‹

›Aber woher nehmen …‹, dachte ich und dann …

... machte es **Bwwwb Bwwwb**.

Da gucken die *Tatort-Chics* automatisch zu mir und dem iPhone rüber und ich gucke ganz automatisch nach, ob Schröder oder Valerie gesimst haben, und informiere das Mädchenzimmer: »Ist für mich! – *Denner!*«

Darauf kümmern sich die *Krimi-Mimis* wieder um ihre *Mörder*schwester im Fernsehen und sind immer noch *total überrascht*, als diese dann endlich in Handschellen abgeführt wird.

Und ich selbst kümmere mich um Denners SMS. ... und bin dann auch *überrascht*.

»*Atze!*

*Sorry, dass Du einen Haufen Geld in den Sand gesetzt hast! ... eben auch durch mich! Sorry! Ehrlich!*

*Aber: Keep smiling! – Lächle, Du Loser! :-) ... Du hast ja noch die 10 Riesen auf Deinem ›Sparbuch‹! Du weißt schon: Die Riesen, die es eigentlich nicht geben dürfte!!!* ☺

*Viel Spaß noch auf Malle!*

*Ingo*«

... *total* überrascht war ich.

*Zehn Riesen!* Jan Claßen hatte irgendwo noch **zehn ganze tausend Euro** rumliegen.

›Tu's nicht!‹, denke ich. ›Lass es!‹, denke ich. ›Denk nicht mal dran!‹, denke ich alles und hämmere im nächsten Moment die SMS an Denner ins iPhone: **»Hau die 10 Riesen raus! Setz alles auf MATTEL!!! ... SOFORT!**
**Schöne Grüße von Malle ... du Atze!«**
... und drücke auf *Senden*.

Ich sag dir, Kumpel – vor lauter Spannung waren meine Hände feucht wie am ersten Tag.

... also ich mein jetzt *den* Tag, als ich zum ersten Mal dem Denner geantwortet habe. In Claßens Namen.

Ich starrte das iPhone an. Ich wartete auf Denners Antwort. Extrem hochgespannt. Mit maximal feuchten Händen. Ich wartete.

... und wartete und wartete und dann ...

… guckte ich mich um und stellte fest, dass ich in einem *Fahrstuhl* stand.

Mächtig erstaunt war ich darüber, weil ich natürlich nicht gepeilt hatte, dass ich über die ganze Warterei auf Denners Nachricht einfach weggeratzt bin und nun träumte.

Staunend stand ich also da in dem Fahrstuhl. Zusammen mit Gregor übrigens, dem Medizinstudenten. Der war auch da.

Gott, war das öde. Der Fahrstuhl brauchte elendig lang, bis er ankam, und Gregor kriegte die Zähne nicht auseinander, also sagte keinen Ton. Dafür rieselte aus den Deckenlautsprechern die Panflötenmusik vom Pfeifen-August.

Dann aber – endlich – ging die Fahrstuhltür mit einem *Ping* auf und wir waren da. – Im Keller! … im *betongrauen, arschkalten Leichen*keller!

»Äy, Gregor! – Was soll ich hier?«

Da hat der gute Gregor einfach nur stumm in Richtung *Leichenkellergang* gezeigt.

Was dann wohl hieß, dass ich in diese Richtung laufen sollte. Was erstaunlicherweise ganz gut ging, weil mein linkes Bein war nicht mehr gebrochen.

Ich gehe also den tierisch langen Gang runter. Vorbei an tierisch vielen Leichenkühlfächern.

... und da stehen auf einmal die Ronja-Eltern vor mir. – Die Schmidts.

Die gucken mich extra-angewidert an und sagen **Mörder!** zu mir und zeigen mit ausgestreckten Armen auf ein bestimmtes Leichenkühlfach, dieses jenes welches ich öffnen soll.

Da sag ich erst: »Ihr könnt mich mal!« – und dann hab ich's aber doch getan, weil ich jetzt erst sah, dass die Schmidts ein Hähnchen dabeihatten. An einer Hundekette. Groß wie ein Rottweiler. ... und auch genauso bescheuert bissig wie einer.

Ich öffne also widerwillig die gewünschte Leichenkühlfachtür, eine Lade kommt von selbst gruselig herausgefahren und darauf sitzen: Ernie und Bert!

**»Chr Chr Chr Chr Chr!«**, lacht Ernie und haut dem genervten Bert die Polizeimütze vom Kopf.

Dann fangen beide an zu singen.

Da gucke ich die Schmidts mit sämtlichen Fragewörtern an und die sagen dann: »Oh! Sorry, falsche Tür! – Die daneben mit dem C drauf.«

Leicht angenervt öffne ich dann die Tür daneben, die Lade fährt wie bei der ersten automatisch raus und darauf liegt: *C* wie *Claßen*! *Jan Claßen*! Tot! ... als *Wolf*!!!

Ich schaue ihn mir genauer an, weil er mir auch ein bisschen leidtut und dann ...

... reißt Wolf Claßen plötzlich seine Augen auf und knurrt: »Hallo, Rotkäppchen!«

Ich fange ganz logisch wie bescheuert an zu kreischen und will abhauen, aber da hat er sich schon in meinen Schultern festgekrallt und fletscht böse: »Zahltag, Janny-Mäuschen!«

Claßen schnappt zu! Voll in den Hals!

Ich kreische, ich quieke, ich schreie, ich heule und ...

... wache auf! Mit meiner eigenen Hand an der Kehle. Mitten in der Nacht. ... doch es ist taghell, weil Ronja, Rebecca und Aysche die Lampen angemacht haben und mich ganz erschrocken ansehen.

»Ähm... es ist nichts!«, belüge ich die Damenwelt. »... hatte was im Hals. ... *Öhö! Öhö!*«

Da grinst mich Aysche bescheuert an und sagt mit ihrem bescheuerten Kindergärtnerinnenstimmchen: »Ooooh! Hat armes Janny-Mäuschen schlecht geträumt, hmmm?! Vielleischt von **böse Wolf**?«

Da gackert die gesamte Damenwelt noch einmal fröhlich, macht das Licht aus, ratzt auf der Stelle wieder ein ...

... und mir persönlich läuft dann noch einmal ein arschkalter Schauer über den Rücken und ich denke in die dunkle Bettrichtung von Aysche: ›Aysche! Aysche Yilmaz! Sie kann *wirklich* Gedanken lesen!‹

*Echt krank*, was man sich so zusammenträumen kann. Aber ich schätze mal, dass das *ganz bestimmt* etwas mit meinem ganz *persönlichen Tatort* von gestern Abend zu tun hat. – Echte Überraschung. ... und echt spannend auch. Weil die zehn Riesen sind erst mal weg. ... also *auch* noch weg!

**Nachtrag:** Besser mal nix den Chics davon erzählen! Das verwirrt sie nur unnötig!

### Eintrag 18 – Montag, 19:10 Uhr

Ansonsten verlief der heutige Tag relativ normal.

… na ja. So *normal* wahrscheinlich auch wieder nicht. Ich kann dir einfach auch nicht mehr sagen, was hier *normal* ist.

Ist es *normal*, wenn man beispielsweise den kompletten Nachmittag verstärkt darüber nachdenkt, aus dem Fenster zu springen? Ich meine, so wie *Batman*. Fluchtartig eben. Ist das *normal*?

Sag du es mir, … Freund!

A: ☐ Nein, es ist *nicht* normal. Es gibt doch für alles eine Lösung, lieber Jan. Ich mache mir große Sorgen um dich.

B: ☐ Spring endlich!

Ich gehe mal ganz stark davon aus, dass du A angekreuzt hast. Dafür danke ich dir!

Und ich kann dich beruhigen: Ich bin dann natürlich *nicht* gesprungen. *Wäre* aber gern.

Dabei lief es hier bis heute Mittag echt optimal: Ronja warf ihre beste Freundin Edith raus, bevor *die* überhaupt bis drei zählen konnte. Was mich *olympia*technisch wieder weit nach vorn brachte, weil halbe Besuche zählen nach den amtlichen Regeln nicht und ich hatte bis zu dem Zeitpunkt immerhin schon einen Treffer gelandet. – *Matchball* Astrid!

Die ist hier zwar auch nur kurz aufgeschlagen und eigentlich auch nur deshalb, um mir noch mal zu sagen, dass ihr alles schrecklich leidtäte, weil sie meine Eltern einfach nicht erreichen kann. Papas Handy ist einfach immer aus, Mamas Handy logischerweise auch, weil sie keines hat, und über Festnetz springt immer nur der Anrufbeantworter an. Mit *meiner* Ansage. Die habe ich draufgequatscht, da war ich drei oder so. Ich *musste* die draufquatschen, weil meine superoriginellen Eltern das so superniedlich fanden, wenn eine oberdoofe *Babystimme* dem Anrufer mitteilt, dass sie zurzeit nicht erreichbar sind.

Und weil Tante Astrid das auch so *superniedlich* findet, hat sie heute Morgen noch mal über ihr Handy unsere Festnetznummer angewählt und auf *laut* gestellt. *Hier!* Im Hühnchenkäfig Nummer 411!

*»... fprecheeen kanntuuu naaach deeem Piiiiiiiepf!«*

Und als da die komplette Hühnchenwelt Eier hätte legen können vor lauter Gegacker, hatte ich auch kurz überlegt, ob ich Patentante Astrid einfach rausschmeiße.

Aber da ist sie kurz darauf eh freiwillig wieder abgerauscht, weil sie ja noch ordentlich Stress hat, weil sie's irgendwie auch nicht gebacken kriegt mit ihrem *Aufsatz* für die *Lehrer*-Uni.

*Ronja* aber hat Edith rausgeschmissen. Weil Ronja zurzeit auch ein kleines bisschen nervös ist und keinen Besuch gebrauchen kann.

Dass die momentan etwas am Rad dreht, muss man verstehen. – Sie hatte sich für diese *Öko-Strunz*-Werbekampagne wirklich mächtig ins Zeug gelegt. Und *angelegt* auch. Mit dem Schröder nämlich. ... voll profimäßig per E-Mail. Heute Morgen noch.

Der Schröder war voll dagegen, dass Ronja ... also *Jan Claßen* natürlich ... dass *Ronja* eben den alten Slogan komplett rausschmeißen wollte. *Bewusst mit uns – Öko-Strunz!*

Und als Ronja ihm dann auch noch schrieb, dass man sowieso den Firmennamen ändern muss, weil *Öko-Strunz* einfach total bescheuert klingt, da war's fast ganz aus. Und *richtig amtlich ganz aus* war's dann, als sie dem Schröder dann noch mal mitteilte, dass *Öko-Strunz* in *Match Bio* umgetauft werden muss. – **Basta!**

Auf die Idee zu diesem Namen hatte ich sie gebracht. Wegen *Matchbox*. – Ich hatte heute Morgen nämlich noch mal den *Barbiepüppchen* Rebecca und Aysche den Unterschied zwischen *Cars* und *Matchbox* erklärt.

Und da unterbrach Ronja dann meinen spannenden Vortrag und fragte: »Hey Mäuschen! Wie heißt der Film noch mal?«

»*Matchbox! – Now and for...*«

»*Match Bio!* – Das ist es! – *Match Bio! – Now!*«

Sagte es und tippte darauf wieder voll konzentriert eine E-Mail und schickte sie raus an den Schröder.

Und der hatte dann aber nur noch mal kurz und knapp geantwortet: »*Claßen! Sie sind nicht bei Trost. Da Sie mir aber mangels Zeit keine Wahl lassen, werde ich unserem Kunden Ihre abenteuerlichen Vorschläge morgen präsentieren.*

*Melde mich dann noch mal bei Ihnen per SMS. ... voraussichtlich zum LETZTEN MAL!!!*

*MfG – S.*«

Tja, und seit dieser klaren Ansage von Obermax Schröder dreht Ronja eben ein bisschen am Rad und empfängt seither auch keinen Besuch mehr. Pech für Edith. Glück für mich.

Bis heute Mittag lief es hier also echt optimal. ... richtig *harmonisch* sogar. – Die beiden Kampfsternchen Rebecca und Aysche hatten ihr Kriegsbeil begraben und verfassten *gemeinsam* eine SMS nach der anderen. Für Valerie. – Die reinste Friedens-AG.

... okay! – Sehr wahrscheinlich haben die beiden ihre Kriegsbeile auch nicht *richtig* begraben und vorübergehend nur unters Kopfkissen gelegt. Griffbereit! Für heute Abend! Wenn die vorletzte Ausgabe von *Deutschlands next Vollspacko* ausgestrahlt wird. Da werden die beiden Friedenstäubchen sich die Dinger sehr wahrscheinlich wieder voll um die Ohren hauen. Wegen *Josy*! Aysches *Josy*! Der ist noch im Rennen. Und *Bianca* und *Pfeifen-August* auch. Rebeccas *Michi* aber nicht. Der hat nämlich beim letzten Mal *voll süß* verkackt und flog achtkantig raus. Und da hat Rebecca kurzerhand *Bianca* zu ihrer persönlichen Favoritin gekürt und das allein war schon eine offene Kriegserklärung. (Aysche hasst diese *vollpussykrassinstabilfressbrutzelverstrahlte Schlampe*!)

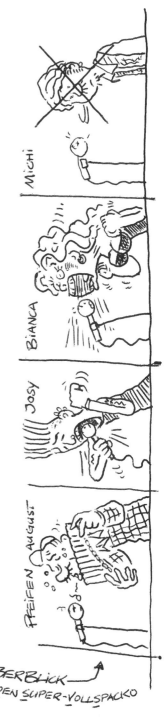

DSDSVS* im ÜBERBLICK
*DEUTSCHLAND SUCHT DEN SUPER-VOLLSPACKO

Aber alles egal erst mal! – Weil *das* hier? Die Simserei an *Dauerflenn*-Kuh Valerie? – Eine Einheit! Eine Welle ...

Aysche: »Äy, Becca, äy! Isch hab Idee! – Schreib: *Isch lieb disch nisch mehr! Thema is dursch, äy!*«

Rebecca: »Ach, ich weiß nicht, Aysche. Das klingt so ... hart! – Wie wär's mit Goethe: *Lieb' und Leidenschaft können verfliegen – Wohlwollen aber wird ewig siegen.*«

Aysche: »Äy, nisch schlesch – Mann! Vollkrass die Machonummer. So wie: *Lass uns Scheißfreunde bleiben!*«

Rebecca: »*Sehr* gut, Aysche! Das häng ich dann noch hintendran. ... ohne ›*Scheiß*‹, wenn's recht ist.«

Das war Aysche recht und gerade, als Rebecca anfing, das Gemeinschaftswerk ins iPhone zu tippen, ausgerechnet *da* rauschte eine neue SMS herein.

»Mäuschen! Da ist was von dem Denner reingekommen. Soll ich vorlesen?«

»Äh ... nein danke!«, antworte ich schnell und Aysche antwortet: »Äy, Becca. Lies vor, äy! Isch will auch hör'n.«

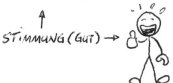

»Aber ...«, sag ich und Rebecca liest dann einfach vor:
*»Atze, Atze, Atze!*
*Als Dein Bankberater muss ich Dir sagen: Du hast echt ein Rad ab! ALLES in Aktien anzulegen. Ohne Reserven!!! ... wie auch immer: Dein Wunsch sei mir Befehl! Habe Dein ›Sparbuch‹ aufgelöst und von Deinen 10 000 EURO NOCH MEHR Mattel-Schrott-Aktien gekauft. – Echt irre! Echt krank!«*

Dann war Schweigen auf Zimmer 411. Rebecca, Aysche und auch Ronja guckten mich verständnislos an, als hätte ich gerade meine Oma zerstückelt und auf einem Stoppelfeld verteilt.

»Äh ... es ist nur *Geld*!«, versuche ich ihnen die Sache zu erklären. »Ich *musste* es tun! Versteht ihr?«

Nein, taten sie nicht! – Sie guckten mich einfach nur doof an und deshalb habe ich dann auch noch mal *ganz weit* ausgeholt und ihnen *alles* erklärt, was ich dir, Kumpel, auch schon lang und breit erklärt habe. ... also alles über *Matchbox* und *Barbie* ... und *Ken* und so weiter.

STIMMUNG (GEKIPPT!)

»... außerdem dürfte es diese zehn Riesen sowieso nicht geben! Hat Denner gesagt! Ehrlich!«, ende ich ...

... und fange gleichzeitig an, wieder *komische Gefühle* zu kriegen, als mich die Mädchen dann nicht nur doof, sondern auch extrem ernst ansehen.

»Mäuschen! Willst du gutte Nachrischt hör'n?«, fragt Aysche dann auch prompt.

**»Nein!«**

»Sehr gutt! Es gippt nämlisch auch keine! Nur ein schleschte, äy! Dein zehn Riesen, die es *eigentlisch nisch geben darf*, sind vollkrass krimminell! Von irgendein scheißenkrumme Geschäft, äy.«

»W...?«, würge ich.

»Dass du auch nie nachdenkst, Mäuschen!«, rügt Rebecca mich. »**Sparbuch**! Kein Mensch, der älter ist als fünf, hat noch ein **Sparbuch**! Da hätte doch selbst bei dir mal was klingeln müssen!«

Mir klingelt der Kopf.

»Mäuschen, Mäuschen, Mäuschen!«, schüttelt Ronja *ihren* Kopf. »Ich will dir echt nicht den Tag versauen, aber eins sag ich dir: Wenn die dahinterkommen und dich finden, dann wirst du darum betteln, ins Heim gehen zu dürfen.«

Ronja hatte mir den Tag versaut! Deutlich! – Von dem Moment an dachte ich jedenfalls verstärkt darüber nach, *ganz normal* aus dem Fenster zu springen. *batman*technisch. *Fluchtartig* eben. – Die zehn Riesen sind kriminell! *Denner* und *Claßen* sind kriminell! Und diese unbekannte, unheimliche Frau, die vielleicht gerade in diesem Moment wieder an Claßens Seite sitzt – da unten in der Intensivstation, nur ein paar Meter von mir entfernt –, *die* ist es sehr wahrscheinlich auch.

... nur Valerie nicht! Die ist nur kriminell doof.
Während ich nämlich den ganzen Nachmittag verschiedene *Aus-dem-Fenster-spring-Techniken* im Geiste durchspielte, kamen von dieser Knallkuh an die 1001 weitere SMS'e reingeweint. Und auf jeden dieser Denkfehler fanden Rebecca und Aysche eine passende Antwort ... mit einer Mischung aus *Goethe* und *Bushido*.

Kumpel, wenn es nach mir gegangen wäre, wäre das iPhone längst dort, wo es von Anfang an hätte sein sollen: in meinem Nachttopf! Zerstückelt, verteilt ... und *begraben*!

Es ging aber nicht nach mir. Es ging nach den Gips-Chics von Zimmer 411.

Rebecca sagte nach Denners SMS noch: »Mäuschen! Du darfst jetzt nicht aufgeben! Wir halten zusammen! **Kämpfe!**«

Und Aysche darauf: »Voll korreckt, äy! **Kampfmäuschen!** Wir stehn hinter disch wie ein Eins, äy!«

Und Ronja noch: »... bis zum bitteren Ende, Mäuschen!«

Da war ich echt total gerührt. Auch wenn mir klar war, dass meine kranken Großkätzchen hier einfach nur Blut geleckt hatten. Ronja wollte auf *Teufel komm raus* ihre Werbekampagne für *Öko-Strunz* durchboxen. Und Rebecca und Aysche? Die waren einfach nur besessen! Die Simserei an Valerie. Das war wie *Gute Zeiten, schlechte Zeiten*! Nur tausendundeinsmal besser. Es war *Real live*!

Alles lief also *ganz normal* weiter an diesem Nachmittag.

... und dann war es irgendwann aber auch wieder Abend und ich dachte grad darüber nach, wie denn wohl meine Schwester Hannah auf die Nachricht reagieren würde, dass ihr kleiner, süßer Bruder Jan aus dem vierten Stock der Uniklinik Münster gesprungen ist ...

... es war also Abend, da kam noch mal eine SMS von *Schwerverbrecher* Denner rein.

Aysche hatte gerade das iPhone und fragte mich, ob ich die Nachricht hören wolle, und ich verneinte und Aysche las vor: *»Alter Schwede!*

*Was machst Du für Sachen?! Valerie hat mich angerufen! VALERIE! MICH!*

*Die Dame ist wirklich am Ende! Weil Du mit ihr Schluss gemacht hast. Per SMS!!! Ich persönlich find das ja o.K. ... und praktisch sowieso. ... anderes Thema!*

*Thema ist: Valerie findet's NICHT OK und will zur Polizei gehen! Weil Du Dich seit 1 Woche nicht mehr PERSÖNLICH bei ihr meldest und überhaupt: Deine SMS'e findet sie irgendwie ›total strange!‹. Konnte sie SO GERADE NOCH überreden, mit diesem Blödsinn zu warten! Aber auch nur, weil ich versprochen hab, dass ICH mit Dir rede! Also, Atze: Lass mich den warmen Sound Deiner Stimme hören! – RUF! MICH! AN! ... SOFORT!!! ... damit ich Deine Ex beruhigen kann. Weil, die meint das wirklich ernst ... mit der Polizei!!!«*

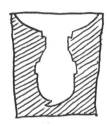

»Oups!«, meint Ronja, als Aysche fertig war mit Lesen.
»O Gott!«, meint Rebecca.
»Bei Allah!«, meint Aysche dann selbst noch mal.
Ich persönlich meine da gar nichts mehr und bete.

... und als ich fertig war mit Beten, frag ich verzweifelt in die Runde: **»Was tun?«**

Und darauf antwortet unser Krimi-Filme-Freak Ronja mit so einer komplett heiseren Mafiaboss-Stimme: »Ruf ihn an und mach ihm ein Angebot, das er nicht ablehnen kann!«

**»Äy, gaihil! Voll der Donn, äy! Respeckt! Hasstu drauf, äy!«**, lobt Aysche sie total begeistert.

Und ich stöhne: »Ja, gaaanz toll, Ronja! Und so witzig auch, Ronja! Zum Todlach...«

**»Das ist es!«**, unterbricht Rebecca meine Stöhnerei.

»Was ist was?«, kann Ronja nicht aufhören, witzig zu sein.

»Die Stimme! Sie ist perfekt! – Du rufst bei Denner an! Sofort!«, befiehlt Rebecca der Ronja.

Ronja zeigt Rebecca stumm einen Vogel.

»Natürlich tust du es! Du musst es tun! Es ist die einzige Lösung!«

Und weil wir dann alle Rebeccas einzige Lösung praktisch gar nicht verstehen, erklärt sie uns allen, was sie meint: »Einer muss bei Denner anrufen! Als Jan Claßen! Als ein sehr kranker Jan Claßen! Mit einer unkenntlichen, sehr angeschlagenen Stimme! Die Ronja kann das. Sie muss es! Es ist die einzige Lösung!«

Ronja zeigt Rebecca einen weiteren Vogel.

Rebeccas Idee war wirklich komplett bescheuert.

... aber dann sagt Aysche ganz überraschenderweise: »Äy, Ronnie-Baby! Wenn du nisch tust, dann ruft Knallerie bei Bullerei an. Und die sackt unser Mäuschen dann ein und foltert es so lang, bis es spricht.«

Ob Ronja da Mitgefühl mit mir hatte oder ob sie einfach nur ziemlich klar im Kopf hatte, dass sie ihre ganze Öko-Strunz-Werbekampagne auch komplett vergessen konnte, wenn alles auffliegen würde, kann ich dir – mein Freund – echt nicht sagen.

Fakt ist: Ronja machte es! Sie rief an! Bei Denner!

Sie atmete noch mal tief durch, wählte Denners Nummer und stellte das iPhone auf laut und wir hörten das Freizeichen ...

*Tuuuuut ... ... ... Tuuuuut ... ... ... Tuuuuut ... ... ... Tuuuuut ... ... ... Tuuuuut ...*

Ronja wollte gerade erleichtert auflegen, da ...

... dröhnt eine Männerstimme aus dem iPhone: »**ATZE! SCHEISS DIE WAND AN! DASS ICH DAS NOCH ERLEBEN DARF! DEIN NAME AUF MEINEM DISPLAY! JAN CLAßEN HÖCHSTPERSÖNLICH!**«

»... ... ha... hallo Ingo!«, röchelt Ronja nervös.

»... äh ... **HALLO? JAN? BIST DU DAS?** ...«

»... öhö ... öhö ...«, hustet Ronja super ins iPhone und röchelt super weiter: »Natürlich bin ich das! ... ATZE! ... mich hat's erwischt! ... ähm ... Stimme is weg! GRIPPE!«

»**GRIPPE! DU! AUF MALLE! – GESOFFEN HAST DU! STIMMT'S ODER HAB ICH RECHT!!! HUA! HUA! HUA! HUA! HUA!** ...«

Ronja verdreht angenervt die Augen bei Ingos Rottweiler-Gebelle, bellt dann aber selbst wie ein alter Dackel zurück: »Hö! Hö! Hö! ... Stimmt! Zu viel gesoffen! Hö! Hö! ... räusper ... hör zu! Sag ...«

»**HUA! HUA! HUA! CLASSEN! DER KÖNIG VON MALLORCA! HUA! HUA!** ...«

»**HÖR ZU, VERDAMMT!**«, unterbricht Ronja wirklich angenervt den Ingo. »... bitte! öhö öhö ... Sag der Valerie, dass alles okay ist. – KEINE POLIZEI!«

»Hua! Hua! Hua! – Typisch Weiber, was?! Hua! Hua! ...«

»Arschloch!«, rutscht es da der Ronja mit ihrer normalen Stimme raus und dackelt aber schnell und heiser hinterher: »Äh ... Ja! ... Weiber! Hö, hö, hö! – Also ... ATZE! Ruf Valerie bitte an, ja?!«

»Hua! Hua! – Geht klar, Chef! Mach ich! – Also: Hau rein und bis ...«

»STOPP!«, bellt Ronja da plötzlich den Denner noch mal an. »Eine Frage noch!«

»Ich höre?«

»Äh ... die zehn Dings ... ich meine Riesen. Da war ich vielleicht etwas ...« – Ronja sucht nach dem passenden Wort, guckt mich dann aber kurz an und spricht zu Ende: » ... DÄMLICH!«

»Hua! Hua! Hua! Hua! Stimmt, Classen! Superdämlich!«

Ich beiße in meine Faust, um nicht vor Dämlichkeit laut loszuquieken.

Aber da bellt Denner noch mal hinterher: »**Aber auch supergenial, Meister! Die *Mattel*-Aktien: Geile Performance! – Du hast es drauf! Sag mir Bescheid, wenn ich sie wieder verticken soll! – Und jetzt hau dich hin und schlaf deinen Rausch aus! Du hörst dich wirklich scheisse an! Hua! Hua! Hua! Hua!«**

Ronja kocht! Reißt sich aber stark zusammen und bellt mit allerletzter Dackelkraft ins iPhone: »Hö! Hö! Hö! – wirklich scheiße! – Hö! Hö! ... also dann: Mach's gut, ... ATZE!«

»**Mach's *besser*! Hua! Hua! Hua! Adioss Mutschatscho! – Hua! Hua! Hua!«**

– *Klick* –

Ingo Denner hatte aufgelegt!

Extremste Stille auf Mädchenzimmer 411.

Die kreidebleiche Ronja starrte das iPhone an und wir die kreidebleiche Ronja.

»Er hat's gefressen!«, flüsterte Rebecca und dann ...

... klatschten wir, pfiffen wir, jubelten wir! – Applaus für Ronja – ***die Königin von Mallorca***!

Und wenn ich persönlich gekonnt hätte, wäre ich noch voll *fantastico*-mäßig auf Ronja zugehüpft und hätte sie ganz doll umarmt ... oder wenigstens ein bisschen ihre Hand geschüttelt. Vor lauter Dankbarkeit. – Dieses kleine, freche, schlaue Ding! Sie hatte einfach so nachgehakt! Wegen der zehn Riesen! Und für Klarheit gesorgt!

Ganz klar war ab dem Moment nämlich, dass ich nicht zwangsläufig aus dem Fenster springen muss! – **Die Mattel-Aktien! Supergenial! Geile Performance!** ... null Ahnung, was geile Performance bedeutet, aber es hört sich prima an. *Alles* hört sich prima an! – Ich bin dämlich, aber ich hab's irgendwie auch **voll drauf**! Ich bin ein **Meister**!

Gute Nachrichten waren das! *Richtig, richtig gute Nachrichten*!!!

### Eintrag 19 – Dienstag, 16:07 Uhr

Kumpel, ich will dich hier echt nicht überfordern, aber weißt du noch, was ganz normal auf *gute* Nachrichten folgt?

  A. ☐ Schlechte Nachrichten
  B. ☐ Schlechte Nachrichten
  C. ☐ Schlechte Nachrichten

… korrekt! – *Verdammt* schlechte Nachrichten sogar! Und hier folgen sie …

Das Spiel ist aus! Alles ist verloren! **Ich** habe alles verloren! Es ist vorbei! *Nichts* geht mehr!

… dabei fing auch dieser Tag so schön an!

Ronja war nervlich komplett am Ende. Ein richtiges Wrack, sag ich dir.

… das war natürlich nicht *wirklich* schön und ich hatte auch ordentlich Mitleid mit ihr, weil diese Werbekampagne bedeutete ihr echt viel, und dass der Schröder sich nach seiner amtlichen Ansage von gestern so gar nicht mehr meldete, hielt Ronja einfach für ein sehr schlechtes Zeichen.

Ihr ging's also wirklich nicht gut und das war natürlich nicht schön, dass es ihr nicht gut ging.

... aber *schön* daran war dann eben doch, dass Ronja wegen allem einfach auch nichts essen konnte. – Und das hieß, dass sie an diesem Morgen nicht gleich rübergehumpelt kam, um mit mir ganz legal – *deal*technisch eben – die Frühstückstabletts zu tauschen.

Mit Kakao, Brötchen, Leberwurst, fünf leckeren Marmeladensorten in einer Geschmacksrichtung und einem Ei von einem *frei laufenden, mörderglücklichen* Huhn – mit *alledem* fing mein Tag also sehr schön an.

... und ging dann auch sehr schön weiter, als Schwester Joana cool reingedanced kam, um die Tabletts wieder einzusammeln.

»*Today's the day*, Janny-Boy?«, singt sie mich mit ihrer obercool-tiefen Soulstimme an.

»Äh ... wott? ... ach so, ja ... *yes*!«, soule ich ein bisschen cool zurück.

Weil, richtig: *Heute war es so weit!* – Reifenwechsel! Gehgips gegen Liegegips! Endlich!!!

Und was Schwester Joana natürlich nicht wissen konnte: Es war gleich *doppelt* richtig! – Heute war *Dienstag*!

*Matchbox! – Now and forever!* – Der Filmstart. Der *Raketenstart* meiner performancegeilen *Mattel*-Aktien. – Ich hatte mir alles schon ganz genau überlegt: Um 14:00 Uhr würde es losgehen. Der Countdown! Milliarden von Kenans würden die Kinosäle stürmen ... und all ihr Taschengeld an der Kinokasse lassen. – Um exakt 16:55 Uhr, kurz vor Börsenschluss also, würde ich meinem Bankberater Denner die Anweisung geben, die Aktien abzustoßen, sie zu verkaufen. Mit ordentlich Gewinn. – *Dienstag!* Heute war es so weit! *Today's the day!*

Ich strahle Joana voll an, Joana strahlt voll zurück und dann wackelt sie zu Ronja rüber. Und macht da aber ein leicht besorgtes Gesicht, als sie Ronjas unangerührtes Frühstückstablett sieht.

»Honey! – Alles okay mit dir?«

»Äh ... ja! Alles super! Ehrlich!«, lügt Ronja. »Hab grad nur keinen Hunger. ... weil ist gerade so spannend!«, druckst sie noch mal rum und zeigt auf das Buch, das sie gerade las.

Sicherheitshalber prüfte Joana dann aber noch mal Ronjas Puls und Stirn. Und weil da alles im grünen Bereich war, wippte sie beruhigt mit den Tabletts aus dem Zimmer.

Klar war, dass bei Ronja eigentlich so gar nichts im grünen Bereich war vor lauterer Warterei auf *irgendeine* Nachricht von dem Schröder. – Aber um nicht komplett abzudrehen, hatte sie gleich heute Morgen gegen sechs angefangen zu lesen. – Ich schätze, dass das mittlerweile das dritte oder vierte Buch war, in das sie dann wieder ihr Gesicht reindrückte.

»Äy – Ronnie-*Honey*! Tschill disch – äy!«, versuchte Aysche, sie zu beruhigen. »Wird sisch schon melden, dein Schröder!«

»Er ist überfällig!«, sagt Ronja streng über die Buchdeckel.

»Es ist gerade mal neun!«, sagt Rebecca.

»Das *ist* überfällig!«, sagt Ronja *noch* strenger und las weiter ... oder versuchte es wenigstens.

**»Äy – Ronnie!«**, ballert Aysche wieder fröhlich los.

»Hm ...«

»Ist *wircklich* spannend? Wie heißt Buch?«

»Kennst du nicht. Ist von *Kästner*«, brummelt es finster hinter Ronjas Buchdeckeln.

»Äy, Kästna äy! Ja kla kenn isch! Erisch Kästna! Heisst mein scheiss Schule, äy!«, ruft Aysche total begeistert. »Der Typ hat mein Schule gebaut. Weil, war Arschiteckt oder was weiss isch, was war. – Kästna, äy! Ja kla kenn isch! – Und hat soggar Buch geschrieben? Wie heisst Buch? Vielleischt kauf isch misch!«

Ronja rollt ihre Augen genervt über den Buchrand zu Aysche rüber und antwortet: »*Emil und die Detektive!*«

Und da fliegt der Ronja plötzlich das Buch aus der Hand und der Aysche der Kuli, weil ich plötzlich wie bescheuert losbrülle:

## »Emil on Tour!«

»Nein, Mäuschen!«, korrigiert mich da die Rebecca schlau, »Emil *und die 40 Detektive*! – Nicht *on tour*.«

»Nur *die Detektive*! Nicht *40*!«, korrigiert Ronja.

»*... on Tour!*«, korrigiere ich. »**EMIL ON TOUR!**«

Ronja, Rebecca und Aysche kapieren erst gar nicht, was ich meine ...

... und dann aber doch, als ich die Visitenkarte von Polizeibeamtin Jutta aus der Lade krame, ihre Nummer ins iPhone hämmere und irgendwann reinbrülle: »**Hallo? Frau Schulz? Jutta Schulz?** ... ja, rich... richtig! Ich bin's! Jan. Jan Hensen! Ich ... Wie? ... Gut geht's mir, ja, danke!!! Hören Sie, Frau Schulz! – Der *Name*! Der *Name* ist mir wieder eingefallen! ... Welcher? ... Na, der vom Touran! Vom Aufkleber! ... Ja! ... Ja, ich warte. ... ... ... Bereit? ... Okay: *Emil* war's! *Emil on Tour!* ... Wie bitte? ... *Emil, Martha, Ida, Ludwig*? ... Nein! Nur *Emil*! **Eee-miiil!** ... ! ... Ja! Hab ich ja gesagt! Nur *Emil*! ... Kein Thema! Gern geschehen! ... Was soll ich? ... das Handy ... **jahaaa – ich mach's aus! Versprochen! Tschüss!**«

Wie gesagt, mein Freund: Der Tag fing wirklich schön an. – *Today's the day!*

Im Laufe dieses wundergleich-schönen Tages holte mich dann Joana ab und brachte mich runter in die Chirurgie, wo ich dann auch nur eine wunderschöne Stunde warten musste, bis ich sofort drankam und Frau Doktor Wagner mir dann eben den Gehgips anlegte.

Frau Doktor Wagner war sehr zufrieden mit mir und meinem Bein und ich auch sehr zufrieden mit Frau Doktor Wagner. – Morgen werde ich entlassen. Meine Eltern werden mich abholen, mich liebevoll in den *Renault Kangoo Diesel* von 1997 hinten reinwerfen und mich schön gemütlich nach Hause kutschieren.

... *wenn* Tante Astrid sie denn bis morgen erreicht.
Egal erst mal! – Die wundercool-schöne Joana holte mich aus der Chirurgie schön wieder ab, fuhr mit mir zurück in den vierten Stock hoch, drückte mir meine extrem schönen Krücken in die Hand und ich durfte dann die letzten Meter bis Mädchenzimmer 411 wunderschön alleine gehen.

Übermütig klopfte ich an unsere Tür ...
**Tock-tocke-tock-tock Tock Tock!**

... und weil dann aber *nicht einmal* irgendjemand *Herein!* brüllte, öffnete ich die Tür eben so und humpelte sportlich ins Zimmer.

**»ICH BIN DER CLOWN FANTASTICOOOO – UND MACHE ...«**, quäkte ich albern los und stammelte »... oh« zu Ende, als ich in die finsteren Gesichter von Ronja, Rebecca und Aysche guckte.

»Was' n los?«, frage ich schön verwundert und Aysche gibt mir das iPhone.

Eine SMS! Von Valerie!

»Mein armer, stimmloser Prinz!

*Verzeih mir, dass ich gestern mit der Polizei drohte, aber ich wusste mir keinen anderen Rat mehr.*

*Und ich weiß mir seither keinen Rat mehr, als Dein Freund Ingo mich zurückrief und mir mitteilte, dass Du ihn anriefst! ... IHN! Diesen groben Troll! ... und nicht MICH.*

*Denk ich nun an Dich, mein Prinz, lodert in mir ein Feuer aus Hass und Liebe, dass mich verbrennt.*

*Treibend auf dem Meer meiner Tränen,*
*Deine Dich (noch!) liebende Elfe Valerie!«*

»Ja und?«, frage ich fröhlich in die Runde, als ich fertig war mit Lesen. »Der übliche Scheiß! Denkfehler ohne Ende. ... und ›*dass*‹ wird mit einfachem ›*s*‹ geschrieben. ... *dieses, jenes, welches* mich verbrennt! – Wo liegt das Problem?«

»WO DAS PROBLEM LIEGT?«, platzt Ronja. »DA LIEGT DAS PROBLEM!«, und zeigt auf das Bett von Aysche.

»Äy Ronniiiiiiiiie – tschill disch endlisch äy!«, sagt Aysche. »Hab isch die Kuh eben angerufen! – Na und?!«

»DU HAST WAS???«, quieke ich sie entsetzt an.

»Angerufen hat sie«, antwortet Rebecca für Aysche. »Aber ich sag dir, Mäuschen. Es war genau richtig. Die SMS-Serie mit Valerie drohte ins Leere zu laufen. Zu viele Wiederholungen. Da fehlte einfach was. *Suspense* – Spannung! Der Pepp! Das persönliche Gespräch!«

»Voll korreckt rischtisch, Mann! Nur Ronnie-Honey macht hier uncool Sträss jätz, äy!«

»Ich *bin* gestresst!«, informiert Ronja Aysche.

»Es war *genau* richtig!«, sagt Rebecca.

Und Ronja fragt gestresst nach: »Was *genau*, bitte schön, ist daran **richtig**, dieser Frau zu raten, dass sie ›*in Scheißmeer aus Scheißtränen endlisch absaufen soll*‹?«

»... **und** dass sie uns nisch mehr auf den Sack gehen soll!«, ergänzt Aysche stolz.

»**Uns?**«, quieke ich wieder entsetzt ... schockiert, extrem fassungslos.

»Voll korreckt, Mäuschen! *Uns!* – Hab isch Knallerie knallhatt gesackt, dass isch neue Frau von Prinz Claßen von Mallorca bin. – Wuuunderschönn wie Tscheniffa Lopäss, äy. – War voll krass stabiler Update für Schnallerie!«

»Es war ein *voll krass stabiler* **Scheiß**fehler!«, faucht Ronja. »Die Knallerie ist doof wie Vollkornbrot! – Aber ich sag's euch beiden Püppchen noch einmal: Selbst Knallerie muss gepeilt haben, dass Aysche nicht mal 13 ist! – Und wenn die **jetzt** nicht bei den Bullen anruft, dann ist der Frau wirklich nicht mehr zu helfen! – *Ein **ausgewachsener** Mann mit einem **zwölfjährigen** Mädchen!* – Hallooo? Geht's noch?!«

Da hatte Ronja verdammt recht. Ein Anruf von Valerie bei der Polizei und es war aus. Endgültig! Irgendwann würden sie mich finden! Ganz klar! Durch gnadenlose, extremste Ermittlung! Die knallharte *Ernie & Bert*-Nummer!

Ich musste etwas tun! Es verhindern! – Valeries sehr wahrscheinlichen Anruf bei der Polizei! – Irgendwie! Es verhindern!

Ich setzte mich auf Aysches Bettkante und hämmerte hektisch eine SMS an Valerie ins iPhone.

»liebe V.

*vergiss den anruf von grade!!! – ein bescheuerter streich von einem bescheuerten mädchen! hat mein iphone am strand geklaut und dich angerufen. habe sie dabei erwischt! ... und verhauen!*

**Alles gut! KEINE POLIZEI!«**

*in liebe! bis bald! ich freu mich auf dich! ich will dich heiraten! ... und kinder und so was! – Dein J. C.«*

In Rekordzeit hämmerte ich diese SMS ins iPhone, tippte auf *Senden* und ...

... auf einmal war das iPhone weg!

Oberschwester Agneta! – Sie hatte es mir aus der Hand geschnappt!

Ich starrte sie und das iPhone in ihrer Hand an und musste bescheuerterweise an Q denken. – Also nicht an den Buchstaben *Q*! Sondern an *Q* [Kiuu], den abgedrehten Typen aus *Star Trek*. ... also logischerweise aus *Star Trek:* **Next Generation** mit Captain **Picard**, nicht **Kirk**!

Und für den sehr unwahrscheinlichen Fall, dass dir das **auch** nichts sagt: Captain Picard fliegt auch ständig mit einem Raumschiff durch die Gegend. Das heißt auch *Enterprise*, ist aber deutlich fetter und hat ein paar PS mehr als die alte Gurke von Captain Kirk.

Jedenfalls: In **dieser** Serie gibt es einen Typen, der *Q* heißt.

*Q* ist die abgefahrenste Lebensform des kompletten Universums. Der kann einfach alles. – Zum Beispiel auch ganz normal durch Zeit und Raum hüpfen. – Und *Q* nervt! Von jetzt auf gleich ist der einfach da und geht dem Picard mächtig auf die Eier. Dann nimmt er dem Captain einfach die Schlüssel von der Enterprise weg oder gleich das ganze Schiff. ... oder er stopft ihm Zigarren in den Mund und solche Sachen. – Das ist *Q*!

›Oberschwester Agneta! Sie ist *Q*! ... oder die große Schwester von ihm!‹, dachte ich also bescheuerterweise.

**»Janny-Janny-Janny-Mäuschen! – Die Dinger sind doch hier gar nicht erlaubt! Weisst du das denn nicht?!«**, brüllte Oberschwester *Q* mich fröhlich an.

*Bwwwb - Bwwwb*

**»Oh! Was war denn das?«**, brüllt sie dann überrascht das iPhone an.

»Eine SMS«, höre ich Rebecca antworten.

**»Aber da steht doch *Schröder!* Nicht *SMS!*«**
**»Das ist für mich!«**, brüllt Ronja verzweifelt.
*Klick!*

Oberschwester Agneta hatte den Knopf gedrückt, den sie niemals hätte drücken dürfen. – Den iPhone-*Aus*-Knopf.

Sie gab mir das iPhone zurück und brüllte noch mal gutmütig: **»Und dass du es mir nicht noch mal anmachst, mein kleines, flinkes Janny-Rennmäuschen! Dann muss ich es dir nämlich leider-leider-leider wegnehmen!«**

Sie gab es mir zurück, knallte die Tabletts überallhin und ...

... war auch schon wieder weg! ... *Q*

Das iPhone war aus!

... und ist es logischerweise immer noch! Weil den Code, mit dem man's wieder ankriegen könnte, hatten mir die beiden Rettungsheinzis ja blöderweise auch nicht mit in die Jackentasche gestopft.

Das iPhone ist aus! Tot! Ein lebloser Gegenstand aus Glas ...
... und einem angefressenen Apfel hintendrauf!

Das *Spiel* ist aus! *Nichts* geht mehr!

Ich werde Ingo Denner in exakt zwei Minuten *nicht* mehr schreiben können, dass er die *Mattel*-Aktien wieder verkaufen muss. ... damit alles wieder gut wird.

*Nichts* wird gut! Aus und vorbei! – *Game over!*

Aber, mein Freund, ich habe eine Entscheidung getroffen. Während ich dir diese Zeilen schrieb, traf ich diese.

Ich werde das iPhone zurückbringen. – Jetzt gleich werde ich es tun.

Ich, Jan Hensen, werde das iPhone Jan Claßen persönlich zurückbringen. – Egal, ob da nun eine unheimliche Frau doof an seinem Bett rumsitzt und ihm die Hände streichelt.

Und komplett egal auch, ob er sich vielleicht selber gerade die Hände streichelt, weil er vielleicht ja wieder wach geworden ist, der Jan Claßen.

Dann werde ich es ihm eben persönlich in die Hand drücken! Ihm sagen, dass mir das alles ziemlich leidtut, und dann ...

... kann er von mir aus auch Ernie und Bert anrufen ... oder mir den Kopf abbeißen.

... alles ganz egal!

... Dienstag, 16:55 Uhr, 19. und praktisch gesehen, *letzter* Eintrag!

Dein Freund Jan!

PS: Für den unwahrscheinlichen Fall, dass meine Eltern heute *doch* noch kommen: Ich bin im Heim! ... oder in der Klapse! ... oder so was!

... Danke!

## Eintrack 20 – Diens-tack, 20:04 Uhr

*Janny-Mäuschen dönmedi. Çıkalı üç saat oldu halen geri gelmedi. Allahıma çok merak ediyorum, voll krass inşallah başına bir şey gelmemiştir. Ronja ve Rebecca, da Janny-Mäuschen, ı merak ediyorlar onlarda endişeleniyorlar! acaba onun başına bir şey mi geldi! Hepimiz çok endişeleniyoruz, voll krass, çok merak ediyoruz ona kötü bir şey olmuş olmasın! Ben olsaydım ...*

... tutt mir leid, äy! Hatt Aysche ... also **isch** hab grad mit Scheißfelhär angefangen zu schreiben! Ausgerächnet in diese hübsche Posi-Album von Janny-Mäuschen!

Scheißfehlär war *Türkisch*! ... also ist natürlisch nisch scheißfelhär *Türkisch*!!! Weil ist *Türkisch* voll korreckte, konkret scheißencoole Weltsprache!

... aber schätz isch mal, dass du leider zu doof bist, um *Türkisch* zu checken, äy!

*Boş ver!* – Egal, äy! Isch hab jedenfalls voll korreckte Buch von Janny-Mäuschen komplett gelesen. Von Anfang an bis hierhin! ... und ist alles für **disch**! Sein coole *Kumpel*! ... oder sein **Scheiß*freundin*!** Was weiß isch, äy.

**Isch** hab auf jeden Fall gelesen! ... wegen scheißnervöse Warterei auf Janny-Mäuschen! ... musst isch tun ürgendwas! ... na ja, und war isch auch escht ein bisschen neugierisch, was Janny-Mäuschen so fleißisch schreibt Tack für Tack in

Posi-Album. – Und noch mehr neugirisch, weil hat Janny-Mäuschen die Posi-Album immer voll niedlisch versteckt. ... vollkrass doof in leere Türkisch-Honig-Schachtel von mein Oma in sein Schupplade.

**... Janny-Mäuschen!** Ist nisch gekehrt zuruck! Ist vor drei Stunden los, um scheiß iPhone zuruckzugeben. Zu Händen von Jan Claßen! ... wenn Typ überhaupt wach! ... aber *wenn* wach, dann vielleischt wirklich konkret böse Mann und hat Janny-Mäuschen voll krass scheiße-langgemacht!

*Mein* Janny! Hätt isch disch nie gehn lassen dürf'n ...

... voll konkrete Fackt is: Ging nisch anders!

Mäuschen stand auf! Ganz plötzlisch! Unerwattet! Mit ein Mal ... und mit iPhone! Ging mit Krückün nach Tür! Hatt sisch noch mal umgedreht! Hatt gesackt: »Isch bring iPhone zuruck. Das Spiel ist aus, äy!«

War voll krass Scheißschock für misch ... und für andere Pussis auch.

Hab isch geweint! ... Scheißmeer aus Scheißtränen hab isch geweint, äy!

Aber war Entscheidung von mein Janny-Mäuschen voll kla!

»Es muss sein! Isch geh!«, hatt Mäuschen noch gesackt.

»Das Mädchenzimmer 411 wartet auf disch!«, hatt Rebecca noch gesackt.

»Einer wartet immer!«, hatt Mäuschen ein bisschen doof noch gesackt ...

... und ist raus!

PEE-ÄSS: Kann isch noch schreiben: Ist mir Felhär aufgefallen, dieses jenes welsches Janny-Mäuschen disch geschrieben hatt! – Über mein Oma! *Oma Yilmaz!* Weißt-du?! – Ist Seite 103! – Hat ganz kla nisch mein Papa *angeblafft*! ... hat Oma mein Papa nur gesackt, dass arme Junge Janny-Mäuschen ganz allein ist und Eltern von arme Junge Janny-Mäuschen gehören in türkisch Gefängnis, weil sie nie nisch da sind, äy.

Hat Papa ihr aber klagemacht, dass sie sisch tschillen soll, damit sie nisch wieder voll krass groß scheißstabile Ärger anfängt, und ...

### Eintrag 21 – Mittwoch, 19:00 Uhr

Auftrag ausgeführt!

... und – Kumpel! – nur, um eins hier mal **ganz klarzustellen**: **Ich, Jan Hensen höchstpersönlich,** schreibe **dieses alles hier** an dich! ... wieder!

Es ist wirklich unglaublich! – Da werde ich gestern Abend mit einem Rollstuhl ins Zimmer geschoben und was sehe ich? – Aysche mit **meinem Buch** sehe ich! ... **schreibend!** ... unglaublich!!!

... ich hab da nicht so viel zu gesagt, weil Aysche hatte sich echt total gefreut, als sie mich wiedersah ...

... und Ronja und Rebecca auch.

Da war wirklich gute Stimmung und die wollt ich dann nicht gleich wieder kaputt machen. – Daher!

... Auftrag ausgeführt!

Ich habe das iPhone zurückgebracht! Zu Jan Claßen! Planmäßig!

... na ja, so ganz *planmäßig* dann auch wieder nicht, weil, rein *planmäßig* gesehen, wäre ich ja jetzt nicht mehr hier in der Klinik und würde, rein *planmäßig* gesehen, jetzt bei Tante Astrid abhängen ... mit einer Tüte Chips vorm Fernseher. (... meine Eltern sind ganz überraschenderweise ganz konkret und sehr persönlich ... immer noch nicht erreichbar. *... frprechen tanntu nach dem piepf!!!*)

Wie auch immer: *Außerplanmäßig* sieht die Sache aber nun mal so aus, dass ich erst morgen entlassen werde – praktisch gesehen: eine *Spielverlängerung*.

... praktisch gesehen wegen meiner neuen Gehirnerschütterung nämlich. ... und vielleicht auch ein kleines bisschen wegen dem frisch gebrochenen Mittelfinger an meiner linken Hand.

»Zur Überwachung! Zur Sicherheit! Alles nur zu seinem Besten!«, haben die Ärzte gesagt – zu Tante Astrid ... und zu mir auch ein bisschen.

... Spielverlängerung also!

... dabei lief alles perfekt. Voll *planmäßig*! Richtig cool lief es ... erst!

Voll *James-Bond-mäßig* hatte ich mich vorbereitet.

Ronja hatte mir noch mal den Lageplan der Klinik erklärt, den ich dann auswendig gelernt hatte. – So *kameramäßig*, verstehst du? Mittels meines absolut fotografischen Gedächtnisses! – Ich wusste, wo Jan Claßen liegt! Ich wusste, wo es langgeht!

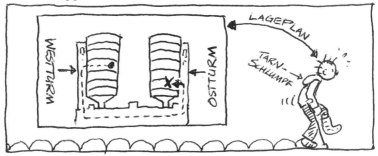

... ein bisschen doof war dann, dass ich erst in der Neugeborenenstation gelandet bin, weil ich nämlich erst im falschen Turm war.

Deswegen musste ich halt noch mal durch die komplette Klinik zurückhumpeln und habe aber dann die Intensivstation gleich gefunden.

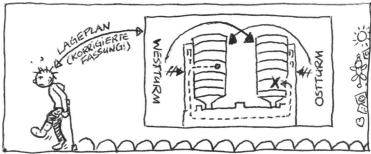

Diese Station wird scharf bewacht und die lassen da auch nicht jeden Heinz rein.

Aber da war ich clever wie Schmidts Ronja!

Weil – die Schwester, die mich wieder rausschmeißen wollte, die habe ich eiskalt angelogen.

»Ich bin ... äh ... *Fred*!«, log ich sie eiskalt an. »*Fred Hensen*, äh **Claßen**. ... der Cousin ... nein, der **Neffe** von Jan Claßen! *Der* bin ich!!!«

Da hat die Schwester mich dann aber trotzdem vor die Tür gesetzt, weil Jan Claßen war längst nicht mehr da. – Auf eine normale Station hatten sie ihn verlegt. ... *Zimmer 213* ... im *anderen* Turm!

Ich mach's kurz: Irgendwann stand ich vor Jan Claßens Krankenzimmer.

Ich machte mir vor Aufregung fast in die Hose, weil ich ja nun nicht wusste, was mich erwartete, wenn ich sein Zimmer betreten würde. – War er wach? Wenn ja, *wie* wach? Vielleicht nur *halb* wach? ... oder nur *viertel* wach? ... oder doch hundertprozentig *ganz* wach?

Ich riss mich aber stark zusammen, klopfte extrem leise an die Tür, humpelte rein und ...

... dann hatte ich Glück!

Jan Claßen schlief! ... und zwar allein! – Keine unheimliche Frau weit und breit, die ihm sonst dauernd die Hände streichelt. Und auch kein Zimmernachbar ... oder Zimmernachba*rinnen* wie in meinem tragischen Fall.

War alles nicht! – Praktisch gesehen war Jan Claßen also allein auf dem Zimmer!

Ich musste an meinen schrecklichen Albtraum denken, als ich mir den Mann genauer ansah. – Wie ein Wolf sah er eigentlich nicht aus.

Echt komisch war das. Sieben lange Tage lang hatte ich mich für einen Mann ausgegeben, der mir absolut fremd ist. Und nun stand ich direkt vor ihm, diesem fremden Mann.

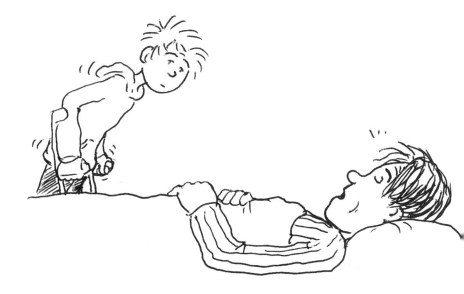

Dann aber konzentrierte ich mich wieder voll *James-Bond-mäßig* auf meinen Auftrag.

Ich legte das iPhone auf Jan Claßens Nachttisch und wollte gerade den Rückzug anhumpeln, da ...

... dachte ich noch mal nach.

Sicherer war es, wenn ich das wertvolle iPhone direkt in die Schublade legte.

Dies tat ich dann auch und entdeckte hierbei zufällig eine Brieftasche, die darin lag.

Dann dachte ich noch mal verschärft nach!

Ich entnahm der Schublade die Brieftasche, um hundertprozentig sicherzugehen, dass das hier auch tatsächlich Jan Claßen war, der hier rumlag, und nicht zufälligerweise sein eigener Bettnachbar oder -*nachbarin* ... oder so etwas.

Es *war* Jan Claßen! In dem Personalausweis aus seiner Brieftasche stand amtlich sein Name.

Ich wollte die Brieftasche gerade zurücklegen, da konnte ich sie aber gar nicht mehr zurücklegen, weil ich mich nämlich plötzlich umdrehen musste.

»**Was machst du da?**«, brüllte mich nämlich sehr plötzlich ein Mann an und es war *nicht* Jan Claßen.

Ein älterer Herr im Rollstuhl. – Den hatte ich dooferweise gar nicht reinkommen hören und nun parkte er direkt hinter mir und versperrte mir mit dem Ding die Ausfahrt.

»**Du Dieb!**«

»Ich ...«, wollte ich das Missverständnis aufklären, da brüllte der Mann aber einfach weiter:

»**Herr Nachbar! Herr Nachbar! Aufwachen! Ein Dieb! Auf frischer Tat ertappt!**«

»... hm?«, machte es neben mir.

Jan Claßen! Jan Claßen wurde wach.

Da kriegte ich *ganz leicht* die Panik. – Ich hatte ja damit gerechnet, dass Claßen hätte wach sein können, und dann hätte ich ihm ja auch alles erklärt. – Aber das? Wie erklärt man einem Mann, dass man ihm nur sein iPhone zurückbringen will ... mit *seiner* Brieftasche in den Fingern?

*Voll* die Panik kriegte ich.

Ich ließ die Brieftasche fallen, schnappte meine Krücken, drückte sie voll gegen den Rollstuhl von dem alten Mann und bahnte mir so einen optimalen Fluchtweg.

Ich humpelte, was die Krücken hergaben, zur Tür raus. Raus auf den Flur.

Doch der Mann im Rollstuhl nahm die Verfolgung auf.

»Ein Dieb! Ein Dieb! Haltet den Dieb!«

Aber da konnte er sich die Lungen ... Herz, Nieren, Leber und was weiß ich nicht noch alles aus dem Leib schreien. – Niemand hörte ihn. Weil gerade niemand da war, der ihn hätte hören können. Keine Ahnung, warum. Aber mein Glück! – Vielleicht war hier in Münster ganz plötzlich eine *neue* westfälische Unfallwoche angebrochen. Für Beamte vielleicht. Und da ist die komplette Klinikbesatzung gerade mal in die Notaufnahme runtergewetzt, um gebrochene Beamtenbeine, -arme, -nasen ... oder was auch immer einzugipsen. Möglich.

Null Ahnung, warum gerade niemand da war. Jedenfalls schrie der Mann in seinem Rollstuhl wie bescheuert und niemand hörte ihn ... außer mir.

Und sein Geschrei kam näher und näher ... und näher und näher und näher.

Ich guckte über meine Schulter. – Der Typ war schnell! Verflucht schnell war er mit seinem Rollstuhl!

Eine gnadenlose Verfolgungsjagd! Wie im letzten *James Bond*! ... und dem davor und davor und davor und ...

... bescheuerterweise hatte ich dann auch noch die *Bond-Musik* dazu im Kopf.

**Bamm-badda-bamm-bamm bammbada Bamm-badda-bamm-bamm bammbada TA-DA tadadaaa ...**

Krücke gegen Rollstuhl. Topagent gegen Topschurke! – Gut gegen Böse!

»Na warte, du Rotzlöffel!«

Der alte Mann hatte aufgeholt. Deutlich aufgeholt! Wie ein komplett durchgedrehter Pitbull klebte er an meinen Fersen.

Ich holte alles aus den Krücken heraus, gewann wieder ein paar Meter Vorsprung und humpelte im Highspeed-Modus um die nächste Ecke.

Und da musste ich blitzschnell reagieren. – Ein Essenswagen stand in meiner Laufbahn rum. Aber durch ein geschicktes Ausweichmanöver konnte ich das Hindernis umhumpeln.

Ich raste den Gang runter auf die nächste Tür zu.

Und dann hörte ich hinter mir wildes Geschepper.

Mister Pitbull war mit seinem Rollstuhl nicht ganz so geschickt voll in den Essenswagen reingebrettert.

Ich hatte ihn abgehängt.

Das *Gute* hatte wieder einmal über das *Böse* gesiegt. – Sehr wahrscheinlich hatte es das, aber ich wollte sichergehen und behielt mein Mördertempo bei.

Ich stieß die nächste Flurtür auf, sah mich noch mal *bond*lässig um, drückte meine 007-Krücken lässig in den Fußboden, humpelte schwungvoll weiter und ...

… blöderweise war mir dabei entgangen, dass der Fußboden hier frisch gewischt war.

Daher verlor ich die Kontrolle über meine Krücken und rutschte aus – lang über den nassen Boden, voll ungeschickt in einen Putzwagen rein.

Dann müssen meine Lampen wohl kurzzeitig mal wieder komplett ausgegangen sein, weil das Nächste, woran ich mich erinnern kann, ist, dass ich auf einer Bahre wieder aufwachte. Auf dem Weg zur Röntgenabteilung. – Da hatte ich vielleicht Glück, weil ein oder zwei Leute von der Klinikbesatzung vielleicht gerade keinen Bock auf Beamten-Eingipsen hatten und zufällig über mich gestolpert sind … auf dem Weg zur Cafeteria oder so.

Wie auch immer: *Irgendjemand* hat mich gefunden und dann wurde ich auf eine Bahre geworfen, durch die Gegend geschoben und untersucht und verarztet.

*Nur* eine leichte Gehirnerschütterung und *nur* ein gebrochener Mittelfinger.

Und ich hatte noch mehr Glück!

Weil der Medizinstudent, mit dem man mich kurzzeitig allein in einem Raum gelassen hatte, *der* erklärte mir dann nämlich sehr genau, was ich mir sonst noch so alles hätte brechen können und dass ein gebrochenes Genick kein Zuckerschlecken sei, *wenn* ich es mir denn gebrochen hätte, das Genick.

Und dann hatte ich **noch** mehr Glück!

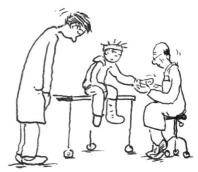

Erstens kam dann nämlich endlich wieder ein *echter* Arzt ins Zimmer und der Medizinstudent verstummte auf der Stelle …

… und zweitens hatte ich den Kampfhund in seinem Rollstuhl anscheinend wirklich abgehängt.

Jedenfalls rollte da nichts mehr nach und ich wurde dann eben selbst in einen Rollstuhl gesetzt und wieder aufs Zimmer gebracht.

Insgesamt gesehen: Glück gehabt!

... okay, Kumpel! – *Glück* ... Was ist das? – Vor einer Woche bricht mir ein bescheuerter Touran das Bein, innerhalb einer Woche baue ich mit einem fremden iPhone den größten Haufen Scheiße meines Lebens ...

(... korrigiere: den *zweit*größten Haufen! Weil da war letztes Jahr noch die Sache mit dem Harz, den ich *aus Versehen* komplett abgefackelt habe! ... aber das ist eine komplett andere *echt abgefahrene* Geschichte!)

... **nach** einer Woche jedenfalls kommt dann noch ein gebrochener Mittelfinger hinzu und eine Gehirnerschütterung obendrauf, weil ich dieses iPhone zurückbringe, *jenem* Mann zurückbringe, welcher durch mich – und meine verstrahlten Kätzchen! – höchstwahrscheinlich seine Freundin verloren hat, den Job auch ... und sein ganzes Ersparstes sowieso!

... weil, wie meine Kätzchen und ich heute aus den Nachrichten erfuhren, war der Filmstart von *Matchbox! Now and forever!* der absolute Fehlstart. ... ein ganz amtlicher Flop.

... *Glück* sieht irgendwie anders aus! Das sehe ich wahrscheinlich genauso wie du, mein Freund.

Aber: Ich sehe es auch ein bisschen wie Schwester Joana! – *Always look on the bright side of life.* – Immer die Sonnenseite im Leben sehen!

Weil – Immerhin liege ich gerade schön gemütlich in einem Krankenhausbett und nicht auf einer Holzpritsche in einem Kinderheim oder einer Klapse oder so was – und auf Tante Astrids Isomatte muss ich auch erst morgen wieder schlafen ...

... **und** in zehn Minuten kommt **Deutschlands amtlicher Superspacko! – Bianca gegen Pfeifen-August! *Das Finale!***

Und das werde ich mir auf keinen Fall entgehen lassen und mir daher ganz logischerweise angucken ...

... zusammen mit Ronja, Rebecca und Aysche ... die übrigens nach dem amtlichen Voll-Durchfall von ihrem voll süßen Josy gestern mal eben die Seiten gewechselt hatte und nun ebenfalls zu Bianca hält ... dieser *vollpussykrassinstabilfressbrutzelverstrahlten Schlampe.*

### Amtlich letzter Eintrag 22 – Donnerstag, 16:15 Uhr

Hier zieht's ein wenig. Und stinken tut's auch.

Also hier vorm Eingang von der Klinik. Da sitze ich nämlich gerade rum und warte darauf, dass ich abgeholt werde. ... von meinen Eltern!

Ja, mein Freund, du hast richtig gelesen: *von meinen Eltern!*

Tante Astrid hat sie tatsächlich erreicht. Aber auch nur durch einen bescheuerten Zufall!

Heute Morgen war der bescheuerte Zufall. – Da saßen Astrid und ich noch nebeneinander auf meinem Krankenbett und da hat sie eben zum 99 998sten Mal versucht, Papa über Handy zu erreichen.

Sie drückt auf Wahlwiederholung und ich gucke zufällig

auf die Nummer, die sie da zum 99998sten Mal angewählt hatte, und da lach ich noch, weil Astrid gerade versuchte, mich anzurufen.

»...?«, macht Astrid.

»...!«, mache ich dann.

Meine großartige Patentante Astrid hatte eine Woche lang versucht, meinen Vater über seine *alte* Telekom-Nummer über sein *altes* Handy zu erreichen. – Über *mein neues* Handy eben. – Das großzügige Weihnachtsgeschenk meines Herrn Vaters.

»...!«, macht Astrid.

Tante Astrid hat Papa dann sofort erreicht!

... in Travemünde! Weil da sind meine Eltern über die Kurzferien spontan noch mal hingefahren. Zusammen mit Dings ... Hannah ... meiner Schwester eben.

Und nun sind sie auf dem Weg nach Münster und holen mich gleich ab.

... sie sind ein bisschen spät dran. Eigentlich hätten sie schon längst da sein sollen. Von Punkt vier Uhr war die Rede.

Da sind die Schmidts etwas mehr auf Zack. Die waren nämlich schon vor einer halben Stunde da und haben ihre Ronja eingepackt. Die wurde nämlich heute auch entlassen.

»Also Mäuschen! Das war's dann!«, meinte Ronja noch und drückt mir zum Abschied heimlich ihre Beefy vom Klinik-Kiosk in die Hand.

»Yep! Das war's! Mach's gut, Ronja!«

»Mach's **besser** ... Atze!«

Sagt es, zwinkert mir zu und steigt in dieses ... Öko-Mobil.

... Atze! – Hört sich irgendwie echt scheiße an und trotzdem sagen manche zu ihrem Kumpel Atze, wenn sie Kumpel meinen. – Männer meist. Typen wie Ingo Denner und Jan Claßen. Ich hätte sie ja heute mal danach fragen können, warum sie sich gegenseitig eigentlich Atze nennen. Die Gelegenheit war da.

… also Denner und Claßen waren da. … zusammen mit Valerie. Besucht haben sie mich.

… also besucht ist jetzt auch wieder das falsche Wort. – Wenn man jemanden im Krankenhaus besucht, bringt man ihm eine Tafel Schokolade mit oder einen hübschen Strauß Blumen.

War aber alles nicht. Das Einzige, was alle drei mitbrachten, war mächtig schlechte Laune.

Ich hielt gerade meinen wohlverdienten Vormittagsschlaf bis zum Mittagessen, da tippte etwas auf meiner Schulter rum. – Jan Claßens Finger nämlich.

Ich machte die Augen einen Spalt auf, dachte dann: ›Das ist ja Jan Claßen, der vor mir steht und auf meiner Schulter rumtippt, und murmle: »Verkaufen!«

… und mache die Augen wieder zu und schmatze wieder dösig vor mich hin.

Das ist ja Jan Claßen, der vor mir steht und auf meiner Schulter rumtippt. – Mittels langer Leitung erreicht mich diese Info dann aber schließlich in dem extremsten Peil-Zentrum meiner Birne und ich …

... reiße die Augen auf und starre maximal hellwach in das grimmige Gesicht von Jan Claßen.

»Jan Claßen! ... Scheiße!«, hauche ich aus.

»*Jan Claßen!* – Sehr richtig! Und *Scheiße* stimmt auch!«, knurrt Claßen mich an.

Dann zieht er ein iPhone aus seiner Bademanteltasche. *Das* iPhone. Er zieht es heraus, hält es mir vor die Nase und knurrt dann: **»Meins!«**

Ich starre es an. Wie ein Kaninchen, das ... wie soll ich dir das noch beschreiben – vielleicht wie eines, das eine rote Uniform trägt! Du weißt schon: das Arschkarten-Sweatshirt von der Enterprise.

Und weil mein Kopf leer wie ein Wüstenplanet ist und mein Mund staubtrocken und ich gar nichts sage, sagt Claßen wieder: »**Mein** iPhone! **Mein** Freund Ingo! **Meine** Freundin Valerie!«, und zeigt dabei extrem lehrerhaft oberdeutlich erst auf das iPhone, dann auf den Mann, dann auf die Frau. – **»Alles *meins*!«**

»Ich gehöre nicht dir, Schatz! Ich gehöre niemandem!«, flötet da die leibhaftige Valerie ein bisschen trotzig.

Und der noch leibhaftigere Denner brummelt: »Ähm, ich auch nicht ... **Schatz**! Ich gehöre der Bank!«

Und Claßen zu den beiden etwas ungeduldig: »Ja, ja, schon klar! Ihr wisst ja, was ich meine!«

*Ich* wusste klar, was Claßen meint, und quetsche aus meinem staubtrockenen Mund heraus: »Es tut mir leid!«

»**So, tut es das, Junge?!**«, will Claßen nicht wirklich wissen. »Was genau tut dir denn leid, **Junge?!** – **A:** Diese kranke Aktiennummer mit **meinem** Geld? – **B:** Diese kranke Nummer mit Schröder, **meinem** wichtigsten Kunden? – oder **C:** Diese echt kranke Nummer, die du mit **meiner** Freundin abgezogen hast?«

Da denke ich bescheuerterweise darüber nach, dass das ja eigentlich was zum Ankreuzen ist und dass mir Ankreuzfragen vom Prinzip her gut gefallen. Also in der Schule jetzt. Weil sich bei Ankreuz-Tests die Chancen auf eine halbwegs brauchbare Note deutlich erhöhen. Tipptechnisch. Per Zufallsgenerator eben.

Nur hier war das Prinzip ein komplett anderes! Claßens *A*, *B* und *C* – das war die Wahl zwischen drei Sorten Scheiße. Und egal, in welchen Haufen ich mein Kreuz male: null Punkte und doch alles richtig! Alles meine Schuld! Ganz egal, wie sehr Ronja, Rebecca und Aysche da ihre Finger ordentlich mit im Spiel hatten: meine Verantwortung! Von A bis Z.

Ich entscheide mich also dafür, sicherheitshalber das komplette Alphabet aufzusagen, und da sagt Ronja aber plötzlich vor mir und ganz laut: »**B!**«

Claßen, Denner und Valerie drehen erstaunt ihre Köpfe zu Ronja rüber, die noch mal mit fester Stimme wiederholt: »***B!* – Die Sache mit dem Schröder! Meine Schuld! Es tut mir leid!**«

Da macht der Claßen auf mich den Eindruck wie ein Schauspieler aus *Gute Zeiten, schlechte Zeiten*. ... also wie einer, der seinen Text vergessen hat.

Was dann aber für den Moment sowieso komplett egal ist, ob Claßen etwas aufsagen will oder nicht, weil Rebecca nämlich plötzlich und klar verkündet: »*C!* Diese dumme Geschichte mit Ihrer Freundin! – Dafür trage **ich** die Verantwortung!«

Und bevor da wiederum der Claßen, der Denner und ganz besonders die Valerie ihre Köpfe extrem erstaunt in Rebeccas Ecke drehen können, brüllt es aus der nächsten: »**C WÄHL ISCH, ÄY! – IS VOLLKRASS *MEIN* SCHEISS BUCHSTAB! NUR *MEIN* SCHULD. NISCH BECCA, ÄY!**«

»**GANZ ALLEIN *MEINE* VERANTWORTUNG!**«, wirft sich Rebecca noch mal schützend vor Aysche, was dann aber keiner mehr so richtig mitkriegt, weil gleichzeitig die Valerie aus all ihren sieben Wolken fällt und extrem schlimm obertonig lossingt: »**JENNIFER LOOOPEEEZ!**«

»Wo?«, fragt der Denner interessiert nach.

»**Schatz! Das ist sie! Die Stimme! Ich erkenne sie wieder! – Deine *neue Frau von Mallorca*!**«

»... ... ...?!?«, sagt Claßen auf der Suche nach Text.

»**Das hat ein Nachspiel, *Fräulein*!**«, faucht Valerie Aysche an. »**Deine Eltern! Name und Adresse! So-fort!**«

Da ziehen sich Aysches Augen Oma-Yilmaz-technisch zu kampfbereiten Schlitzen zusammen und dann ...

... überlegt sie es sich anscheinend aber doch noch mal anders und nennt Namen und Adresse ihrer Eltern.

Valerie zückt ein Handy aus ihrer Handtasche und fängt an, Aysches Eltern da reinzuhacken.

»Äh ...«, sagt Claßen, der Textefinder. »... **Schatz!** Lass das bitte!«

»Das ist nicht gut, Schatz ... äh ... Valerie!«, brummelt auch der Denner. »Das wirbelt nur unnötig Staub auf. Wegen der zehn Rie...«

»**Dännnäääär!!!**«, fährt ihm Claßen genervt über den Mund.

»Zehn was?«, will Valerie aber wissen und hört auf, auf ihrem Handy herumzuhacken.

»*Rie-seeen!* Na kla-haaa!«, singt Rebecca plötzlich wie von Sinnen ... komplett irre praktisch.

Und weil ich da wohl in etwa genauso doof aus der Wäsche gucke wie die gute Valerie, weil wir beide ganz klar nicht verstehen, fährt Rebecca ihr volles Triumph-Programm hoch und klärt mich auf: »Mäuschen! Die *Herrschaften* hier haben gar nicht vor, das an die große Glocke zu hängen. Allenfalls einen Denkzettel, den sie dir verpassen wollen. Aber an die Glocke hängen? Sicher nicht!«

»Welche Glocke?«, fragt Valerie doof nach und bei mir fängt irgendwas an zu dämmern.

»Ja kla, äy!«, dämmert es voll bei Aysche. »Die zehn scheisskriminellen Riesen von Kindersparbuch, äy! Haben die beiden Typen hier scheissenkrassvolle Hose, wenn rauskommt!«

»Na ja, sooo kriminell auch wieder nicht«, plappert der Denner wieder drauflos. »Es ist nur ein bisschen Geld, von dem das Finanzamt aber nicht unbedingt erfahren sollt...«

»Dääänn-nääär!«, brettert ihm Claßen diesmal voll angenervt voll über den Mund.

»Und?«, will dann aber plötzlich die Ronja noch von dem Denner wissen: »Haben die Riesen sich vermehrt ... Atze?!«

Da fällt dem Denner erst mal die Kinnlade runter, weil er peilt, dass es Ronja war, die ihn am Telefon mächtig verarscht hat, und antwortet dann aber: »Äh ... ja! Ordentlich vermehrt! – Durch Barbie und Ken! ... also ich meine: *Mattel* hat mit diesen Püppchen ordentlich was gerissen. – Neuer Markt in Grönland oder Taka-Tuka-Land oder was weiß ich denn, wo. – Jedenfalls: Sehr geile Performance, Mädchen, sehr geil!!!«

»*A!*«, sage ich zu Claßen und Claßen zu mir: »**Halt *du* dich da raus!**«

»Schatz, ich bin wirklich sprachlos!«, quatscht Valerie wieder drauflos. »Gibt es noch mehr, was du mir verheimlichst?«

»Äh ... nein, natürlich nicht ... **Schatz!**«, sagt Claßen.

Worauf Aysche dann plötzlich nachhakt, so hinterlistig grinsend irgendwie: »Äy, Claßen! Was ist mit Frau, die disch eine Woche lang intensiv gestreischelt hatt? Hast du vielleischt auch verheimlischt vor arme Wallerie hier?«

Die unbekannte, unheimliche Frau! Von der Intensivstation! – Das war verdammt hoch gepokert von Aysche. Das konnte jetzt ordentlich nach hinten losgehen, weil Aysche unmöglich wissen konnte, ob diese Frau tatsächlich schon seit einer Woche an Claßens Seite gesessen hat. Und gut möglich aber, dass Valerie über die echten Fakten voll im Bild war.

… war sie aber gar nicht! Mit zirka 1001 fetten Fragenzeichen über ihrer Birne glotzte sie ihren *geheimnisvollen* Prinz Claßen an. – Pokertechnisch gesehen war das ein amtliches *Royal Flash*, das Aysche da hingeblättert hat.

Und Claßen hatte verdammt schlechte Karten! Komplett übertrumpft starrt er erst Pokerface Aysche an und dann die voll verpeilte Valerie.

»D… Das war … *nur* meine Exfrau!«, klärt er sie auf.

»So *alt*?«, schnippt Rebecca dazwischen.

Und Denner freut sich: »**Britta**! Ehrlich? Lange nix gehört von ihr. Wie geht's ihr denn so?«

»Och, ganz gut«, antwortet Claßen doof.

»Seit *einer Woche*?«, fragt Valerie extrem spitz nach.

»J... ... ... ja!«, antwortet Claßen *noch* doofer und XXXL-doof legt er sämtliche Karten offen: »Britta wusste Bescheid. Hab sie angerufen ... direkt.«

*»Direkt!«*, wiederholt Valerie extrem ultraspitz.

»... äh ... ja. *Direkt*!«, wiederholt Claßen stumpf. »Aber ... äh ... eigentlich auch eher *nein*, weil ich habe sie *nicht selber* angerufen, sondern ... ähm ... anrufen *lassen*. Durch die Schwestern. *Indirekt direkt* ... also ... äh ... ja!«, stammelt er sich noch einen zusammen und schiebt dann aber noch hastig hinterher: »Aber **dir** hab ich dann ja auch **direkt** Bescheid gegeben ... *nach* einer Woche. – Aber Schatz ... **Liebling!** Du musst mir glauben: Alles andere ist so, wie ich es dir sagte. **Ehrlich!** – Mein schwerer Unfall auf dem Weg nach München. – Die Gehirnerschütterung. – Dass ich im Krankenwagen erst wieder mein Bewusstsein wiedererlangte ...«

Das, mein Freund, war die Stelle, an der meine Mädchen und ich dann einen Haufen fetter Fragezeichen über der Birne stehen hatten ... und fette Ausrufezeichen noch dazu.

Jan Claßen lag gar nicht im Koma! Eine pupsige Gehirnerschütterung hatte er. So wie ich! Und auf dem Weg zur Klinik war er wieder putzmunter. ... also so *putzmunter* auch wieder nicht, weil er ja auch immerhin eine Weile auf der Intensivstation rumgelegen hatte, wegen irgendwas anderem dann noch.

»... und *da* ist mir eben erst klar geworden, dass das nicht so weitergehen kann«, erklärt Claßen seiner Valerie sehr wahrscheinlich alles zum *zweiten Mal*. »... der ganze Stress, die Arbeit, die Sorgen ... – Ich hab *da* erst gespürt, wie **leer** ich bin. So **ausgebrannt**. Und als ich dann auch noch gemerkt habe, dass ich mein iPhone verloren hatte, war das wie ein Zeichen für mich. – *Auszeit!* Für niemanden mehr erreichbar sein! Einfach nur mal *die Seele baumeln lassen* ...«

Und *das* war die Stelle, an der ich ganz automatisch zu Aysche rüberschielen musste. Und die schielte dann auch leicht erstaunt zurück. – Ihre Idee mit Claßens *Börn-aut* war der absolute *Volltreffer*. – Nur, dass der Mann nicht auf Mallorca vor einem Eimer Sangria rumlag, sondern eben schön gemütlich in einem Krankenbett.

*Aber*, Kumpel, das war auch exakt *die* Stelle, an der Claßen dann gar nichts mehr sagte, weil Valerie in exakt diesem Moment vor Wut platzte wie *Hulk*.

Unbeschreiblich wütend also fing sie an, ihren Prinzen in den Boden zu stampfen. Weil er sie voll verarscht hatte. Weil er *sie* eben erst *heute* angerufen hat, aber seine **Exfrau** schon *vor einer Woche*. Direkt nach seinem Unfall.

»... *Auszeit!* **Und ich Idiotin hab auch noch gesagt, dass ich das verstehe. – Jan Claßen, die arme, arme Wurst. – Kotzen könnte ich!**«, stampft Hulk-Valerie den Claßen zum Schluss noch mal amtlich platt.

Und dann holt sie aber noch mal ordentlich Luft und bläst ihm orkanmäßig voll ins Gesicht: »***Die Seele baumeln lassen!* ... zusammen mit deiner Ex! Britta! dieser ... KUH!**«

Claßen sagte nichts mehr! ... und alle anderen auch nicht. – Sehr wahrscheinlich, weil *alle* in dem Moment dachten, dass es den Hulk nur *noch* wütender machen würde, wenn man es täte. – *Alle* dachten das ...

... außer Aysche. – Die denkt und sagt: »Äy, Walli! Hab isch vollkrass Respeckt vor disch, äy! Du bist mein Schwester!«

Und da kann ich dir aber echt nicht sagen, ob das genau richtig von Aysche war oder nur der absolute Zufall. – Jedenfalls entspannte sich Hulk-Valerie ein *kleines bisschen*, warf ihr Handy einfach zurück in die Handtasche und stöckelte Richtung Tür.

Und da bleibt sie aber noch mal stehen, dreht sich um, zeigt auf Ronja und brüllt sie an: »**Und *du*, Herzchen!**«

»Wer? *Ich?*«

»Ja, *Du!* Du hast einen *richtig* guten Job gemacht! **Match Bio! – Now!** Diese Typen von Öko-Strunz sind begeistert! Der ... **Herr Claßen** dort hat mir *das immerhin* heute Morgen noch freudestrahlend erzählt!«

»**Yes!**«, ballt Ronja stolz die Faust.

»Lass dir bloß nichts anderes erzählen von dieser, dieser ... **armen Seelebaumel-Vollwurst hier!**«

Sagt es, geht dann aber endgültig raus und knallt die Tür noch mal ordentlich laut hinter sich zu.

Mächtig beeindruckt glotzen alle noch eine Weile die Tür an …

… bis dann der Denner nach einer Weile sagt: »Komm, Atze! Lass uns abhauen. Das hat ja alles keinen Sinn hier.«

Claßen guckt seinen Kumpel an. *Leer* und *ausgebrannt* irgendwie. … und ganz aktuell: auch ein bisschen *einsam*.

Und Denner guckt ein bisschen mitleidig zurück und meint dann aber: »Jetzt reiß dich mal zusammen, Claßen! Immer schön positiv denken! … Scheiße passiert!«

»Na super«, stöhnt Claßen.

»Genau! *Super!*«, redet Denner weiter. »Die *kleinen Strolche* hier haben uns alle ordentlich verarscht. – Na und? Unterm Strich hat dieser Bengel da für dich sogar noch fünf Euro Gewinn gemacht. – Und die Matsch-Bio-Lady hier …«

»***Match Bio!***«, korrigiert Ronja.

»... *Match Bio!* Von mir aus. – Jedenfalls hat die Göre dir mit der Geschichte deinen kleinen Arsch gerettet.«

»**Sprache**, Herr Denner, **Sprache!**«, ermahnt Rebecca.

»Ja, ja! Dann den *Po* eben. – Und, Kumpel, was deine Valerie angeht – da hat die kleine Jennifer hier ...«

»**Aysche**, äy!«, verbessert Aysche.

»... da hat die kleine **Aysche** hier einfach nur was ins Rollen gebracht. – Den Haufen Scheiße nämlich, den du selbst gebaut hast, alter Knabe.«

Dann haut er dem alten Knaben noch mal tröstend voll auf den Rücken, sagt: »*Vamos*, Atze! Abflug!«, und geht zur Tür raus.

Stumm glotzt Claßen seinem Kumpel nach, dackelt ihm dann aber hinterher ...

... und bleibt vor der Tür stehen. So wie seine **Ex**freundin vor ihm. – Und ich komm mir allmählich vor wie in einer bescheuerten TV-Serie. – *Gute Zeiten, schlechte Zeiten*. Da latschen die Schauspieler auch immer wichtig in Richtung Tür und dann bleiben sie aber davor immer noch mal stehen, weil ihnen da immer noch mal einfällt, was sie einem unbedingt noch mal um die Ohren hauen wollen, bevor sie dann endlich *ganz* rausgehen.

WAS WIRD DIESER MANN ALS NÄCHSTES TUN? ÜBERLEGE GUT UND KREUZE AN!

A ER GEHT RAUS
B ER DREHT SICH NOCHMAL UM
C ER BLEIBT FÜR IMMER SO STEHEN

⊠ ⊗ ○ (Auflösung von Seite 293)
A B C

Prompt dreht sich der Claßen auch noch mal zu mir um und fragt: »Interessiert dich eigentlich gar nicht, wie ich dich gefunden habe?«

»Äh ... nicht wirklich!«, antworte ich.

»*Isch* will wiss'n!« und »*Ich* auch!« und »Dito!«, antworten Aysche, Rebecca und Ronja.

»Sehr schön!«, fängt da der Claßen auf einmal an, so *komisch* zu grinsen ... so *verschmitzt* irgendwie, *schelmisch* auch, mit *Schalk im Nacken* ... und so was.

Er grinst sich also einen ab, kramt noch mal das iPhone aus seiner Bademanteltasche, klickt und wischt drauf rum, gibt das iPhone dann Aysche und sagt zu ihr: »Hiermit!«

Da glotzt die Aysche das iPhone erst nur doof an wie ein extrem erstauntes Huhn und fängt darauf aber auch gleich an, wie eines zu gackern.

Da will ich dann natürlich schon wissen, was Aysche so unheimlich komisch findet, aber dann wirft sie das iPhone wie *in guten, alten Zeiten* einfach zu Rebecca rüber.

Und da das gleiche Spiel: Rebecca glotzt! Rebecca staunt! Rebecca gackert ...

... und wirft das iPhone zu Ronja rüber, wo sich alles wiederholt.

Der komplette Hühnchenkäfig 411 liegt in Bodenhaltung vor lauter Gegacker!

**»Was!«**, frage ich genervt.

Ronja wirft das iPhone irre gackernd zu mir rüber und dann ...

... glotze ich! ... staune ich! ... und laufe knallrot an wie ein Gummiboot ... mit Loch drin!

Claßen grinst mich über beide Ohren zufrieden an. – Treffer! Versenkt!

... weil – wie soll ich dir das nun erklären – auf dem iPhone waren ein paar Fotos. Also welche, die *ich* selbst gemacht hab. Mit *mir selbst* drauf. Also praktisch gesehen hab *ich* ein paar Fotos von *mir selbst* gemacht.

Hin und wieder.

... also immer dann, wenn mir besonders langweilig war ... und auch immer nur dann, wenn alle Hühnchen schliefen.

... also echt nicht oft! ... wirklich nur *ein paar* Fotos. ... 50 oder so! Aber nicht mehr! Ehrlich!

**... okay, Kumpel! –** Du sollst die komplett *peinliche* Wahrheit kennen! Das bin ich dir schuldig. – Da das aber, rein technisch gesehen, ein echtes Problem ist, iPhone-Fotos hier reinzukleben, hier also noch mal – **und nur für dich** – das *Best-of* per *Kuli*-App. Also praktisch *nachgezeichnet*. Sachlich richtig ... wahrheitsgetreu! ... **nur für *dich* und keinen anderen!!!**

TOPSECRET! DA SEHR PEINLICH! ...UND AB HIER AUCH SEHR SEHR DÄMLICH!!

»**Du bist eine Runde weiter!**«, piepst Rebecca schrill wie diese nervige Tante aus dem Fernsehen, die immer die Models zusammenscheißt.

»**Yes! Germanys next Top-Mäuschen!**«, grölt Ronja.

»**Aufhörn! Aufhörn!**«, brüllt Aysche halb tot vor Gegacker und fiepst dann aber noch hinterher: »Mäuschen! Ganz ährlisch jätz! Auf ein Skala von eins bis zehn, äy: *Wie dämlisch bis du eigentlisch wirklisch?*«

»**11!**«, antwortet Claßen maximal grinsend für mich.

»Ha, Ha, Herr Claßen! **Seeehr witzig!**«, brummle ich und dann ...

... muss ich aber blöderweise selber grinsen. – Das geht mir oft so. Also immer dann, wenn ich merke, dass mich die Leute nicht mehr für voll nehmen, wenn ich sie superernst angucke. ... praktisch gesehen fange ich eigentlich *immer* irgendwann an zu grinsen.

»**Zwölf!**«, lege ich dann auch noch mal grinsend nach, weil – Klar! Es war **superdämlich** von mir: Da bring ich das iPhone zurück – *cool* wie James Bond – und denk nicht dran, eben diese Fotos vorher zu löschen – *doof* wie Jan Hensen.

Doof grinsend also gebe ich dem Claßen das iPhone zurück und frage dann aber auch noch mal leicht misstrauisch: »Die löschen Sie jetzt aber, oder?«

»**Nisch löschen, äy!**«, krächzt das sterbende Huhn Aysche. »**Stellst du auf YouTube, Herr Classen! – Wird Anklick-Brüller Nummer eins, äy.**«

»Gute Idee!«, grinst Claßen.

Und bei der Vorstellung, dass ich mittels YouTube die weltweite Lachnummer eins werden könnte, fällt mir das Grinsen wieder komplett aus dem Gesicht und ich gucke ... nur noch irgendwie verzweifelt.

Da hört der Claßen aber einfach nicht auf, selbst doof zu grinsen, verabschiedet sich von meiner *Hühnchen-Combo*, dreht sich halb zur Tür und sagt dann aber noch mal zu mir: »Ich lösch die Fotos! Versprochen!«, und dann noch: »Mach's gut! Und: Bleib *sauber* ... **Jan Hensen**!«

Und ich zurück: »Sie auch! ... also, ich meine: Machen Sie mal was gut ... und schön sauber und ... so was ... **Jan *Claßen*!**«

Da guckt der Jan Claßen erst wieder ganz *leer, ausgebrannt* und ein bisschen *einsam* auch und lächelt dann aber noch mal: »Geht klar, Chef!«, und ...

... geht endgültig raus.

## Superamtlich allerletzter Eintrag Numero 23
## Donnerstag, 20:08 Uhr

... und hier auch gleich die *superamtlich allerletzte* Frage an dich: Wer hat mich abgeholt?

A: ☐ Paten
B: ☐ Tante
C: ☐ Astrid

Glückwunsch, **Atze**! Du bist ein echter *Ratefuchs*! – *Patentante Astrid! Nicht* meine Eltern! – Weil die konnten nicht! ... weil der *Renault Kangoo Diesel* von 1997 nicht mehr konnte. Kurz hinter Travemünde hat er aufgegeben und blieb dann einfach für immer stehen und das ist schön!

... also schön daran ist, dass wir nun einen *neuen* Wagen kriegen.

Morgen kommen meine Eltern und der Troll Hannah nach Münster und dann werde ich meinen Vater überreden, dass er uns ein *vernünftiges* Auto kauft! Einen *BMW X6* vielleicht, wie der von den Koopmanns.

Aber wie ich meinen Vater kenne, wird er da sowieso nicht auf mich hören und das extremst hässlichste Auto kaufen, das er bei *Mobile.de* überhaupt finden kann. – Einen *Opel Astra* vielleicht. Oder zur Abwechslung mal wieder einen *Golf-Kombi*. Oder einen *VW Touran* in Braun-Metallic!

... da könnte ich ihm sogar noch einen Tipp geben, wo er den günstig herkriegt.

Hier aus Münster nämlich! Von dem Typen, der mich vom Fahrrad gekegelt hat! Der braucht den jetzt nämlich vorläufig nicht mehr! Weil er ja auch vorläufig keinen Führerschein mehr hat und vorläufig sowieso erst mal ins Gefängnis wandert! – Was will er da mit einem Touran?!

Aber da war sich Jutta vorhin am Telefon auch noch nicht so *ganz* sicher, ob er da wirklich reinmuss, ins Gefängnis.

*Ganz* sicher ist, dass Jutta und Ralf den bescheuerten Papa von dem kleinen, armen Emil geschnappt haben und dass der nun *sehr* amtlich einen Riesenhaufen Ärger kriegt!

... und *extrem amtlich bombensicher* ist, dass dies der *aller*allerletzte Satz ist, den ich hier reinschreibe, weil jetzt haben wir's gleich Viertel nach acht und da kommt die Super-*Nachlese*-Supershow mit **Deutschlands Top-Superspacko Nummer 1:** *Pfeifen-August* **... Yes!**

Aynı dili konuşanlar değil,
aynı duyguları paylaşanlar
anlaşabilir. (Hz. Mevlânâ)

Dein Ayoche

(Nicht die, die gleiche Sprachen sprechen,
sondern die, die gleiche Gefuhle haben,
können sich verstehen.)

Man soll alle Tage wenigstens
ein kleines Lied hören,
ein gutes Gedicht lesen,
ein treffliches Gemälde sehen und
wenn es möglich zu machen wäre,
einige vernünftige Worte sprechen.

(Johann Wolfgang von Goethe)

... in diesem Sinne,

Deine Rebecca Kessts

Und will das Janny-Mäuschen nicht artig sein,
bricht man ihm halt noch ein Bein.
(Ronja Schmidt)

Echt niedlich!

~~Deine~~ R.S.
↑ Man kann alles übertreiben.